集英社文庫

# ジョッキー

松樹剛史



集英社版

# ジョッキー

# 第一章

## 一

八十メートル近い馬房の並びの両端に、人の住む二階建ての建物がある。壁もパイプも淡黄色に塗られたその建物は、屋根に傾斜がないため、大小ふたつの箱を単純に積み上げたような味気ない姿をしていた。左端と右端の住居にほとんど違いはなかったが、右側の方がやや大きく、古びた木の板が取り付けられている。

全体的におざなりな印象の建物の中で、そこだけ意匠を凝らしたように、見事な筆跡で『千《ち》葉《ば》厩舎《きゅうしゃ》』と書かれていた。

——どんな顔をするかな。

玄関の前で、中島八弥《なかしまはちや》は思った。

アルミサッシの戸を引いてみると、右手にある応接室の奥で、慣れぬ手つきでマウスを操作し、ラックに置かれた真新しいパソコンと格闘している小柄な男がいた。よほど作業に没頭しているのか、戸が開いたことに気づかずにいる。モニターに必要以上に近づけた、白髪交じりの頭が細長かった。それに倣《なら》うように、ぎこちなく動いている背も肩も腕も、肉が薄くて頼りない。

師走《しわす》の外気に凍えた身体《からだ》に、室内の暖房はなによりのもてなしだった。いそいそと靴を脱いで八弥が部屋に上がり込むと、さすがに男も来客に気づいたようである。マウスに右手を置いたまま、首を捻《ね》じって振り向いた。目が合うと、もとからやさしい男の顔が、もう一段階ほころんだ。

今回の訪問が無駄足でなかったことを確信しながら、八弥は声をかけた。

「先生、それ、もう慣れましたか」

「いいや、時間ばかりかかって、さっぱりはかどらん」

イスから立ち上がり、八弥の方に歩み寄りながら、この厩舎の長である千葉徳郎《のりお》は首を振った。

「お前はできるか？」

「そんな高いもの、とても買えませんよ。大路《おおじ》にでも教えてもらったらどうです」

「それが、あいつは目が悪くなるとか言ってな、近づこうともしない。空いた時間はテレビばかり見ているくせに、いい加減なものだよ。……まあ、座れ、座れ」

千葉は応接室の茶色いソファーを差し示すと、階上に向け、真帆子《まほこ》、お茶だ、と大きな声で呼びかけた。早くに妻を亡くした千葉は、この家に娘の真帆子とふたりきりで暮らしている。

すぐに反応があり、階段を降りる音が聞こえた。応接室からは見えないが、かるい足音の主は、階段のそばにあるキッチンに入ったのだろう。

八弥の向かいに腰を下ろすと、千葉は笑顔で一枚のメモを卓上に置いた。

「今週はひと鞍《くら》、依頼があったぞ」

自ら厩舎の表札を書しただけのことはあって、千葉は字がうまい。メモの一番上には丸囲みで笠原《かさはら》厩舎とあり、続いてドロップコスモという馬の名前と、牡《オス》の二歳という性齢、未勝利という所属クラス、未勝利・ダート千八という出走予定のレース名と使用コースと距離、そして13、9、15という三つの数字の並びが、整然と記されていた。

「これ、ですか」

八弥の顔が、わずかに曇った。13、9、15という数字の羅列は、ドロップコスモ号の前三走の着順をあらわしている。ひどい数字だった。デビューしてから一度も勝ったことがない、惨敗続きのサラブレッドというのが、データから浮かび上がるドロップコスモの姿である。

八弥が複雑な心境でメモに視線を落としていると、その思いを察知したのか、千葉の顔からも笑みが消えた。代わりに浮かんだのは、渋面ではない。心底すまなそうな、ともすれば泣きだしそうな表情である。

八弥は慌てた。自分が馬を選べる立場でないことは、重々承知している。それがたとえどんな馬であろうと、こうして騎乗依頼をとってきてもらえるだけで、十分有り難いことなのだ。

「この、九着というのは随分ましですね」

八弥はつとめて明るく言った。しかし千葉の顔色はいっそう沈んだ。

「いや、それは九頭立ての九着だから」

「ははあ……」

八弥は思わず絶句した。千葉にも二の句はなく、停滞した部屋の空気が、背にのしかかるように重くなった。

そのとき、千葉のひとり娘である真帆子が、盆にお茶を載せて応接室にあらわれた。笑顔で八弥に挨拶《あいさつ》した真帆子は、卓上にお茶を並べるとすぐに部屋を去ったが、空気はだいぶ攪《かく》拌《はん》された。

ふたりはひとまずお茶をすすった。やがて千葉が思い出したように、ドロップコスモにまつわる良い事柄を語り始めた。

「血統はいいんだよ。持ち込み馬で、筋は通っている。兄は海外の重賞を勝っているそうだ」

「大した馬じゃないですか」

「だから笠原さんも期待していて、入厩当初はクラシックを意識していたそうだよ」

「じゃあ、きっかけさえつかめれば、チャンスもあるかもしれませんね」

「ああ。……それにな、八弥」

情けないなりに、勝負の世界に生きる男の顔を作った千葉が、身を乗り出すようにして、最後にひと言付け加えた。

「その馬の担当、あの秋月智子《あきづきともこ》だぞ」

# 二

八弥が自転車のペダルを漕《こ》いでいる。背にした緑のリュックからは、騎手のシンボルともいえるステッキの四角く扁平な黒い先端部が、ひょっこり姿を覗《のぞ》かせている。滋賀県の栗東《りっとう》トレーニング・センターと並ぶ日本競馬枢要の地、茨城県美浦《みほ》トレーニング・センターの厩舎群を南北に分断するメインストリートを走って、八弥は北地区の一番奥まった場所、開業獣医の診療所にほど近い場所にある千葉厩舎から、南地区のど真ん中にある笠原厩舎へ向かっていた。

ありふれた黒のウインドブレーカーとくたびれたジーンズを身に着け、すこし伸びすぎの髪を寒風に無造作になびかせている姿が、意外なほど絵になっていた。八弥は騎手にしては上背があり、男らしく精悍《せいかん》な顔立ちをしている。職業柄、もちろん痩《や》せてはいるのだが、引き締まった細身の体軀《たいく》は、しなやかさのなかにも研ぎ澄まされた鋭さを感じさせた。

そのうえ二年前、それまで所属していた千葉厩舎を離れ、フリーの騎手として再出発したときから続いている、乗り馬に極端に恵まれない不遇の日々が、まもなく二十八になる男の容姿から、余分な甘さを削《そ》ぎ落とし、適度な渋味をほどこしている。

競馬は、富裕なイギリス貴族が創始したスポーツである。そのためなのか、自然と金のあるところに結果が付いてまわる。それは大きく見れば、大英帝国の権威あるレースにおいて、国力の推移とともに競馬後進国のアメリカ産馬が活躍するようになったことがそうだろうし、バブル景気に乗った日本が、競走馬のレベルを世界水準にまで押し上げ、潤沢なオイルマネーを武器にしたドバイの富豪たちが、近年各国の競馬場を席捲《せっけん》していることもそうだろう。

小さく見れば、調教師と馬主の関係がそれに当てはまった。巨大な資産家とのつながりを持った調教師の下には、続々と高額な馬が入るようになる。厩舎の成績は確実に上昇した。

三年前、千葉厩舎は極度の低迷に喘《あえ》いでいた。その要因はひとつではないが、情義に厚い千葉徳郎の性格が、勢いのある新規馬主との関係の開拓より、かねてからの細々としたつきあいを重視させたことも、少なからず影響を及ぼしていただろう。当時の千葉厩舎の年間勝ち星は二桁《ふたけた》に届かず、その成績も響いて、入厩する馬のレベルは年々先細りになっていた。

そのようなおり、千葉県の白井《しろい》の競馬学校から、日本を代表する馬主兼生産者《オーナーブリーダー》、大路繁《しげる》の息子である佳康《よしやす》が、トレセン実習のために千葉厩舎へ派遣されてきた。卒業後、実習生はその厩舎の所属騎手としてデビューするのが通例である。

実習生の配属先は、当人たちの希望ではなく、調教師たちの話し合いによって決定される。どん底の状態から這《は》い上がる起死回生の策として、大路繁との太いパイプを、その息子を仲立ちにして構築しようとする意思が、千葉にはもとからあったようである。

その狙いは、おおよそのところで的中する。翌年、大路繁は千葉に対し、厩舎への全面的なバックアップを申し出てきた。

ただし、その条件として、厩舎の馬にはすべて息子を乗せることも、大路は強い態度で要求してきた。

無論、八弥という所属騎手の存在を、知った上での言葉だった。知っていたからこそ、大路は息子の保護を考えたのだろう。大路の側から見れば、これも温かい親心といえるのかもしれない。

しかし八弥にしてみれば、これは凍《い》て付くように厳しい宣告だった。すべての仕事を、新人に掻《か》っ攫《さら》われてしまうのである。生活の土台をひっくり返されるような、騎手人生の危機だった。

千葉は自分ひとりの問題であれば、大路の要求をはねつけて、八弥を守ったはずである。だが、大路との契約の成否は、実際には十余名の人間の運命を左右する、厩舎全体の問題だった。馬の成績は厩務員の士気にもかかわり、なにより収入に直結している。彼らを雇い束ねる人間にとって、大路の馬を厩舎に導入することは、果たすべき責務だった。

かといって、八弥を切り捨てるような真似も、千葉にはやはりできなかった。誰にも、なにも言い出せず、千葉はひとりで煩悶《はんもん》した。

千葉の考えは八弥にもよく理解できた。八弥自身、気心の知れた厩舎の仲間にいい馬を担当させてやりたいと思ったし、心労の余りみるみるやつれ始めた恩師の姿は、見るに見かねた。厩舎を離れてフリーになることを、八弥はみずから申し出た。

弱小厩舎の所属である。それまでの八弥にはろくな実績がなかった。そのうえこれは性格の問題だが、他の厩舎の調教師と接触して、公私ともに親交を深めていくような活動を、八弥はまるでしていなかった。準備もなしにいきなり独立した八弥は、さして広くもない競馬サークルのなかで、完全に孤立してしまった。

所属騎手と違って、フリー騎手には固定給がない。最大の収入源はレースの賞金だった。たとえ勝てなくても、レースに出さえすれば騎乗手当てが懐に入る。とにかくレースに出ることが、フリー騎手の生命線といってよかった。

しかし、孤立無援の八弥には、騎乗依頼がほとんど来なかった。騎乗機会がなければ、勝利を上げて声名を轟《とどろ》かせて、新たな依頼を獲得していくようなこともできない。八弥は千葉厩舎の不振を肩代わりしたような、抜け出し難い悪循環に陥った。

貧した八弥は、朝の調教を手伝うことで入ってくる、一頭いくらという格安の手当て金で生計をたてるようになった。やっとこ食えるといった程度の収入であり、気付くと貯金が底をついていたり、財布や、ときには冷蔵庫が空っぽになるような事態にもたびたび遭遇した。

たまの騎乗は、千葉の尽力によるものだった。八弥が頼んだわけではないが、自厩舎の馬に乗せられないかわりに、千葉は他の調教師に頭を下げ、騎乗依頼を取ってきてくれるのである。千葉にしてみれば、厩舎の犠牲となった八弥への、せめてもの罪滅ぼしであるのだろう。

ただ、八弥自身は現在の冴《さ》えぬ状況を、それほど気にかけてはいなかった。男ひとりが食って着て寝るだけなら、調教手当てでもどうにか賄えたし、自分の抜けた千葉厩舎は、今年すでに二十勝を上げている。大路繁の後押しによる、あっという間の大躍進だった。自分の判断は間違っていなかった、と八弥は納得していた。

　トレセン内には、同じ形状の厩舎が百棟以上もずらりと並んでいる。初めて見学に訪れたファンや馬主は、目的の厩舎になかなかたどり着けず、困惑することも多い。だが、十年間この場所に通い続けている八弥は、迷わず笠原厩舎へ到着した。

　厩舎はちょうど、午後の歩様《ほよう》検査の最中だった。馬房から引き出された数頭の馬が、砂の敷き詰められた厩舎の庭を、厩務員に引かれゆっくりと歩いている。洗い場の方では、獣医の診察を受けている馬もいた。

　トタン屋根の自転車置き場に愛車を置くと、厩舎の傍らで作業を監督している男のところへ、八弥は挨拶に向かった。

「先生、どうも」

「おう、中島くんか。今回は頼むよ」

　小太りの笠原調教師は鷹揚《おうよう》に応じたが、馬体のチェックに忙しいのか、詳しいことは厩務員に聞いてくれと、あとは素っ気なかった。

「どこにいるんです、ドロップコスモ」

「あれ、あれ」

　笠原は視線とは別の方向にいる大きな黒鹿毛《くろかげ》の馬を指差した。

「女の厩務員はひとりしかいないから、わかるだろう」

たしかに言葉の通りだった。のっそりとした黒馬の引き綱を握っているのは、赤いジャンパーを着て、束ねた黒髪を背に垂らした、色白で目鼻立ちの整った女性である。

八弥は少し、近づくのをためらった。

秋月智子は有名な厩務員である。正確には、持ち乗りの調教助手だった。持ち乗りとは簡単に言えば、担当馬の調教と世話をひとりでやってしまう、調教助手と厩務員の仕事を併せ持った役職である。そのため八弥は、あまり持ち乗りが増えると、調教代で糊口《ここう》を凌《しの》ぐ自分は干上がってしまうと、みみっちい危惧《きぐ》を覚えたりもするのだが、仕事の量が増える反面、馬を育てる喜びを深く味わうことができるため、持ち乗りを希望する人間は年々増加傾向にある。

秋月智子は数少ない女性の持ち乗り調教助手として、まず競馬雑誌に取り上げられた。その雑誌の取材によって、秋月智子が東大卒というトレセンの住人としては異例の学歴を持っていることと、人目をひく凜《りん》とした容姿を備えていることがあきらかになった。あとは連鎖反応のように、様々なマスメディアが秋月智子を取り上げていった。以来笠原厩舎には、智子宛てのファンレターが連日数多く届くようになったという。

そして、智子が持ち乗りとして初めて担当した、ビーハッピーという牝馬《ひんば》が活躍した。デビューから三連勝して重賞を勝ち、その後は勝ち星を上げることはできなかったものの、五歳の春に引退するまで各地を転戦、いつも掲示板の端には馬番を載せるような堅実な走りを見せた。

そういう健気《けなげ》な走りが、女性厩務員という柔和な印象と自然に重なったのだろう。ファンの要望でぬいぐるみやテレカが売り出されるほど、ビーハッピーは人気者になった。

ただしそれ以降、秋月智子はこれといった活躍馬を担当していないように、八弥は思った。

歩様の検査が終了したのか、秋月智子がドロップコスモを洗い場の方へ導いている。八弥はこの有名人と面識がない。競馬の世界に入ったのは自分のほうが先のはずだが、相手は大卒である。四つか五つ年上のように思われた。どう声をかけるべきか思案しながら、八弥がゆっくり近づくと、向こうから声をかけてきた。

「中島騎手ですね」

冷たい口調と表情だった。洗い場に馬をつなぎ、白衣の獣医に頭を下げると、秋月智子は八弥を目顔で呼んだ。並ぶと八弥と同じくらいの背丈で、同じようにスリムな体型だったが、ただひとつ、厚手のジャンパーの上からでもわかるほど、胸の質量が違っている。

きめの細かい白い肌は艶《つや》があり、三十路《みそじ》を越えた女性のものとは思えず、ややきつめではあるが、智子は欠点のない美貌《びぼう》の持ち主だった。先ほど千葉厩舎で八弥にお茶をいれてくれた真帆子も女性厩務員であり、父には似ず愛らしい容貌をしているのだが、明朗な性格と短髪のせいもあってか、なんとなく家族経営の牧場の娘といった無邪気な印象がある。対して秋月智子には、ライディング・ガーデンで乗馬を楽しむ、どこぞの令嬢といった気高い雰囲気があった。

「話は調教師《テキ》から聞いています。今回はお願いします」

「ああ、こちらこそ。で、早速だけど、この馬、ドロップコスモ、なにか癖はあるの」

乗る馬の情報を厩務員から仕入れることも、騎手の大切な仕事である。

「ありません」

智子の答えはそっけなかった。

「そうか、おとなしい馬なんだな」

「これまでの成績は御存知ですか？」

「ああ、一応」

八弥は先刻のメモの数字を思い出しながら、ちらりとドロップコスモを見た。悠然と中空を睨《にら》むひどい戦績の主は、医師の触診を受けても微動だにせずにいる。大柄な馬だった。

「ええと、十三着、九着、十五着だったかな。九着というのは九頭立ての……」

「言わなくていいです」

切り込むように言葉を返され、八弥は心の内で唸《うな》った。ひとことふたこと話しただけだが、秋月智子はかなり鋭い気性の持ち主のようである。態度が硬直していて、良くも悪くもゆるさがない。女性なんだから愛敬《あいきょう》を持てというわけではないが、どうにも会話がしにくかった。

「初戦と二戦目は芝。三戦目はダートの短距離。どれもついて行けませんでした」

「そうなの」

「スタートが悪いわけではないんです。ただ、騎手の指示に対する反応が悪いようです」

「ふうん。反応ね」

「けれど、距離が伸びる今回は、きっと走るはずです」

「そりゃあ、どうかなあ」

ねちっこい声で返事をしたのは、八弥ではなかった。鹿毛の馬を引き連れて、野球帽を後ろ前にかぶった男が洗い場へ入ってくる。空いていたドロップコスモの右のスペースに馬をつなぐと、その男は八弥たちのほうへ寄ってきた。

「たしかに血統馬だから、走らなけりゃおかしいんだけど、気性がなあ。いったい誰に似たんだか。厩務員か、調教助手か。なあ、智子」

その男は、ニタリと笑った。

「おっと、失敬。お前さんは持ち乗りだったな。へ、へ」

「永坂《ながさか》さん、何をおっしゃりたいんですか」

智子の視線がきつくなる。永坂と呼ばれた男は、それでもせせら笑っていた。

「へ、へへ、よく、馬も飼い主に似るっていうからよ。お前、仕事を怠けてるところでも見られたんじゃないか？　他にこいつの世話をしてる奴はいねえんだからよ」

「私は怠けたりなんかしていません」

「どうだかねえ」

ヘッヘヘと気味悪く笑うと、ドロップコスモの蹄《ひづめ》を診察していた獣医に、永坂は声をかけた。

「なあ、先生、俺の馬を先に見てくれよ」

――おいおい、それはないだろう。

よその厩舎のいざこざに、部外者である自分が口を挟むべきではない。この状況下では、それが最上の選択だろうと八弥は考えていたのだが、非はあきらかに永坂という男にあるようだった。

「永坂さん！　どういうことです！」

白い頰《ほお》を朱に染めて、智子が憤然と永坂の横暴に抗議する。八弥としても、今週唯一の騎乗予定馬が、理由もなく足蹴《あしげ》にされるのは不快だった。それとなく、永坂を睨んだ。

「だって俺のは、新馬戦勝ってるよ。格が違うんじゃないの、この馬とは」

永坂はなおもそんなことを言ってみせた。そして今度はヒッヒと笑う。

三者の視線がドロップコスモに集まった。渦中の黒くて大きな馬は、人間の喧騒《けんそう》を無視するように、鳶色《とびいろ》の瞳を茫洋と青い空に向けていた。

三

師走の午前七時。美浦トレセンに降り注ぐ朝の陽光は、なんとなく希薄な印象だった。千葉厩舎で最古参の牝馬リエラブリーを、南馬場まで連れてきて、脚部への負担の少ないウッドチップコースで軽めに追い切った八弥は、馬場から続く地下馬道の出口で、担当厩務員の真帆子に手綱を渡した。そのまますぐ、白い息を吐きながら調教スタンド一階にある騎手だまりへと急ぐ。直立する時計塔が、気温零度を電光表示していた。

暖房の効いた室内に飛び込むと、白のジャンパーに白の乗馬ズボンという眩しい格好で、テレビのニュースを眺めていた若者が、八弥のほうに手を振ってきた。大路佳康である。

このニキビ面の小柄な騎手の出現で、八弥は千葉厩舎から切り離され、深刻な生活苦へと追い込まれたわけだが、ふたりの仲は悪くなかった。大路はボンボンらしく、ときおり小生意気なところも見せるが、総じて気の良い男だった。自分と入れ違いに厩舎を出た八弥に対し、実習の時はお世話になったのだから、僕にとっては兄弟子ですと、嬉しいことを言ってきたりもする。

熱いコーヒーを八弥のぶんも運んでくると、大路が言った。

「ねえ、八弥さん。今日初めて馬場で走らせてみたんですけど、亀さんの馬、ちょっと凄《すご》いですよ。クラシックに乗るかもしれません」

亀さんとは千葉厩舎の老厩務員である。白髪頭を短く刈った、声の大きい元気な爺《じい》さんだった。

「ふうん、そりゃよかったな。けどお前、今年の二歳には親父さんの育てたカッツバルゲルがいるじゃないか。あいつを捨てる気か？」

「そうなんですよね。カッツバルゲルはもうオープン馬だし、困るんですよねえ。来年は極力ダブらないよう、先生にローテを組んでもらわないと」

それなら一頭ぐらいわけたらどうだと、八弥はちらと思ったが、自分から口にするのはいかにも情けなく、壁を背にしてコーヒーをすする音だけをたてていた。ニキビの残る若者とはいえ、大路もそこは勝負の世界に生きる男である。そんな殊勝な考えはおくびにも出さなかった。

スタンドのガラス越しに、大路が調教コースを指差した。

「そういえば八弥さん、秋月智子の馬に乗るんでしょう？　あの馬、そうじゃないですか」

「お前、よく知ってるな」

「先生に聞いたんですよ。秋月智子といえば、僕が競馬学校にいたころはアイドルでしたからね。八弥さん、今度紹介してくださいよ。……ほら、やっぱり」

目をやると、見覚えある赤い服の騎手を乗せた黒鹿毛の馬が、姿を徐々に拡大させるように、ダートコースを駆けて来ている。昨日のコンビに間違いなかった。

調教はドロップコスモが先行し、それを鹿毛の馬が追いかけるかたちで行なわれていたが、両馬の脚色《あしいろ》には大きな開きがあった。直線の中ほどで、ドロップコスモのリードがなくなった。智子が手綱を懸命にしごき、ステッキを入れているのがわかる。だが、ドロップコスモは鞍上《あんじょう》の指示などどこ吹く風で、マイペースを固持していた。二頭の位置が瞬間的に入れ替わり、その差があっという間に広がって、際限なく広がり続けてゴールした。

「……なんか、おそろしく反応の鈍い馬ですねえ。レースじゃ追いっぱなしになるんじゃないですか。重労働ですね、八弥さん」

「他人事《ひとごと》だと思って、のんきなことを言いやがる」

「いや、一週間にひとレースなんだから、あのくらいじゃないと身体がなまるか」

きわどいことを言ってのけると、大路はそろそろ時間だとコーヒーを飲み干した。たとえ調教であっても、騎乗の依頼は人気騎手に多く集まる。昨年の新人賞ジョッキーである大路は、八弥よりもよほど忙しい。

去り際に大路が言った。

「でも、ひょっとしたら、さっきの調教、女のひとだから馬を追えてないってことはないですかね」

「……そんなことを言うと、怒られるぞ」

八弥は重々しく首を横に振り、弟弟子を戒めた。

昨日、尋常でない智子と永坂のやり取りを目《ま》の当たりにした八弥は、直後に笠原調教師を馬屋の陰に引っ張り込んで、詳しい事情を問いただしている。はじめ笠原は内輪のことだからと言い渋ったが、レースに乗るからには、その馬に関するすべてのことを知っておかなければならないと八弥が強弁すると、頭を掻きながら内情を語ってくれた。

もともと、競馬サークルは男社会である。女性は以前、たとえ馬主であっても厩舎に入ることができなかった。女が来ると馬房が汚れるなどという荒唐無稽《こうとうむけい》な理由が、公然とまかり通っていたのである。

もちろん、現在はそのようなことはなく、女性の騎手も厩務員も存在している。だが、それはまだ圧倒的な少数派でもあった。そして旧社会の残炎のように、女性蔑視《べっし》の思想を心の奥底に隠し持つ厩舎人も、完全には消失しないでいた。智子が入ってくるという段階から、笠原厩舎では反対意見が出ていたのだという。

「いざ働きはじめると、まじめだけど、ああいう愛想のない子だったからね。気も強くて、言いたいことは躊躇《ちゆうちよ》せずに言うし。それを生意気に感じて、苦々しく思う奴らもいたようでね」

そういう女が、なにか大きな失敗でもやらかせば、男たちも溜飲《りゆういん》を下げたかもしれない。しかし智子は仕事を完璧すぎるほどにこなし、まったく隙《すき》を作らなかった。男たちはケチの付けようがなく、そんなところも、いけ好かない女だと思うようになった。

そのうえビーハッピーの活躍で、マスコミは智子を輝く大スターのように取り上げた。当然、男たちは面白くない。そのとき盛んに喧伝された、智子が大卒のエリートで競馬畑の出身ではないということも、彼らに反感を持たれる一因にはなっただろう。

「ところがここ数年、彼女の馬が走らなくてね。たまたまなんだけど、能力がなかったり故障が続いたり、未勝利のまま引退していくような馬ばかりを、彼女が担当したんだ」

「それで、ここぞとばかりに、ということですか」

八弥がズバリと言ったので、笠原はいやな顔をしたが、否定はしなかった。事実、その通りであったのだろう。

さらにたずねると、じつは今回の八弥への騎乗依頼も、数名の厩務員が団結して、

「智子の馬に乗ったら俺たちの馬には乗せん」

と厩舎の乗り役に圧力をかけた結果、余儀なくされた騎手交代というのが実情のようだった。それを千葉が、嬉々として拾ってきたのである。

「私も気になっていたから、今年は期待していた馬を智子にまかせたんだけど、これがさっぱりでねえ。頼むよ中島くん。彼女を救ってやってくれ」

はじめ言い渋ったわりに、笠原は問題の解決を、最後はすっかり八弥に押し付けてきた。

陽の暖かみが空気に溶け込んできた地下馬道の出口で、ステッキ片手に腕を組み、八弥がしばらく時間をつぶしていると、智子を乗せたドロップコスモが仄暗《ほのぐら》い空間から姿をあらわした。

智子は浮かない表情をしていた。二頭を併せる調教では、ゴールで両馬が並ぶのが理想である。先ほどくらいの大差になれば、乗り手の技術云々《うんぬん》でないことはあきらかだったが、それでも調教師からは苦言のひとつもあるだろう。格好の嘲弄《ちょうろう》の種として、同僚たちにはとうぶん重宝がられてしまうかもしれない。

八弥は馬上に声をかけた。

「どうだった、追い切りは。すこしは変わり身がありそうなのか」

「見ていたの？」

「まあ、途中から」

「なら分かるでしょう」

「……ええと、そうだな。確かにズブいところはあるみたいだが、力不足というより、本気で走っていないように見えたな。問題はそのあたりか」

「駄目な馬なのよ」

「……………」

「能力がないわけじゃない。疲労がたまっているわけでもない。なのに、走ろうとしない」

智子の口調は相変わらずひえびえとしていた。しかし、声がわずかに震えている。冷めた仮面の下で、思いつめた感情が激しつつあるようだった。

「見てよ。追い切ったばかりなのに、この子、ろくに息が上がっていないでしょう」

「言われてみれば、たしかにそうだな」

「ぜんぜん本気で走っていないのよ。今日併せたの、永坂の馬だったのに……」

「それはまあ、なんだか色々あるようだけど、あまり気にせず……」

「もっと、しっかり走ってよ！」

智子の理性に亀裂が走り、瞬時に裂けた。限界まで抑圧されていた衝動が、火の色に染まって噴出する。怒りの矛先は陰険な同僚にではなく、風格と魯鈍《ろどん》の中間の気配を漂わせる眼下の馬に向けられていた。智子は痛烈になじった。

「この子には、覇気が足りないのよ。レースになっても怠けるばかりで本気にならない。あなたの言う通りよ。この怠け者、本当にサラブレッドなのかしら。お手上げよ！」

「おいおい、馬に当たるな」

「もう、いやになるわ！」

そう吐き捨てると、智子は鎮まった。やはり自制心の強い女らしく、ほんの一瞬の激発だった。冷静さを取り戻した智子は、白皙《はくせき》の頰に血の色を残したまま、馬上でうつむいている。八弥はきょとんとしているドロップコスモの鼻面を撫でてやると、智子に声をかけた。気持ちはよくわかるが、慰めようとはしなかった。

「こいつを怠け者と決め付けて、怒るのはどうだろうな」

「……………」

「それよりも、どうしてこいつが怠け者なのか、なんで怠けているように見えるのか、それをあんたが考えてやったらどうなんだ。人間は馬より頭が使えるんだから、それくらいのことはしてやるべきじゃないのか。こいつだって、あんたに意地悪したくて怠けているわけじゃないだろう」

思ったことをそのまま述べた。結果として、八弥は智子を叱っていた。

返事はない。うなだれた姿勢のまま、智子は沈黙している。

気づくと、八弥は無数の視線に取り囲まれていた。騒動のにおいを嗅ぎ付けたのか、調教馬場を行き来する人々が、興味深げに自分たちを眺めている。蹄の音を響かせながら、馬まで瞳を向けてきている。

咄嗟《とっさ》に言い放ってしまったが、八弥はなんだか気まずくなった。

「もっとも、頭を使えといっても、それはあんたが東大出だからというわけじゃない」

余計なことを、口にした。

# 四

競走馬にはそれぞれ得意とする戦法があって、脚質《きゃくしつ》と呼ばれる。通常は逃げ、先行、差し、追い込みの四種に大別され、それは単純に言えばレース中の位置取りを四分割したものである。逃げはスタート直後から先頭を走る馬のことで、先行は二番手から四、五番手までの位置をキープして走る馬のこと。差しは先頭集団を射程圏に収めながら中位を進む馬のことで、追い込みは馬群の後方を追走して、ラストスパートに勝負を賭ける馬のことである。

八弥は狙い通りに好発を切った。スタートからの十数メートルを、ドロップコスモが先頭で走る。笠原からは追っ付けてでも先行させるよう指示を受けていたが、八弥は位置取りを馬に一任した。マイペースで走るドロップコスモは、予想通り、すぐに馬群に吸収された。一頭だけ動作が停止しているような脚色で、そのまま定位置のしんがりまで後退する。

スピード感に乏しいレースぶりを、笠原はさぞ嘆いているだろうと思ったが、八弥の心に動揺はなかった。好スタートからの追い込みは、兄弟子の紀健一《ただすけんいち》から伝授された、八弥得意の戦術である。寸時でも先頭に立てば、逃げたい馬はあわてて抜きにかかってくる。その結果、レースのペースが上昇し、最後の直線勝負が格段に成功しやすくなるのだ。

たて長の馬群が三コーナーをまわる。四コーナーに差しかかった。ドロップコスモは離れた最後方を悠然と走っている。

――まだか。

八弥は思ったが、ほうっておいた。ここで下手《へた》に追い出したら、指示を出しても反応が悪かったという、前任の騎手と同様の結末を迎えることは目に見えている。

――そのままなら、そのままだ。

人気薄の気楽さもあり、八弥は腹をくくって、馬からの合図を気長に待った。はるか前をゆく先頭集団はすでに直線に入り、観衆の声援を浴びながら熱い攻防を繰り広げている。

不意に、ドロップコスモがハミを嚙《か》んだ。手綱を通し、溢《あふ》れる力が伝わってくる。

――来た！

痺《しび》れる感覚だった。絶望的な位置に来て、ドロップコスモの闘志にようやく火が点《つ》いた。

「遅いよ、お前！」

外へ持ち出す暇はなかった。ひしめく前方の馬群に向け、八弥は猛然と馬を追った。渾身《こんしん》のステッキを一発入れると、肘《ひじ》と脛《すね》をくっつけた姿勢から、手綱を握った腕を思い切り前に突き出した。そして、伸び切ったところで手首を返す。黒い巨漢馬の首が低く沈み、四本の脚が砂の地面を強烈に蹴り上げた。怒濤《どとう》の勢いで集団に迫る。

八弥の仕掛けた戦術が功を奏した。直線なかばにある坂で、先行馬がそろって失速した。かわりに中団待機の馬たちが先頭に立つ。勝負から脱落した馬をまとめて捌《さば》いたドロップコスモは、さらに勢いをまして猛進した。首位を争う三頭の馬に肉薄する。八弥が全力で手綱をしごき、ドロップコスモがそれに応えた。ゴール板の前、黒い馬体が三頭の並びに突き刺さった。

ドロップコスモは三着になり、初めて自身の馬番号を掲示板に載せた。

戦いを終え、馬場から引きあげるサラブレッドを、赤いジャンパーの秋月智子が迎えに来た。

八弥は破顔した。

「…………」

「ほら、こいつ、頑張ったぞ」

「勝てなかったけどさ、あとちょっとだった」

「……ありがとうございました」

そういって頭を下げるまで、たしかに智子はこれまでと同じ冷たい表情をしていたはずである。それがその一瞬で何かが吹っ切れたのか、頭を上げたときには、しごく爽やかな顔になっていた。

——こんな顔も、できるんじゃないか。

八弥は晴れやかな気分でドロップコスモの首筋を叩くと、その背から降りた。

# 第二章

## 一

1DKのアパートから、八弥がトレセン目指して自転車を漕《こ》いでいる。淡い陽射しのなかを吹く、早春の風が気持ち良かった。自然の豊かな地域だけに、空気の鮮度には格別のものがある。

通用門を抜け、通い慣れた道筋を進んでいると、腕組みする調教師に深々と頭を下げる騎手の姿が、ちらりと目に映った。時刻はすでに正午を過ぎている。朝の調教での失策を謝っているというわけではなさそうだった。

だとすれば、平身低頭して頼み込んで、騎乗機会をもらおうとしているのだろう。

俗に営業といわれる、こういう騎乗馬獲得のための運動を、八弥はしない。

「自分の技術を安売りするな」

というのは、兄弟子である紀健一の受け売りだったが、八弥もその影響を強く受けていた。

紀という男は、そういう骨張った信念のおかげで、乗り鞍《くら》を減らした騎手でもあるのだが、

「器の小さい人間は、自分に物が入らない代わりに、どんな場所にも収まる。ところが俺のように器が巨大だと、そうはいかない。受け入れてくれる場所がなかなか見つからないのだな」

などとうそぶいて、まるでどこ吹く風だった。八弥はそういう兄弟子を、騎手としても男としても目標としている。

もっとも紀は、新人だったころの八弥を連れて、トレセン内を歩き回り、

「おい、調教師《テキ》。こいつは美浦で二番目の腕利きだからな。馬が空いたら第二候補に考えておいてくれ」

といったふうに、弟弟子の営業をしてくれたことはある。

そのときの、ある調教師の返事がふるっていた。

「ああ、一番の腕利きはこのまえ引退しちまったからな。今度お願いするよ」

巧みな切り返しを受けた紀が、男くさい顔に浮かべた困惑の表情を、今でも八弥はおぼえている。

八弥の場合、当人の代わりに師匠の千葉が頭を下げ下げ、各所を営業のために回ってくれているのだが、それでも八弥自身は騎乗馬目当てに頭を下げることはしていない。意地を貫き歳月を積み重ねていた。

ただし、調教師や馬主に取り入ろうとする騎手が、顔面に浮かべる卑屈な笑みを、決して侮蔑《ぶべつ》してはいけないことを八弥は知っている。彼らとて、本心から追従《ついしょう》などしたいはずが

ない。生活のため、あるいは家族のため、必死に頭を下げているのである。誇りを捨てて馬を得るのも、誇りを守って貧に喘《あえ》ぐのも、どちらも同じくらいの苦痛だろう。

年が明け、早くも三ヵ月が過ぎようとしているが、八弥の騎手業は好転していなかった。生活費こそ調教代でぎりぎり賄えているが、遊興などはもってのほかの状態である。実戦での騎乗は三週に一度は競馬場へ向かうリエラブリーのそれが、全体の四割を占めるような有り様だった。

今年七歳になったリエラブリーは、千葉調教師の管理する牝馬である。本来なら弟弟子の大路佳康が乗るべきなのだが、何年も前から八弥が騎乗していた馬であり、また長い競走生活で一勝しか上げていない下級条件の馬であることから、特例としてそのまま八弥のお手馬になっていた。

もっとも、大路はことあるごとに、

「牝馬は、繁殖に上がれば御《おん》の字なんですから」

と旧世代の頑固オヤジのようなことを言って、リエラブリーの引退を千葉に勧めたりもしている。大路は牧場の息子であるだけに、その言い分には一理あるようにも聞こえるのだが、裏には数の限られた厩舎の馬房にできるだけ多く実家の馬を入れようという、したたかな計算が見え隠れしていた。

大路がそんなことを言い出すたびに、八弥は、

「お前、俺を飢え死にさせるつもりか」

と怖い目つきで反駁《はんばく》して、引退話を撤回させている。

ただ、今年になってからのリエラブリーの成績は芳しくない。出走したいずれのレースでも、九着以下に甘んじている。ゆえに八弥の懐に入ってきたのは、賞金ではなく、雀《すずめ》の涙の騎乗手当てだけだった。

偏屈な騎手に成り代わり、頭をあちこちで下げ回っている調教師のもとへ、八弥は愛車のペダルをゆっくり漕いでいた。

二

千葉厩舎に到着すると、真帆子が青いプラスチックのじょうろを使い、菜園に水をまいていた。厩舎は横に長い建物で、全長はじつに八十メートルにも及ぶ。その庭も広大だった。とくにふたつある洗い場の間のスペースが無駄に広々としており、厩舎によってはそこに放牧場を設けたりしているのだが、千葉の家では土を入れて菜園を作り、植物の季節季節の生長を楽しんでいた。

厩舎の空き地の使い道など、以前はどうでもよいと思っていたものだが、八弥は近ごろ収穫物のおすそ分けをしてもらうたびに、菜園で本当によかったと思ったりもする。

千葉厩舎の午後の作業は、二時の馬房清掃からはじまる。次いでブラッシングやアイシングなどの馬体のケア、そして三時の飼い葉付けへと続いていく。馬もそのことは承知していて、三時近くになると二十の馬房から全馬そろって顔を出し、壮観な光景が現出するのだが、時刻はまだ一時過ぎだった。仕事が始まれば調教師も忙しくなるからと、八弥なりに気を配りつつ訪問しているのである。

自転車置き場から庭に出ると、真帆子が畑にじょうろを置いて、八弥のもとへ駆けてきた。

「八弥さん！　どうしたの？　お父さんに何か用？　それとも、私？」

快活な笑顔に、あどけなさが多分に残っている。真帆子は厩務員として五年のキャリアを持っているが、二十三歳とまだ若い。八弥が千葉厩舎に入門したとき、真帆子は中学生だったが、そのときから厩務員を目指して乗馬を習っていた。高校卒業後、寄り道をせずに競馬学校の厩務員課程に入り、六ヵ月の研修を経て夢を実現させている。

「いや、騎乗依頼が来ていないか、先生に聞こうと思ってね。今、家にいる？」

「いるけど、つまんないな」

「ん？　なにが」

「なにがって、鈍いなあ。私に会いに来たって、八弥さん、冗談でも言えないもの？」

八弥の視線の先で、真帆子は口をとがらせ頰《ほお》を膨らませ、いかにも不服そうな顔を作っている。だがそれは、指で軽くつつけば吹き出しそうな顔でもあった。真剣な問いかけだとは、到底思えない。

「……じつは、それもあるんだ」

「あ！　無理してる。そんなふうに言われても、ぜんぜん嬉しくない」

「…………」

「ま、しょうがないか。リエラブリーの成績がイマイチだから、八弥さんのお財布が冬のままってことは、私もわかってるし。余裕がないんだよね、八弥さん」

「ハ、ハ。ぜんぶお見通しか」

正確無比な指摘に、八弥は苦笑を洩《も》らした。

「そうそう、長い付き合いなんだから。それくらいわかるのよ」

「たしかにそうかもなあ」

八弥は頭を掻《か》きつつ頷《うなず》いた。表情の苦味が微妙に増したのは、十年という過ぎた年月の重みに、自然と思いが及んだせいだったろう。

八弥が黙ると、会話に長めの間が生じた。区切りとしてはちょうど良いと考え、八弥はそのまま千葉の家に向かおうとした。

すると、背後で真帆子が言った。

「あれれ、もう行っちゃうの」

顔は見えないが、慌てた口調には、先ほどよりも真剣味が感じられた。八弥は立ち止まると、すこし考えてから振り返った。

「そういえば、さっき紕さんのことを思い出したよ」

「え？　あんちゃんのこと？」

厩舎内では、新人騎手のことを『あんちゃん』と呼ぶ。真帆子は紕のことを、今も昔もその通称で呼んでいた。

「ねえねえ、どんなことを思い出したの？　聞かせてよ」

「うーん、別にいいんだけど、かなり前の話だからね。ちょっと恥ずかしい気もするな」

「じゃあじゃあ、八弥さんは今ここでその話をするか、これから毎日私の代わりに水まきをやるか、ふたつにひとつってことにしない？」

「ん？　その選択肢、俺には何も良いことがないような……」

「だって、そのほうが決めやすいでしょ」

昔と変わらない笑みを、真帆子は満面に浮かべた。

――この笑顔には、勝てない。

あきらめにも似た気分に胸を支配され、八弥はまた頭を掻いた。

三

「お父さん、昼寝するとか言ってたから、たたき起こしてくるね」

八弥とのおしゃべりに満足したのか、真帆子はしばらくすると物騒なことを言い残し、軽い足取りで自宅に入って行った。八弥は玄関の前にひとりで残った。

休憩時間のはずなのに、馬房のほうから声がする。

「ショウサン、ショウサン」

いい加減な節の付いた、大きすぎる歌声である。亀さんのどら声だと、すぐにわかった。

アメリカの厩務員向け教科書では、静かな人間であることが馬を扱う者の第一条件に挙げられている。それが真理であるとすれば、亀造《かめぞう》などはまったくの不適格者となるだろう。亀造の喉《のど》は生まれつき、声が大きく出るようにできていた。

厩舎内を覗《のぞ》くと、太く硬そうな白髪を短く刈りこんだ亀造が、馬具や竹ぼうきやマイクロレーダー機器などを、馬房前の壁に集めていた。ひとりの厩務員が隣り合わせたふたつの馬房を担当するため、その前の空間が各人の物置となっている。仕切りのない地続きの空間ではあるが、やはり厩務員の個性が出て、それぞれの物置は微妙に雰囲気が異なる。

厩舎の右から三番目と四番目が亀造の馬房だった。亀造は物を放り投げるように片づけるため、その一帯は両隣りに比べだらしない様相を呈しているのが常なのだが、今日はそれを整頓《せいとん》している。八弥は興味を惹《ひ》かれて声をかけた。

「亀さん、なにかあったの」

「おう、八ちゃん。どうかしたのか」

作業を中断して、亀造が日に焼けた顔を八弥に向けた。

「いや、急に片づけなんか始めて、珍しいと思ってさ」

「きっと、今に取材がくるからよう」

目尻に何本もしわを寄せて笑った亀造は、そう言って馬房のほうを見た。白い金網の扉と銀色の水桶《みずおけ》に挟まれて、泥を塗り付け半乾きにさせたような面相の芦毛馬《あしげうま》が立っている。馬もつぶらな黒目がちの瞳で亀造を見ていた。

「なんの取材さ。ひょっとして、亀さん悪いことでもしたの」

くだらないことを八弥が言うと、小柄な亀造がぴんと胸を張った。

「ショウサンだよ。ショウサン。来週デビューなんだけどよ、調子は最高。こいつは走るぞう」

「さっきから思っていたんだけど、ショウサンってなんのこと」

「こいつ、オウショウサンデーって本名だからよう、そう呼んどるのさ」

今度は八弥のほうに目と耳を向けている芦毛馬を、亀造が指差した。

「……なるほどね」

八弥は得心した。亀造は、いつもそういう馬名の略しかたをする。以前担当していたシャムシールという大路ブランドの馬のことは、『ムシ』と呼んだりして、当時新人だった大路を大いに嫌がらせた。同じく大路ブランドのエクスカリバーという馬に至っては、『スカ』と呼ぼうとして、縁起が悪いと厩舎全体から反対されている。

「なんせ、今年のダービーを獲る馬なんだからな。勝算、ありだ。ぴったりだろ」

亀造は、たとえば記者の取材にも、少々吹聴《ふいちょう》ぎみに景気よくコメントする厩務員ではある。だが、それにしても強気な発言が続いていた。相当な手応えを感じているらしいその様子に、去年の暮れに聞いた大路の言葉を、八弥は思い出した。

――ちょっと凄い馬がいる、か。

胸の内で呟くだけで、声には出さなかった。亀造のはしゃぎようを見ていると、ちょっと凄いくらいでは、喜ばないどころか憤慨しかねないと思ったのである。

「そういや、ほら、こいつの馬主、関西の人だろ。だから、レースを見たいとか言って、デビュー戦は阪神まで遠征するようテキに談判してきてるんだよ」

「そりゃまた、ずいぶんと強引な馬主だね」

オウショウの冠名で知られる大馬主、伊能満《いのうみつる》の持ち馬が、千葉厩舎に入ったのは初めてのことだった。ビッグネーム同士、伊能と親交のある大路繁が、千葉を紹介したのである。

高額馬のそろう伊能の所有馬は、競馬ファンからオウショウ軍団と呼ばれ、大レースをいくつも制していた。昨年もオウショウエスケプという寸詰まりの名前を持つ青鹿毛《あおかげ》の逃げ馬が、二歳馬の頂点を決める朝日杯フューチュリティステークスを勝っている。オウショウエスケプは、今年のクラシック戦線でも最有力視されていた。

自分が乗れるわけではない。八弥は一抹の寂しさを感じながらも、よほどの馬と巡り合えたらしい亀造の、子供じみたはしゃぎぶりを見て、二年前の選択は間違っていなかったとあらためて実感した。

「だからそうなったらさ、八ちゃん、阪神まで乗りに行ってくれよ」

「えっ！」

思いがけない言葉に、八弥は亀造以上に大きな一声を発した。

「なんで、俺が乗るのさ」

「土曜の阪神には芝の新馬がないからよ、出るなら日曜のレースになると思うんだけどさ、来週の日曜っていえば、ほら、オージ様はなんとかって馬で弥生賞《やよい》だろ」

「おお！　カッツバルゲル」

「それよそれ。だから、まだわかんねえけど、いちおう来週は空けといてくれな」

「空いてるとも！　空いてるともさ！」

自分の口にしている言葉の虚《むな》しさにも気づかず、八弥は意気込んで答えた。

「そうと決まれば、亀さん、頑張って世話してくれよ」

「言われなくとも頑張るわい。なんせ、こいつはダービー馬なんだから。な、ショウサン」

白黒灰の三色まだらの鼻筋を、亀造がしわだらけの手で磨くように撫《な》でると、芦毛の馬は心地良さそうに、目を細めた。

## 四

安眠を妨げられたにもかかわらず、調教師の千葉徳郎は亀造に負けないほどの笑みを浮かべて、八弥に騎乗馬を世話してくれた。

中央競馬の競走馬のクラスは、上から順にオープン、千六百万下、一千万下、五百万下、未勝利と、獲得賞金の額によって区分されている。今回依頼を受けたベンライオンという馬は、中堅どころの一千万クラスの馬だった。不遇の八弥にしてみれば、それだけでも珍しい好条件といえたが、そのうえこのベンライオンは、昨夏に長い休養に入るまでは千六百万条件に在籍していた、いわゆる降級馬だった。

一時とはいえ千六百万下にまでクラスを上げたのは、並ならぬ馬の力の証明だったし、降級したおかげで、一度は突破した条件を走ることができる。休養明けの成績はあまり芳しくないようだったが、本調子にさえ戻れば、すぐにでも好勝負を見込むことができた。

しかも、ベンライオンが出走するのは、中山競馬場、芝千六百メートルの房総特別。土曜開催の準メイン戦である。テレビ中継もあり、なにより賞金が高い。断る理由が八弥にはなかった。

「そういえば、亀さんの馬、来週は阪神なんですか」

帰り際にたずねると、それまで一貫して嬉しそうだった千葉の顔が、わずかに曇った。

「ああ、そうなんだよ。長距離輸送をして、わざわざ新馬に負担をかけるようなことはしたくないんだけど、オーナーがどうしてもって言うんでね。うわさには聞いていたけど、強引なひとだよ」

「………」

阪神に行ってもらわない限り、その馬に跨《また》がる機会のない八弥は、きわめて複雑な心境だった。しかしどちらかといえば千葉より馬主の意見を応援したがっている自分に気づいて、八弥は内心何度も千葉に頭を下げてから、素知らぬ顔をしてそそくさと厩舎を去った。

自転車で移動して、ベンライオンを管理する佐野調教師を訪ねると、大仲《おおなか》にいる厩務員に、詳しいことは聞いてほしいということだった。挨拶《あいさつ》程度の短い会話の中で、気の悪い馬だから気を付けてと二度も注意されたのが引っかかったが、八弥はともかく厩舎の右端にある調教師宅から、二十の馬房と食糧倉庫を横切って、厩務員のたまり場である左端の大仲に向かった。

吉田という担当の厩務員はすぐに見つかった。八弥が大仲を訪れると、自分から名乗り出たのである。太い黒ぶちの眼鏡をかけた、おそらく八弥より年下のまだ若い男だった。整った顔をしているが、気になるほどのまばたきの多さに、神経質そうな一面が感じられる。

「あの馬のことは、話すより実際見てもらったほうがわかりやすいでしょう」

腰掛けていたパイプ椅子《いす》から立ちあがり、なあ、とまわりの仲間たちに同意を求めると、吉田は八弥を導いて外に出た。吉田の問いかけに、同僚たちは苦笑を洩らしていた。

ベンライオンの馬房は、厩舎の真ん中にある食糧庫の横だった。両サイドの住宅の騒音から、なるべく隔離するのが目的だと、吉田が説明してくれた。

「ほら、こういう馬なんですよ」

吉田の言葉を耳に入れながら、八弥は呆然《ぼうぜん》とその様子を眺めた。

敷き詰められた寝藁《ねわら》の上を、緑の馬服《ばふく》をまとった琥珀色《こはくいろ》の馬が左回りに周回している。飽きることなく回り続けて、しかも、馬の鼻息のことを厩舎言葉で『あらし』というが、そのあらしを沸騰しているヤカンのように盛んに吹き、それが己の使命であるかのように、時折駆け足になりながら馬房内をぐるぐる回っている。

「凄いね、これ」

八弥が言ったのは、なにもベンライオンの行動ばかりではない。それもそうだが、あらしの出所である鼻と口に、籐籠《とうかご》がかぶせられているのである。さらに首には革の帯がぐるりとまかれて、馬房と廊下を仕切る馬栓棒《ませんぼう》には、なんの目的か鏡が引っかけられている。千葉厩舎では一度も見たことのない、ごちゃごちゃとして狭苦しい光景だった。

「たとえばこれを外すでしょう」

八弥の視線に気づいて、言うより早いと吉田が鏡をはずした。そして八弥の腕を引っ張って、厩舎の外に出るよう促した。わずかに開けた戸の隙間《すきま》から、ふたりは馬房の様子をうかがった。

すると、ベンライオンが周回運動を停止した。かわりに両前脚の幅をこころもち広げて、首を横に振り、右に左に身体《からだ》を傾け揺らしはじめた。檻《おり》に閉じ込められた熊の動作や、波に揺れる船に似ていることから、『熊癖《ゆうへき》』あるいは『船揺《ふなゆ》すり』と呼ばれる、競走馬の悪癖だった。

「これは、ひどい」

「鏡があると、それに映る自分の姿に気を取られて、この癖を出さなくなるんですよ」

ふたりは厩舎内に戻った。ベンライオンは鏡を置かれる前に、目の前に出現した人間の姿に関心を向け、船揺すりをやめた。そのかわり、再度ぐるぐる回りだした。

「ちょっとは気性も良くなるかと、去年の夏に去勢したのが逆効果だったようです。取ったかわりにこんな回游癖《かいゆうへき》を身につけて、牧場から帰ってきたんですから」

面白くもなさそうに吉田が言った。この癖の抑制手段は見つかっておらず、船揺すりか回游癖か、どちらか一方の悪癖は許さざるを得ないのが現状で、蹄《ひづめ》の変形を引き起こす恐れのある船揺すりよりはまだましだろうと、仕方なく好きに馬房内を歩かせているのだという。

口の籠は、馬服や自身の脇腹などを噛《か》んでしまう『身食《みぐ》い』を防止するため、首のベルトは、空気を呑んで疝痛《せんつう》を引き起こす『グイッポ』をやめさせるため、それぞれ装着させているのだと、八弥が聞く前に吉田が説明した。

「こいつは、ひと筋縄ではいかなそうだな」

八弥の正直な感想だった。相手は度を越した気性難のようである。

「でも力は結構あるんですよ」

吉田が答えた。

「前走までは野田《のだ》さんに乗ってもらっていたんですが、出遅れて、しかも道中折り合いを欠いてまくり気味に進出して、おかげで直線はバテバテになるというのがパターンで、まったくレースになりませんでした。野田さんも、自分が下手と思われるのが嫌だったんでしょうね。その馬にはもう乗りたくないと、騎乗依頼を断ってきたんです」

野田といえば、かつて一世を風靡《ふうび》した豪腕ジョッキーである。それが乗りにくいからと騎乗を避けるとは、そろそろ保身にまわり始めたのかと八弥は思った。だが、おかげで貰《もら》えた騎乗依頼である。あまり悪く言うのも良くないと、自身を戒めた。

もともと、八弥のところまで依頼が回ってくる馬に、問題のないわけがないのである。大変な馬だとは思ったが、それほど落胆はしなかった。

吉田が八弥のほうを向いた。疲れやしないかと思うほど、吉田はまばたきを繰り返している。

「明日、ゲート練習をやるので、お願いします」

五

照明の光のなかを、馬上の八弥が進んでいる。

春の到来は、調教馬場の開放時刻を一時間早くする。冬の間は朝の七時に始められていた追い切りが、六時開始に変更されていた。すこしでも荒らされていないコースを走らせようと、各厩舎とも開放時刻に合わせてひと組目の馬を移動させる。そのためには、厩務員は開放時刻の一時間前に厩舎に集まり、担当馬の状態のチェックと、ウォームアップを済ませておかねばならない。各自の起床時刻は、当然その三十分ほど前になる。夜の闇のなかで、トレセンの朝は始まるのだ。

八弥とベンライオンは地下馬道を抜け、南馬場のゲート練習場に入った。

南馬場には楕円形《だえんけい》の調教コースが四本ある。もっとも外側にあるDコースは一周二千メートル、幅三十メートルと、競馬場のコースを凌駕《りょうが》するような規模を持っている。ゲート練習場は、最内のAコースのさらに内側に設けられた直線走路である。走路の両端はAコースと連結していた。

先客がいたのでゲートの後方で待機していると、ベンライオンはここでも周回運動を始めた。

――それにしても。

と八弥が思ったのは、ベンライオンの出立《いでた》ちである。耳と顔をすっぽりと覆う、メンコと呼ばれる緑色の覆面。そのメンコから露出している両眼の部分にかぶせられた、背後の視界をカットする白いブリンカー。そして下方の視界を制限する、鼻面に巻かれた緑色のシャドーロール。仕上げとして、騎手の指示を強く伝えることを目的とした、トゲ付きの頬あてまで取りつけられている。身体つきはむしろ貧相なベンライオンだけに、ここまで重装備を施すと、どうしても頭でっかちに見えてしまう。

ようやく空いたゲートに、八弥はベンライオンを導いた。さぞやてこずるだろうと思ったが、幅九十六センチ、奥行き二百六十センチの狭い枠内に、栗毛の悍馬《かんば》はあっさり収まった。

厄介だったのはそれからである。

ベンライオンはまず、首を伸ばして前扉の金網に噛み付こうとした。やめさせようと、あわてて八弥が手綱を引くと、今度はその指示を逆手に取るように、必要以上にあとずさって、尻を後ろ扉に押し付けたりした。重心が後ろに傾いたこんな姿勢でスタートしたら、出遅れは必至である。かといって金網を噛んでいるときに前扉が開いたら、少々の怪我《けが》では済まないだろう。

回游癖と船揺すり、どちらがましかと択一したのと同様に、先任の野田ジョッキーは、やむを得ず馬を立ち遅らせていたのかもしれなかった。

それでも八弥は、前扉と後ろ扉のあいだを問題の起きる寸前で行き来させて、極力四本の脚を揃《そろ》えさせるよう努力した。精神的な疲労が、総身に汗を浮き上がらせる。

前扉が開くと、ベンライオンの身体が後ろに大きく沈み込んだ。馬はその反動によって枠から飛び出していく。ベンライオンの動きに半拍遅れて、八弥の身体が後ろに下がった。後ろ扉にべったり尻を付けたベンライオンを、前に促した瞬間のスタートだったため、わずかに呼吸がずれたのである。

左後脚を残して、ベンライオンの三本の脚が前方へ振り出される。八弥はあぶみに乗せた足を後方に引いて上体を斜め前に倒した。ベンライオンの右後脚が地を踏みしめる瞬間に、遅れたリズムを修正した。次いで馬の右前脚が着地したときに、あぶみの位置を元に戻す。兄弟子の紀から伝授された通りの技術だった。八弥はベンライオンに、無難な発馬を切らせることに成功した。

八弥が気合をつけるまでもなく、ベンライオンはダートの直線走路を疾駆した。重そうな頭をはげしく上下に振る走法は、狂奔《きょうほん》という形容がふさわしかった。八弥が思い切り手綱を引くと、口を割って頭を不自然に高く上げ、やっと減速してくれた。

ごてごてと矯正具を盛り付けられる理由を思い知らされる反面、それらの道具が本当に効果をあらわしているのか、八弥は若干疑念を抱いた。ベンライオンの駆ける様子は、荒れ狂ってはいるものの、声を聞けば悲鳴でも上げていそうな姿だと思ったのである。

吉田は去勢したら癖が増えたと嘆いていた。ならばゲート内の癖や、異常に興奮した走りも、過剰な矯正具の装着が生み出しているものだとは考えられないだろうか。

そのあともう一本、ウッドチップコースで強めに追い切ると、八弥とベンライオンは調教場をあとにした。コンクリート壁の地下通路を抜けると、吉田が八弥たちを待っていた。

「中島さん、スタート上手ですね」

褒められて八弥は表情をくずしたが、すぐにそれを引き締めた。落ち着かせようとベンライオンの首筋を撫でながら、さきほどから思案していたことを吉田に告げてみる。

「なあ、このブリンカーとか、シャドーロールとか、はずしたら駄目なのか？　あんまり効いていないように思うんだよ。どっちにしろ暴れるなら、付けなくたっていいんじゃないか？」

「とんでもない」

吉田は即座に応えた。眼鏡の内の目を神経質にまばたかせて、八弥の顔を直視する。

「この馬の気性はわかってるでしょう。直線で曲がってカーブで直進するような馬なんですよ。裸で出たら、逸走したり斜行したりで、まともに走れないに決まっています」

「でも、実際に走らせてみたことは、ないんだろう？」

見当をつけて言ってみると、はたして図星のようだった。吉田は言葉を詰まらせ、眉間《みけん》に細いしわを寄せた。しかしすぐに反論してきた。

「レースでは、たしかにありません。でも、入厩して間もない頃、素のままで走らせたら、放馬《ほうば》して乗り役を怪我させたんですよ。だから矯正具を付けるようにしたんです」

吉田はそこまで言うと、顔に皮肉な色を浮かべた。なまじ端整な容貌《ようぼう》をしているだけに、ちょっと口辺を歪《ゆが》めただけでもひどく険悪な相になる。

「それともなんですか。自分の腕ならこの馬を自在に操れる。そうおっしゃりたいんですか」

「そんなことはないさ」

刺々《とげとげ》しい言葉を受け流しながら、これ以上、吉田に意見を続ける愚を八弥は悟っていた。専門家であるぶん、ベンライオンの欠点ばかりが吉田には目につくようである。そして、それを抑え込むことに躍起になっている。いっぽう八弥の見解はその対極に位置していた。いくら言葉を交わしたところで、話は進展せず、お互い不快になるだけだろう。

八弥は馬を降りた。

「それに、ベンライオンのことを一番知っているのは、厩務員のあんただからな。今日はじめて背に跨ったような奴が、とやかく口を挟むことではなかったよ。すまなかったな」

吉田が返事をせず、黙って馬の背に両手を乗せたので、八弥は吉田の左足の膝《ひざ》を抱えて、騎乗の手助けをしてやった。

憤然とあらしを吹きまくっていたベンライオンが、その一瞬の隙を衝《つ》いて、両前脚を高々と持ち上げた。宙を掻き毟《むし》るように、二本の脚をばたつかせる。八弥はあわてて鎮めようとしたが、相手は言うことをきいてくれない。

吉田は鞍にしがみつき、何とか馬の叛乱《はんらん》をやり過ごそうとしていたが、数秒後には手を滑らせた。

# 六

練習の甲斐《かい》なく、ベンライオンは本番で出遅れた。たてがみを振り乱して追撃に移ったベンライオンを、馬群の後ろに誘導しながら、さもありなんと八弥は思わず納得していた。入れ込みの度合いが、調教時の比ではなかったのである。パドックを回っている間から、白く泡立った汗が、あばらの浮き出た琥珀色の馬体からボタボタと流れ落ち、ブリンカーからわずかにのぞく瞳は、白目が痛々しいほど充血していた。

練習のときと違い、ベンライオンがゲート入りを嫌ったことで、いやな予感はいっそう増幅した。そしてそれが見事に的中した。枠内で錯乱状態に陥ったベンライオンは、スタート直前にタイミング悪く立ち上がり、八弥は出遅れを防ぐどころか、先日の吉田の二の舞になることを防ぐので精一杯だった。

大きな不利には違いない。だが、ある程度は覚悟していたことでもある。八弥は慌てることなく、頭に描いた戦術を予備のものへと切り替えた。

馬が失速したとき、原因は体力の問題だと思われがちだが、精神が影響する場合もあった。それは精神の疲労ではなく、ある種の満足感といっていい。馬群の先頭に立ちたいという、欲求と苛立《いらだ》ちの混ざったような馬の本能的なエネルギーが、実際先手を奪ったときに、ふっと霧消してしまうのである。

もちろん、すべての馬がそうではない。しかし、ベンライオンは気持ちで走る馬である。

魂を燃焼させるようにして肉体を動かしている。メンタル面の微細なゆれが、レースの勝ちにも負けにも直結するのではないかと、八弥は考えていた。

ここ数戦のベンライオンは、出遅れて、一旦先頭にまで激走して、直線でバテるというのがパターン化している。今回も出遅れは避けられなかった。八弥はあとのふたつを工夫することで、レースに可能性を見出そうとした。

すなわち、道中は後方に待機し、ゴール寸前で先頭に立つ競馬。

八弥は後方の集団にベンライオンを潜り込ませた。密集した馬群の中、前後の馬の脚が交錯し、アルミ合金の蹄鉄《ていてつ》がカンカン音をたてて火花を散らしている。だが、視界の限られたベンライオンには、その火花も見えていないようだった。琥珀色の悍馬は混戦に臆《おく》するどころか、他馬を無視するように先へ先へと行きたがった。わずかな隙を見つけるたびに、伸ばした首を錐《きり》のように捻《ね》じ込んで、強引に前へ進出していく。

先頭を走るのは大路の騎乗する関西の馬だった。さしたる親交もない栗東の調教師からわざわざ依頼されるのだから、大したものだと八弥は思う。腰をぴんと高く上げたフォームに、少しのぶれも窺《うかが》えないのが見事だった。

三コーナーをすぎて、四コーナー。八弥は手綱を引っ張ったまま、馬群の中団まで順位を押し上げていた。他馬が仕掛けたときも、ベンライオンは自分からペースに対応した。直線を向く。八弥が手綱を緩めると、ラチ沿いに見えた空間にベンライオンは身体を突っ込ませた。我が意を得たりとぐんぐん速度を上げる。前を行くのはステッキを連打している大路の鹿毛の逃げ馬と、それに馬体を併せる同色の巨漢馬だけになった。外から一頭、芦毛の馬が伸びて来ている。

前の二頭に、後ろ二頭。直線のなかばで、先頭争いはこの四頭に絞られた。

——どうする。

八弥が思ったのは、進路の取り方である。大路の馬と芦毛馬に囲まれ、行き場がなくなっていた。手綱を引いて一旦下がり、外に持ち出してから追い出しては、もう間に合わない。後手を覚悟で芦毛馬が外へ持ち出すのを待つのは、勝利を狙う戦術ではなかった。それは兄弟子の教えに反している。

大路がちらりと右手のターフビジョンに目をやった。八弥の存在を認識したはずである。大路の馬も伸びてはいるが、隣りの鹿毛に比べると手応えが劣っていた。勝てる見込みがなくなれば、あるいは八弥に進路を譲ろうとするかもしれない。

「大路！」

八弥が叫ぶ。

「開けるな！」

ついに大路の馬がかわされ、鹿毛の巨漢馬が先頭に立った。大路も抵抗したが、頭差から首差、そして半馬身と突き放されていく。坂を登りきり、ゴールまでの距離が六十メートルになった。

「大路！」

八弥が叫んだ。大路が馬を内ラチぎりぎりまで寄せる。若干のスペースが作られた。

――ここだ！

八弥がはじめてステッキを入れた。ベンライオンが、最後の意力で突進する。一完歩《いちかんぽ》、つまり四本の脚で一度ずつ地面を蹴ることによって、完全武装の頭を空隙《くうげき》に刺し込んだ。先頭を行く巨漢馬の騎手が、背後の動きを察知したらしい。馬体をじわりと内へ寄せた。八弥がもう一度ステッキを入れた。ほとんど消えた道筋に、琥珀色の体軀《たいく》が割り進み、気で弾《はじ》き飛ばすように壁をこじあけ、両断した。

首ほど抜け出したところでふっと手応えがなくなり、最後に再びハナ差まで詰め寄られたのはご愛敬だったが、八弥とベンライオンはレースの勝者になった。

人馬とも久々の勝利のはずだった。しかし、どちらも嬉しそうな顔はしていなかった。燃え尽きたベンライオンは、種々の矯正具のせいで、顔自体が見えない。

鞍上の八弥は、この癖だらけの騸馬《せんば》が、今日のレースも含め、生涯の一切合切を人間の意思に翻弄《ほんろう》されているようで、哀憫《あいびん》といっていい胸の痛みをおぼえていた。ベンライオンは騸馬である。いくら勝利を重ねても、種馬《たねうま》にはなれない。力尽きるまで引退はなかった。

阪神遠征が決定し、騎乗も正式に決まりつつある亀さんのあの馬には、のびのび走らせてやりたいものだと、八弥は切に思った。

横に勝利の陰の功労者である大路が出現した。ガッツポーズを作り、八弥に声をかけてきた。

「やりましたね！　生活費二ヵ月分！」

束《つか》の間の感傷を吹き飛ばす、ひどく現実的なことを弟弟子は言ってくれた。

# 第三章

## 一

「ショウサン、ショウサン」

と鼻歌を口ずさんでいるのは、亀造ではない。八弥である。日に日にやわらかさを増す春の陽光のなかで、八弥はオウショウサンデーに付きっ切りになっている。ほかに仕事の依頼がなく、暇だったこともたしかだが、実際接してみたオウショウサンデーは、ついつい溺愛《できあい》したくなる馬だった。黒い毛と白い毛の入り混じった容貌は、決して美男とはいえなかったが、性格が無類にいい。素直な心を邪気の無い腕白でくるんでいるような、無垢《むく》の明るさがある。一日接すれば一日ぶん、三日接すれば三日ぶん、そのそばから離れ難くなる愛情が、八弥のなかに育まれてゆくようだった。

そして、競走馬としての素質にも並々ならぬものがあった。水曜日、南馬場で行なった追い切りで、八弥ははじめてこの馬に跨ったが、その瞬間、乗り味の心地よさに胸を躍らせた。

オウショウサンデーは、寸分の狂いもない天性のボディ・バランスを備えていた。内向も外向もない四本の脚に、自身と乗り役の体重を均等に分散させる。歩かせてみると、思わず顔がほころぶほど、なめらかでスムーズな足取りだった。八弥の心は昂《たか》ぶった。こういう馬は、例外なく走るのである。

そして実際ウッドチップコースへ出したとき、その予感は確信に変わった。八弥が合図を送ると、即座にオウショウサンデーは重心を下げて加速し、追い出してみると、身体《からだ》の前半分をグンと沈ませ、柔軟な筋肉のバネを最大限に伸縮させながら、しかもその重心移動、さらには鋭い加速を、一向に乱れないボディ・バランスで、鞍上の八弥には感じさせなかった。乗り味は快適な状態に保たれ、いくら追っても走りに無理が生じない。

追い切りは、複数の馬を並んで走らせる併せ馬で行なわれた。調教パートナーはオウショウサンデーと同じく今週のレースに出走する、オープン馬のカッツバルゲルである。この栗毛馬が中山メインの弥生賞を走るため、馬主の都合で阪神競馬場の新馬戦に出るオウショウサンデーの騎乗機会が、厩舎《きゅうしゃ》主戦の大路佳康ではなく、フリーの中島八弥に回ってきたのである。

オウショウサンデーが先行するかたちで始められた併せ馬は、互いに目一杯手綱をしごき、両馬の馬体がぴったり並んだところで終了した。多少のアドバンテージがあったとはいえ、レース経験のない馬が、一線級のカッツバルゲルと互角に渡り合ったのである。破格といえる内容だった。なにより六十二秒台でまとめた上がり五ハロンのタイムが圧巻である。

追い切り翌日の木曜は、馬のリフレッシュが厩舎作業の主体となる。トレセン内を歩いて一周させたり、ががらに空いている調教コースを馬なりで楽走させたり、その方法は厩舎ごとに様々だったが、トレセン北部にある森林馬道を活用する厩舎も多かった。

一万本あまりの植樹によって誕生した森林馬道は、馬の走ることが禁止された、トレセン唯一のリラクゼーション専用施設である。人工とはいえ鬱蒼とした森のなかを歩くことは、自然とは程遠い風景のなかで育てられる競走馬の精神面のケアに、きわめて有効であると考えられていた。

千葉厩舎の僚馬とともに、八弥とオウショウサンデーもこの馬道を散策していた。雑木の葉陰と暖かい木洩《こ も》れ日が、白と黒の絵の具を大雑把に混ぜ合わせたような馬の肌を、より複雑に染め上げている。先を行く四頭に遅れがちになっては、早足で追いかけるということを、幾度もオウショウサンデーは繰り返していた。

オウショウサンデーは、それほど落ち着きがあるほうではない。好奇心旺盛といったほうが正確かもしれなかった。森林馬道には単調な風景に馬を飽きさせぬよう、さまざまな趣向が凝らされているのだが、そのいちいちに引っかかるのである。馬道の脇に積み上げられたコブシ大ほどの石に鼻を近づけ、びっしり生えた緑の苔《こけ》にただならぬ関心を示してみたり、林の中の装置によって霧が発生すると、そのなかにたたずんで八弥の全身をしっとり湿らせてみたりした。巣箱を模したスピーカーから小鳥のさえずりが流れ出すと、また立ち止まり、全方位レーダーのようにくるくる動く耳をそちらのほうへ傾けた。

そして、予定の散歩コースには組み込まれていない、小川を模した水馬道にも、オウショウサンデーは当然のように踏み入ろうとした。監視カメラにこの光景が映されていれば、管理室のモニターでじっと様子を見守っているであろう亀造は、さぞや気を揉《も》むことだろうと思ったが、八弥は愛馬を制止しようとしなかった。できるだけ、好きにさせてやろうと思っている。

両側の土手を緑の草に装飾された水馬道を抜けると、蛇行する小道をゆっくりと進む人馬の姿が見えた。背筋の伸びた美しい騎乗姿勢だと思って目を凝らすと、鞍の上の人は秋月智子である。そう思って見ると、黒い馬の動きがやけに重々しい。ドロップコスモに間違いなかった。

興味を惹《ひ》かれたのか、あるいは鞍上の心情を察知したのか、オウショウサンデーがぐんぐん早足で歩いた。智子たちにすぐ追いついた。

「やあ、おめでとう」

そう八弥が声をかけたのは、先月開催された九州の小倉競馬で、芝の長距離戦に狙いを絞って遠征したドロップコスモが、見事優勝したことを知っていたからである。

「ありがとう。正直、ほっとしたわ」

「いよいよ良血開花ってところか。二勝目も近そうだな」

「でも、普段は相変わらずで。いまも仲間たちに置いて行かれたところなのよ」

智子が笑いながら言ったので、八弥も苦笑した。

「けど、なんだか申し訳ないわね。せっかくあなたにきっかけをつかんでもらったのに、次からは乗り替わりになってしまって」

「厩舎の騎手がいるんだから、仕方ないさ。もちろん、乗れと言われたらいつでも乗るがね」

「そのときはお願いするわ」

そう言って、八弥の前で微笑む智子は優雅で美しかったが、厩舎内のごたごたを一掃しようと決戦に臨んだときには、さぞや怖い顔もしたのだろうと八弥は思った。

八弥とドロップコスモが三着になったレースのあと、周囲の自分への風当たりの強さを、智子は正面から身体ごとぶち当たるようにして解決した。あの永坂という厩務員を、調教師の前に引きずり出し、厩舎の面々も集めて、文句があるなら今ここではっきり言ってと啖呵《たんか》を切ったのである。そして、智子とは目を合わせずに永坂が、お前の最近の成績がどうのこうのとぐちぐち言い始めると、それは余計なお世話よと一喝してしまった。

頃合を見計らっていた小太りの笠原調教師が、ここで笑い声をたて、

「そんな言い方をするから、わけもないのに、お前は余計な世話を焼かれるんじゃないか」

と執《と》り成したため、場の雰囲気がそれ以上緊迫化することはなかった。しかし体面を捨てた智子の鬼気迫る姿は、永坂をはじめ居合わせた者すべてを威圧した。

そしてなにより重要だったのは、諍《いさか》いの非が永坂らにあることを、遠まわしにではあるが笠原が明言したことである。このひと言で厩舎内の風向きが変わり、自分たちの保身のためにも、永坂たちは智子に手を出すことができなくなった。

劇薬を用いた治療は、大きな副作用をともなう。この一件のあと、美人持ち乗り助手とし

て、智子のことを持て囃《はや》していたトレセンやマスコミの男たちが、手の裏を返すように淡泊な態度を見せるようになった。アイドルを卒業して、普通の厩舎人となったわけだが、智子という女性にとっては、むしろそれも居心地の良い現象であるらしかった。

「どうかしたの」

気づくと、八弥は怪訝《けげん》そうな顔で智子に見られていた。情報通の大路から詳しく聞かされた裏話を思い起こしているうちに、会話に不自然な間を作ってしまったようである。

——それにしても。

いや、なんでもないと口では答えながら、八弥がふたたび思案の底に沈んでいったのは、智子の浮かべる多様な表情である。数ヵ月前にはじめて会話を交わしたとき、智子は固く冷たい表情に終始して、笑顔など一瞬たりとて見せてくれなかった。それが、よくここまで打ち解けてくれたものだと、八弥は感慨深かった。

「あ、ひょっとしたらこの子がうわさのオウショウサンデー？」

智子は、脳の回転が急停止しているような八弥ではなく、芦毛の馬に目を向けた。

「そうなんでしょう？　頭の良さそうな顔をしているもの」

褒められて、ブルッとオウショウサンデーは鼻を鳴らした。愛想のいい馬である。

「よくわかったね。……というか、うわさってなに？」

「うちの厩舎で話題になっていたの。ちかごろ大隈《おおくま》の爺《じい》さんがすごく息巻いているって。この子が千葉厩舎の遅れてきた大物、最終兵器、秘密兵器、そしてダービー最有力候補のオウショウサンデーなんでしょう？」

智子は笑いながら、聞いている八弥が恥ずかしくなるような謳《うた》い文句を並べ立てた。大隈とは、無論亀造の名字である。

「俺が乗るんだよ。今週のデビュー戦」

「ほんとなの！」

智子が目を丸くした。

「そこまで驚かなくてもいいだろう」

「あ、ごめんなさい。でも、それなら大隈さんの言うダービーにも、あなたが乗ることになるのかしら」

「大路のカッツバルゲル次第だけど、そうなったら……すごいな」

これからデビューする馬だというのに、鞍の下のパートナーがダービーまで駒《こま》を進める器であることを、八弥はごく自然に信じていた。

「ほんと、頑張ってね」

言ってから、智子がわずかに首をかしげる。

「というのは変かしら。うちの子のライバルに対して」

「いや、今はこっちが格下なんだから、ひと言くらいの応援はいいんじゃないか」

「そうね。なら、まずは今週のレース。頑張って！」

智子があらためて声援をおくると、耳をそばだてていたオウショウサンデーが、ブルルと荒い鼻息でそれに応じた。八弥は思わず笑った。智子も笑っている。

ドロップコスモがただ一頭、黙々と歩いているのもおかしかった。

二

森林馬道ですっかり長居をしたようである。厩舎に帰ると、亀造以外の厩務員は寝藁干《ねわらぼ》しの作業に精を出していた。大路も無駄口を叩きながら手伝っている。穏やかな陽射しを浴びて、寝藁鉤《かぎ》の鉄の肌が鈍い反射光を発していた。

競走馬を保護するため、馬房にはかならず寝藁が敷きつめられる。使用した藁は使い捨てにせず、庭で天日に干したあと再利用された。それが難しいほど汚れがひどくなると、まとめて回収され上質の肥料として用いられる。トレセンも意外なところで、地域の役に立っていた。

オウショウサンデーは亀造に導かれて洗い場へと向かった。八弥も一緒だった。

洗い場に引き綱を結び付け、調教後の手入れを開始する。手順は決まっていた。まず、シャワーで身体全体の汗を流し、次に『裏掘り』と呼ばれる小さな鉤で、蹄《ひづめ》の裏に詰まった土を落とす。

「八ちゃんも手伝うか」

そう言って次に亀造が始めたのは、馬のシャンプーだった。馬用シャンプーとブラシを使い、芦毛の馬体を丹念に洗浄していく。首から肩は縦に、背中から尻にかけては横へ、亀造は熟練の手つきでブラシをかけて、愛馬の全身を磨き上げた。

「ほれ、八ちゃん」

仕上げのシャワーを浴びて、気持ちよさげに目を細めているオウショウサンデーを、同じような表情で正面から眺めていた八弥に、亀造が片手を伸ばして道具を押し付けてきた。『汗こき』という鉄の輪に木の柄が付いた厩務員の必須アイテムで、馬体から水気を取り除くのに使われる。

「俺は飼い葉を作ってくるから、あとは八ちゃんやってくれよ」

シャワーの蛇口を閉めながら、亀造が言った。

「飼い葉くらいすぐにできるでしょ。混ぜるだけなんだから」

「いや、最近は鮮度にこだわってるからよ」

答えながら、亀造はすでに歩きはじめている。

「それに、あんまり食事が遅れちゃショウサンが可哀相だろ」

後ろ向きにしていた顔を前に戻すと、亀造は走り始めた。

オウショウサンデーの視線を感じて、八弥は濡れた馬体の横に向かった。汗こきを当て、輪の内側で皮をむくような塩梅《あんばい》で、シャッシャと水を切っていく。八弥が手伝いを躊躇《ちゅうちょ》したのは、競馬学校を出て以来、馬の手入れを自分で行なうことがほとんどなかったからなのだが、その慣れない手つきをあやぶんでか、しばらくするとオウショウサンデーが首を曲げて作業の様子を覗《のぞ》くような格好をした。身体の柔らかい馬だった。

「おいショウサン、大丈夫だってば。信用してくれよ」

あだ名を呼んで諭したとき、ちょうど人影が現われた。八弥は何やら照れくさかった。

「八弥さん、ほんとに春が来たみたいね」

声の主は、真帆子である。八弥と同じく汗こきを手にしていた。人間の目にも、八弥の手つきは怪しいものに映ったのだろう。

「お財布が春になったら、頭も春！」

「……真帆子ちゃん、結構ひどいことを言うね」

「気にしない気にしない。小さなことは……」

真帆子は八弥とは反対の側面に回り込み、水切りを開始した。

「こうして水に流す！　わかった？」

芦毛の胴に阻まれて、真帆子の姿は八弥の視界から消えている。それでも真帆子の浮かべる子供っぽい笑顔は、弾むような声から容易に想像することができた。

「うーん、なんだかな」

「まあまあ。それにしても亀さん、ものすごい張り切りようね」

「ああ、いい歳して子供みたいだよ、あの人は。はしゃぎすぎて倒れないか心配になってくる」

「でも、いいんじゃない？　おかげでみんな楽しそうだもん。カッツバルゲルもそうだけど、一頭の馬でずいぶん厩舎の雰囲気が変わるんだなって実感しちゃった。それに八弥さんも昔みたいに、毎日厩舎に来るようになったし」

「真帆子ちゃんは、俺が厩舎に来ると嬉しいんだ」

「うんうん」

真帆子は即答した。

「……まあ、俺は暇人だからね」

「でもでも、馬と一緒に寝るのは禁止よ」

くすっ、という笑い声が聞こえた。千葉厩舎の人間にしかわからない冗談である。八弥の兄弟子である紀健一が、自厩舎の馬で日曜の特別戦を勝利した夜、八弥を誘ってその馬の馬房の前で祝杯をあげたことがあった。酒盛り自体は男同士の静かなもので、八弥は千葉の家で暮らす紀を残し、夜半には帰宅した。

しかし翌日、朝一番で馬房の確認に来た千葉調教師が、寝藁の上で馬と共に休む紀の姿を発見したのである。大騒ぎになった。

この一件以来、千葉厩舎の壁には『馬房での睡眠を禁ず』という、他のどの厩舎にもない珍妙な張り紙が、厩務員別の獲得賞金グラフの横に並ぶことになった。

「けど、あんちゃんだけか、あんなことをするのは」

「そうだろうね。ところでさ、リエラブリーの調子はどうなの」

最後の仕上げに馬体をタオルで拭《ふ》きながら、真帆子の担当馬のことを、八弥はたずねた。

「もちろん元気。来週走らせるかもってお父さんが言ってた。八弥さん、亀さんに負けないくらい、気合入れて乗ってよ！」

　作業を終えると、真帆子は厩舎に戻っていった。入れ替わるようにして亀造が走ってくる。左手に蹄に塗る蹄油《ていゆ》を持っているのはよかったが、なにを思ったか、くすんだ銀の飼い葉桶《おけ》まで右手で胸に抱えている。

「おーい、ショウサンよう。今日の飼い葉はレースに向けての特製だからな。ジューシー、ヘルシー、おいしいの三重奏だ。ニンジンだっておろしたてだからよう」

　大事そうに抱えた桶の裏側には、黒いマジックで大きくショウサンと書かれていた。

三

　八弥は土曜日に阪神競馬場の調整ルームに入った。競馬の公正を守るため、騎手はレースの前日から、外部とは隔離されたこの宿泊施設に入室する義務がある。八弥の翌日の騎乗馬は一頭だけだった。第六レース、十二時五十五分発走の芝二千メートル、三歳新馬戦。

　一枠一番オウショウサンデー。

　前検量《まえけんりよう》を終えた八弥は、第五レースの終了後、パドックの脇にある騎手待機室に移動した。昨日前もって千葉から渡されていた、赤地に黄色の星散《ほしちらし》というオウショウ軍団の派手な勝負服を着用している。長椅子《ながいす》に腰かけ、ステッキを横に置いて、競走用の長靴《ちようか》を履いた足を組んだ。

　ガラス越しに見えるパドックを、オウショウサンデーが周回している。じっと注視すると、近侍《きんじ》するように引き綱を握る亀造の表情が固いように思われた。歩き方もなにやらぎこちない。

——亀さん、緊張しているな。

八弥は可笑《おか》しくなり、おかげで自身の精神と肉体の強張《こわば》りが、いくぶんほぐれたのを感じた。亀造はカクカク動いているが、オウショウサンデーの歩様《ほよう》はいつも通り柔らかくスムーズである。全馬見渡しても、ひときわ目を引く。頼もしかった。

「おい、八弥。なにをニヤついているんだ」

そう言ったのは、競馬学校の同期であり、現在は関西で騎手をしている生駒貴道《いこまたかみち》だった。隣りに座ると八弥と頭の高さが同じである。ふたりとも、騎手としては例外的に背が高い。

「レース前に、ずいぶんと余裕じゃないか」

生駒は色白で目もとの涼しげな優男だが、そばで向き合うと、その目に相手を圧する意外な力があることがわかる。

レースに騎乗した騎手は、時間的な都合で次の競走のパドックには登場しない。それらの騎手は、身支度を終えるとパドックから本馬場へ伸びる地下通路に急行した。そこで馬場入り直前の馬に跨るのである。待機室に集まっているのは、前のレースでは手の空いていた騎手たちだった。

八弥が言った。

「珍しいな。お前がここに姿を見せるなんて」

「そうでもないさ。そんなことより、お前の乗る馬、いいな。一番人気なんだろう」

言葉通り、オウショウサンデーは単勝三倍の一番人気に支持されている。予測していたことはいえ、八弥は素直に嬉しかった。

ただ、三倍という倍率は、オウショウサンデーという馬にしてみれば、少々高すぎるのではないかとも思っていた。乗り味や反応の良さは伝わらなくても、競馬新聞に記載された調教タイムだけで、傑出した能力はあきらかなはずだった。そのうえ隆盛を極めるオウショウ軍団の一員である。ブランド人気が加味されてもおかしくない。

——生駒が乗ったら、オッズは半分以下だったんだろうな。

八弥はそう思った。生駒はデビュー以来、『天才』という最高の称号を片時も離さずに所有し続けている、超一流のジョッキーである。数々の大レースを制し、イギリスやフランスといった海外の競馬先進国にも広くその名を知らしめていた。通算勝利数は、八弥の十倍を越えている。

「これは、勝ちを東の人間にさらわれるかもしれないな。関西人としては、参るね」

「よく言うよ。お前はその東でひっきりなしに勝ってるだろうが」

「そうでもないさ」

東京競馬場で先月行なわれたGⅠ競走、フェブラリーステークスの勝利騎手であるくせに、生駒はとぼけた顔でしれっと言ってのけた。

「そんなことより、その勝負服。お前、これまでオウショウ軍団の馬に乗ったことはあるのか？」

「いや、初めてだ」

「じゃあ、馬主さんにも会ったことはないのか」

「そういうことだな」

「……ちょっとでもミスしたら終わりだぞ。気をつけた方がいい」

急に真剣な顔をして、意味深長なことを生駒が言った。

「どういうことだ、それは。そんなに厳しい人なのか」

「まあ、厳しいといえば、厳しいかもな。いや、そうでもないか」

「じゃあ、強引で、わがままだとか」

「そうでもない、いや、そうかもしれないな。まあ気にするな」

表情を再びゆるめてつかみどころのない返事をする生駒に、八弥は内心舌打ちした。競馬学校時代から、生駒はこういう男なのである。肝心なことになると相手をはぐらかす。

生駒の騎乗スタイルにも、この性格は反映されているように思われた。生駒はよく、競馬新聞に表記された脚質とはまったく異なる戦法を実行する。それで勝利を収めてしまうものだから、マスコミはそれを天才の閃《ひらめ》きと呼んだりするのだが、同期の目には、芯のないあやふやな騎乗にしか見えなかった。

ただし最近になって八弥は、それが馬の意思を素直に尊重した騎乗なのではないかと、ふと思ったりもする。

「レース前に余計なことを考えるのはよくない。八弥、忘れよう」

勝手に決めると、生駒はわざとらしく瞑想《めいそう》をはじめた。

「自分から話を振っておいてそれはないだろう。おい、はっきり言えよ」

「…………」

「おい、生駒」

「……同期としての助言なのか、それともプレッシャーをかけるための手管《てくだ》なのか。答えは簡単じゃないか。どっちにしろ、お前がミスをしなければいいんだ」

わかったようなわからないようなことを述べる生駒に、それ以上問い詰めるのはあきらめて、しかし悪意はないだろうと八弥は考えることにした。生駒は生駒なりに、はるばる阪神まで来た同期生を応援してくれている。そう思いこむことで、動揺する心をおさえた。不遇の年月に揉まれるうちに、八弥にもそれくらいのしたたかさは生まれていた。

パドックの係員が、張りのある声で馬と人に号令をかけた。厩務員がそれぞれの愛馬の歩みを停止させる。待機室の騎手たちがそろってパドックに向かい、整列する。

「助言、ありがとうな」

「そうでもないさ」

同期のふたりは、顔を見合わせニヤリと笑った。

一礼すると、八弥はオウショウサンデーのもとへ駆け寄った。亀造の片腕を借りて、その背に飛び乗る。数歩あるかせて感触を確かめると、八弥は亀造を見た。

「ショウサン、調子、良さそうだね」

「……完璧だよ」

まだレースの前なのに、疲労しきった声で亀造が答える。今日、ここに至るまでのオウショウサンデーの管理に、全身全霊を傾けた証拠だった。いくら期待の馬とはいえ、新馬戦でこの様子では重賞やダービーへの出走がかなったとき、この老人はどうなってしまうのだろうと、八弥は少し滑稽味《こっけいみ》をおぼえた。

だが、からかう気にはなれなかった。亀造には、定年が迫っている。すべての競馬人の憧れであるダービーに挑戦するチャンスは、一度きりというわけではないが、もう残り少ない。オウショウサンデーのことを、ダービー馬ダービー馬と騒いでいるのも、そこに理由があるはずだった。

さらにダービーへ出走するためには、オウショウサンデーは最低三回、レースに勝つ必要があった。無理のない月に一度のローテーションを守るとすれば、五月に三勝目、四月に二勝目、そして三月に初勝利を上げなければ、間に合わない。すでにギリギリの場所に立っている。

新馬戦も、ダービー・ロードの上にあった。勝敗もそうだが、馬をレースで預かる騎手として、自分の役割は完璧に果たさなければならないと、八弥はいっそう気を引き締めた。

パドックを一周したあと、人馬は地下馬道から本馬場に抜け、ウォームアップの返し馬に入る。発走の三、四分前に、整馬係が赤旗を振って騎手たちに発走地点への集合図をおくる。

地下通路から踏み出すと、抜けるような青空が高く広がっていた。陽の光を浴び、乾いた香りを風にただよわせる芝の状態は絶好である。スタンドの観客も、新馬戦で歓声をあげたりはしない。大きな音に馬が混乱するようなことはなかった。返し馬に入ると、オウショウサンデーの背は相変わらずうっとりするような乗り味で、手綱を解放したときに見せた反応は、調教のときより数段鋭さを増しているように思われた。

ただ、戦いの場に臨んでも一向に衰えない、オウショウサンデーの好奇心には、八弥も当惑した。初訪問の競馬場は、見るものすべてがめずらしいらしく、入れ込んでいるわけではなかったが、オウショウサンデーは幼児のように落ち着かなかった。地下馬道でも返し馬でも、さかんに物見を繰り返している。ひとたび興味を惹かれると、それが仕事であるかのような子細《しさい》な観察ぶりをみせた。

これが平素の姿だと思わないわけでもなかったが、いつまでも続くと、さすがに八弥は不安になった。

発馬機の斜め前方でスターターを乗せたリフトが上昇する。短いファンファーレが響いて、最内枠のオウショウサンデーは、もっとも先にゲートへ誘導された。枠内に入っても、灰色の耳を八方にくるくるまわして、落ち着く気配は一向に見られない。手綱から伝わる感覚は、良くも悪くも普段とまったく同じである。オウショウサンデーは、余事にばかり気を取られて、肝心のレースにはあまり関心を抱《いだ》いていないようだった。

トレセンで行なったゲート練習のときも、やはりこんな様子を見せていた。ゲート内の狭い空間で、オウショウサンデーは周囲を確認しようとして四肢の位置をおかしくしてしまい、鞍上の八弥の手を煩わせた。

しかし、そのときは柔らかな身のこなしに物を言わせるように、前扉の開いた瞬間、馬が自分で脚を整え、鋭敏なダッシュを成功させたのである。

が、だからといって、現在の八弥の憂悶《ゆうもん》が晴れるわけではない。先週のベンライオンがそうだったように、練習と本番で同じ結果が出るとは限らなかった。脚の揃《そろ》い具合は練習時よりも良いように思えたが、それが現実のスタートにどう作用するのかはわからない。

——出遅れては、いけない。

亀造のことが頭をよぎる。それればかりか生駒の発言までもが脳裏によみがえった。一番最初にゲートに入り、しかもレースに慣れていない二枠以降の新馬たちが押し並《な》べて枠入りにてこずったため、八弥の考える時間が長くなった。

オウショウサンデーは扉の金網の匂いを嗅《か》いでいる。手綱を引いてみたが、やめようとしない。

——本当に、大丈夫か。

八弥は浮揚してくる不安に焦《じ》れた。騎手として、なにかすべきではないのかとしきりに思った。すでに全馬が枠入りを終え、発走の直前だったが、八弥はなにかをしたかった。

気持ちをレースに集中させるよう、八弥は愛馬にひと声かけることにした。

「行くぞ、ショウサン！」

——ん？

と返事をしたわけではない。しかし、聡明で愛想の良いオウショウサンデーは、自分のあだ名を呼んだパートナーを、首をねじって見ようとした。窮屈なはずだが、柔軟な馬体だった。背中の上の人間に、黒々としたつぶらな瞳が向けられた。

「違う！」

言ったときには、ゲートが開いていた。オウショウサンデーは、出遅れた。

八弥の意識は蒼白《そうはく》になり、そのまま真っ白になった。ゆうに五馬身は後手を踏んでいる。茫然自失《ぼうぜんじしつ》の騎手を乗せ、オウショウサンデーはようやく競馬に目を向けた。

八弥が我を取り戻したのは、特有の乗り味の良さに、乗り役の性《さが》で喜悦をおぼえたときだった。馬なりのオウショウサンデーは気持ち良さそうに走っている。雲の上にいるような馬上の感触だった。しかし、軽い走りにスピード感はない。

だが、八弥は視界の流れがおかしいことに気づいた。まだ頭がぼやけているのかと思い、数度まばたきをしてみたが、そうではない。それほど速く走っているようには感じられないのに、風景が異常な速度で過ぎ去っている。刹那《せつな》に内の馬を一頭かわしていった。コースの外側で、自分たちだけ別の急流に乗っているような感覚だった。

三コーナーに差しかかったとき、また一頭抜いた。距離をロスする大外を走りながら、中団の馬群を平然とごぼう抜きにしていった。止まらない勢いだった。スタンドのどよめきが聞こえる。灰色の馬体が、四コーナーで先団に取りついた。

「おい！　大丈夫かよ」

横から八弥に声をかけたのは生駒だった。例によって助言なのか駆け引きなのかよくわからないと思ったが、大丈夫かどうか、聞いてみたいのは八弥も同様だった。八弥は出遅れを誘発させただけで、あとはオウショウサンデーがレースを作った。すべてまかせ切りなのである。

直線へ向き、八弥が初めて助力をした。闘志を引き出すよう、パートナーにステッキをひとつ入れる。馬体が沈み、峻烈《しゅんれつ》なエネルギーが発動して、芝を蹴上げると宙に舞った。

八弥の視界から他の馬が消えた。左手にはスタンドが見えるが、それが横に歪《ゆが》んでいる。背後から蹄の音が消えた。吹き抜ける風の音だけが、耳を痛いほどに切り裂いている。

八弥は慌てた。オウショウサンデーの首の動きに、手綱を持つ手が遅れそうになっていた。懸命に馬のリズムを追いかける。そうすればするほど、オウショウサンデーは光のようにターフを駆けた。

ゴール板を過ぎたとき、二着の馬は十馬身以上も後方にいた。出遅れを計算すれば、実質十五馬身を越える差をつけたことになる。桁外《けたはず》れの圧勝劇だった。

喜色を浮かべる亀造に、複雑な表情でオウショウサンデーを引き渡すと、八弥は屋外の枠場から検量室へ向かった。馬具を抱えて体重計に乗り、規定の斤量《きんりょう》で騎乗していたか検査を受ける。それをクリアしてレースが確定すると、今度はウィナーズサークルに足を運ぶことになる。勝ち馬と関係者が、その晴れがましい場所で記念写真を撮る。

ガラス張りの検量室の外に、見知った顔が三つあった。生乾きの泥の色をしたオウショウサンデーと、顔を紅潮させて引き綱を持つ亀造。そして山梨という、浅黒い顔をした千葉厩舎の調教助手がいた。山梨は千葉の代役である。カッツバルゲルの出走する中山競馬場で、千葉本人は吉報を耳にしているはずだった。

馬主の姿も見えた。ひと目でそれとわかる、いかにも財産を蓄えていそうな男である。歳は六十くらいだと思われるが、よく肥えていて、スーツを着込んだ腹部がむっちりと膨張している。眉《まゆ》は太く黒々として、髪はエナメル線のような剛毛でしかも縮れ気味だった。それをポマードで懸命に撫《な》で付けているため、栄養のゆき届いていそうな皮膚と同調して、頭部が常時てらてらと輝いている。目は細く口は裂けているように大きくて、八弥はその顔からガマガエルを連想した。

枯木のような千葉とは対照的といっていい、精力的な雰囲気の持ち主だった。それもそのはずで、伊能満という名のこの馬主は、貧しい生い立ちから一代で現在の地位まで駆け上った、現代を代表する成金富豪だった。ビジネス成功の秘訣《ひけつ》というサブタイトルで、半生を綴《つづ》った自伝を、すでに何冊か出版しているような人物である。

検量室を出ると、八弥は伊能に握手を求められた。肉の厚い手に握られてみると、想像どおりのぬめりがあった。ありがとうと八弥は礼を言われた。

「いや、失礼な話、中島と聞いてもどんな騎手かわからなかったんだが、なかなかの二枚目じゃないか。なあ、美琴《みこと》」

「ええ。そうね」

伊能に声をかけられると、背後に付き添っていた濃密な美貌を持つ若い女が微笑んだ。首回りを動物の毛で縁取ったラベンダー色のニットの上から、ピンクのパシュミナを羽織り、春が訪れたとはいえさすがに肌寒いと思われるほど、白い胸元を大胆に露出させている。こうして一緒にいるからには伊能の娘なのだろうが、まるで似ていなかった。おそらく美人の母親に似ているのだと八弥はひそかに考えたが、すぐにそれどころではないと余計な思案を打ち切った。

レース前の生駒の言葉が、心に引っかかっている。オウショウの馬主には気をつけろ、ミスをしたら終わりだと、八弥は脅迫まがいに忠告されていた。それが事実なら、大出遅れのチョンボを犯した自分はどうなるというのか。

——乗り替わりか？

そう思った。たとえ交代を命じられても、抗弁のできないミスである。

しかし、握手を求めてきたりして、伊能に不機嫌な素振りは見られなかった。それに、伊能の顔の光沢も、なにも豊富な脂質のせいばかりではないだろう。満面に笑みを浮かべて、伊能はあきらかに喜んでくれている。

「もちろん、顔ばかりではなく腕もいい人だったたな。美琴も驚いただろう、あの、他の馬が止まって見えるような、とんでもない追い込みには」

予想と異なる伊能の賛辞に、八弥は面食らいながらもひどく恐縮した。自分はただ足を引っ張っただけである。あの驚異的な追い込みは、自分のミスを、馬が無理やり埋め合わせた結果なのである。普通に乗っていればもっと楽に勝てたはずで、到底褒められた騎乗ではない。

シッシッシ、と伊能は独特の笑い声をたてた。

「いや、久々に唸《うな》らされた。これは歴史に残るレースかもしれんな。本当によくやってくれた」

「ぜんぶ、オウショウサンデーの力ですよ」

「そう謙遜《けんそん》するな、中島くん。うん、そうだな。奇貨居《お》くべしという言葉もあることだ。次のレースもきみに乗ってもらおう。今からお願いしておけば大丈夫だろう？」

伊能はなんと、八弥を馬から降ろすどころか、次走の騎乗まで早々に依頼してくれた。八弥は戸惑った。怖いくらいに話がうまく進んでいる。ひょっとしたら、伊能は無類の好人物なのだろうか。それならそれが一番良いとは思うが、生駒がまったくの嘘を言ったとも思えなかった。

――ようは、勝てばいいってことか。

八弥はそう解釈した。たとえば、投資した金額以上の賞金を馬に回収させれば、自分の勝利と考えるような、競馬をビジネスと割り切って把握する馬主がいる。伊能がそういう男であるなら、レースに勝利した以上、出遅れ云々《うんぬん》はどうでもいいのかもしれなかった。

「また追い込みに期待しているよ。ああいう劇的な勝ち方は、じつに爽快《そうかい》だ」

「追い込みというか、出遅れですが」

八弥は声を落として真情を吐露したが、伊能はそんな態度にも機嫌良く笑った。

「シッシッシ。とにかく、この馬は歴史に残る追い込み馬かもしれんな。今後が楽しみになってきた。ダービーなんて直線の長い東京コースだから、特にいいかもしれん」

伊能は八弥の肩を叩いて揉んだ。

「これから、ウィナーズサークルのファンに言ってやりたいくらいだ。君たちは、伝説のはじまりを目《ま》の当たりにしているんだとね」

四

オウショウサンデーの二戦目は、それから三週間後、中山競馬の三歳五百万下条件戦、芝千八百メートルの山桜賞だった。

伊能は約束通り、八弥に騎乗を依頼してきた。もちろん八弥は快諾した。約束が違うと大路が冗談半分にごねてみせたが、父親の大路繁も、自分と同格かそれ以上の大馬主である伊能の決定には、口を出すことができないのかもしれない。横槍《よこやり》を入れてくるようなことはなかった。

伊能本人は、同日に行なわれる阪神競馬のメイン競走、GⅢの毎日杯に、所有馬のエースである二歳王者オウショウエスケプが出走するため、中山競馬場には姿を見せなかった。代理として馬主席に入ったのは、美琴である。

自分と同じくらいの年齢に見えたことから、八弥はすっかり勘違いしていたのだが、美琴は伊能の娘などではなく、なんと伊能の妻だという。思い違いをするのも当然で、大路ルートの情報によれば、三十あまりも年下の夫人らしかった。金持ちのやることはわからんと、伊能と同年代の亀造は呆《あき》れていた。

「というか八弥さん、見てわからなかったんですか。伊能さんの奥さん、昔の桜美琴ですよ」

事情通を自負する大路は、そんなことも言った。八弥はまるで知らなかったが、伊能と結婚する以前の美琴は、そういう名前で女優をしていたのだという。

「たしかにメジャーではなかったですけど、Ｖシネにはけっこう出ていたんですよ。わかるとは思いますが、全部じゃなくて半分脱ぐくらいの、いわゆるお色気路線ってやつで」

「ふうん、そうなのか。……けどお前、ほんとに詳しいな」

八弥が感心すると、僕のテレビ好きは趣味ではなく特技なんです、と大路は胸を張ってみせた。

出走馬がパドックに登場する。オウショウサンデーは、単勝一倍台の圧倒的な一番人気。水曜の追い切りでも出色のタイムを記録しており、スケールを感じさせる新馬戦の内容と、これといった強敵の見当たらない相手関係から、勝利は確実視されていた。

関係者も自信を深めている。追い切りのあと、おい、チャンスだぞと、千葉は笑顔で声をかけてきた。今、パドックを周回している亀造も、緊張を張り合いにうまく転化させたようで、口を真一文字に引き結び、昂然《こうぜん》と胸を張って大股《おおまた》で歩いて、気合十分といった様子を見せている。この日のオウショウサンデー陣営に、問題らしい問題はないように見えた。

しかし、八弥の胸には悩みがあった。

水曜の追い切りのあと、千葉が伊能に馬の状態を電話で報告すると、鷹揚《おうよう》に返事をしながら伊能がただひとつ、作戦は必ず追い込みでいくよう、強く念を押してきたのである。

千葉は別段問題ないと思ったのだろう。その旨を八弥にあっさり伝えてきたが、八弥は困惑した。馬が自分で後方に下がるようならかまわないが、好スタートを切り、なおかつ先手を奪う勢いを見せたときに、無理に下げるようなことは避けたかった。初戦はたしかに抜群の末脚《すえあし》を発揮したが、あれはただの出遅れである。まだ、本当にオウショウサンデーに向いた脚質が、定まっているわけではない。

レース当日になっても、選ぶべき戦法について、八弥は結論を出せずにいた。

赤地に黄色の星散の勝負服をまとい、八弥はオウショウサンデーの心地よい背に跨った。ゆっくりとパドックを左まわりに周回する。馬の口の左側に、小指を上にして綱を握り、ひじを張って馬の肩に当てるようにしながら歩く亀造がいる。本職の人間ならではの、安定感のある引き綱の持ち方だった。

八弥はようやく心を決めた。亀造に声をかけた。

「亀さん。わかってると思うんだけど、この前の追い込みは、ただの俺の出遅れなんだ。オーナーには今回も追い込むように言われてるんだけど、もともとスタートはいい馬なんだから、別に無理して後方に下げることはないと思うんだ。だから……」

みなまで聞かずに、亀造が即答した。

「八ちゃん、それは当然だよ。こいつの走りたいように走らせれば、それが一番いいんだからさ。そうしなよ」

なあ、ショウサン、と亀造が白黒灰の首筋を撫でると、オウショウサンデーまでわかっているのか鼻を鳴らしてくれた。八弥は亀造との意見の一致が嬉しかった。わだかまりがふっと消え、馬の意思に逆らわずに走らせようという、己の選んだ戦法について確信を抱いた。騎手よりも馬主よりも、調教師よりもその馬のことを知っているのが厩務員なのである。

それに、伊能にとっても、最終的に優先するのは馬の勝利のはずだった。

一度レースを使ったことで、新しいもの好きのオウショウサンデーにもだいぶ落ち着きが生まれていた。返し馬でも八弥が心配するほどの物見はしなかった。ゲートに入ってからは、今度は八弥が落ち着いて馬を信じることにした。今回も脚は揃っていなかった。そのまま扉が開いた。

しかし、八弥の信頼に応えるように、オウショウサンデーは好スタートを決めた。

八弥とオウショウサンデーは、戦法としては逃げるかたちをとった。だが、人も馬も少しも無理をしているわけではない。スピードの違いでそうなっただけである。そしてそのまま千八百メートルを駆け抜けた。オウショウサンデーは天賦の才能をターフの上に描き、八弥はそれを見守りながら、ゴールの場所を教えてやった。終始三馬身のリードを保ち、八弥たちはレースに勝利した。派手さはないが、初戦より、よほど余裕のある勝ち方だった。

八弥の総身に快感が走っている。デビュー戦の勝ち方は豪快だったが後味が悪かった。しかし今回はスタートからゴールまで、パートナーと常に呼吸を合わせることができた。それがジョッキーとして無上の喜びだった。

八弥は会心の笑みを浮かべて、愛馬を迎えに現われた亀造と握手した。続いて千葉ともがっちり握手をする。検量のあとの口取り写真も、今日は楽しみになっていた。

だが、スタンドの馬主席からずいぶん遅く降りてきた、美琴の表情が冷たかった。検量室から眺めていると、屋外の枠場で、美琴は千葉になにかを言っている。わかりやすい千葉の顔色がどんどん蒼白になった。レースが確定すると、八弥は急いでその場へ向かった。

「ねえ、どういうこと」

それが美琴の第一声だった。声にも視線にも、八弥を責める粒子が含まれている。

「じつはな、八弥……」

「馬主夫人は、ショウサンがハナに立って逃げたことが気に入らないんだってよ」

千葉が言いよどんだことを、亀造がつまらなそうに言った。

——そうか、追い込まなかったことか。

レースの前は散々悩んでいたというのに、あまりに気持ちの良い勝利だったため、八弥はうっかりそのことを失念していた。

「伊能は追い込むように伝えたはずよ。なぜ逃げたりしたの」

「それは……」

「だって、お前がそうしたかったんだもんな」

亀造がオウショウサンデーの首筋をさすりながら、八弥を支持する姿勢を明示した。当たり前だが、パドックでの言葉は八弥に話を合わせたわけではなく、亀造の本心だったのだろう。

美琴はそれを無視した。

「あなた、わかっているの。オーナーの指示に逆らったのよ。いったいどういうつもりなのか、今ここで説明してもらえる？」

「それは、別に馬主《うまぬし》さんの言葉に逆らったわけではないんです。馬の気持ちに逆らわないよう心がけて、自然と前に行くかたちになったわけで……」

「それを逆らったというのよ」

曖昧《あいまい》とも受け取れる八弥の答弁を、美琴がぴしゃりと抑え込んだ。化粧の濃い一流の美貌が凄《すご》むと、高圧的な迫力が生まれる。なるほど娘ではないと八弥は思った。

しかし、言うべきことは言わねばならない。伊能の指示を後回しにしたことは、思い付きや気まぐれなどではなく、熟慮の末に決断したことである。

「でも、無理に抑えなかったから、こいつと息が合ったんです。騎手として満足のいく走りでした」

「あなたの満足なんて知らないわ。勝手なことをして、許されると思っているの？」

「こいつには、追い込みにこだわる必要なんてないんです。あなただってわかるでしょう。気分良く走らせれば、必ず頑張ってくれる」

「知らないといっているでしょう。わかるのは、あなたが命令を無視したこと」

「けどこうして勝ったじゃないですか。無理に抑えて負けたらどうするつもりです」

「勝ったからって、いい気にならないで」

敗れた敵陣営のような、すごい台詞《せりふ》を美琴が口にした。思わず八弥も口をつぐんだ。

「これはあなたの馬じゃない。伊能の馬よ。そのあたりを、ちゃんと理解してほしいわ」

憤然とした口調をやや抑え、冷たく低く言い捨てると、美琴はきびすを返し、ウィナーズサークルではなくスタンドのほうへ歩きだした。

「まま、いいじゃありませんか、追い込みは次のレースでも。なあ、八弥、なあ」

千葉はその行く手へ小走りに回りこみながら、それこそ女優の機嫌を取る付き人のような格好で、必死になって美琴をなだめていた。ときどき八弥に視線を送るのは、一緒に謝れということに違いなかったが、八弥はそれを黙殺した。

――頭を下げることはできない。

営業はしないというのが、信念なのである。そうこうしているうちに、美琴はヒールの音を高慢に響かせスタンドのなかに入ってしまった。それ以上追うわけにもいかず、千葉はすがるように手を伸ばしていたが、やがてがっくりと肩を落とした。

オウショウサンデーを撫でつつ亀造が、帰れ帰れと悪態を吐《つ》いている。

「おい、八ちゃん。ありゃあじゃじゃ馬ってやつだな。気性難だ。でも、心配しなくてもいいさ。あの女は素人だから、追い込み追い込みって言うけど、オーナーはちゃんとわかってるよ」

亀造の言葉に、八弥は小さく頷《うなず》いた。しかし内心では明確な不安をおぼえていた。実際、相手がここまで追い込みにこだわるとは考えていなかったのである。レースの前はやいのやいの言っても、勝てば官軍なんだろうと、心の奥では思っていた。

だが、完璧だと自負できる勝利を収めたというのに、美琴はあの態度である。自分の認識が甘かったのかもしれないと、八弥は思わざるを得なかった。

これ以上関係がこじれないことを、八弥は祈った。そして、伊能満が次走も追い込みを指示してきたら、自分はどう騎乗すべきなのかと、胸中の悩みをレースの前まで回帰させた。

——ちょっとでもミスしたら終わりだぞ。気をつけた方がいい。

三週間前の生駒の言葉が、またじわりとよみがえってきた。

## 五

翌朝、久方ぶりにできた経済的な余裕を堪能《たんのう》する暇もなく、八弥は電話で呼び出された。電話の相手は真帆子である。曇天模様の空の下、ペダルを漕《こ》いで千葉厩舎へと急いだ。

美浦トレセンは月曜が全休日である。自転車で走る厩舎地域は静かだった。さまざまな規則の上に成り立つ競馬社会は、休日に関しても徹底した部分があり、月曜は馬に調教を課すことはもとより、厩舎から連れ出して庭で引き運動をさせることも禁止されている。

馬も暇なのか、鎖で吊られた飼い葉桶を、おそらく顔で揺らしているガラガラと騒がしい音が、静寂の空間をときおり震わせていた。

千葉厩舎の見慣れたガラス戸を引き開けると、正面に千葉調教師の痩《や》せた後ろ姿があった。腰を折り、頭をしきりに下げているのは、電話の相手に向けたものであるらしい。

八弥の脳内に、呼び起こされる記憶があった。

――あの日も、先生が電話に出た。

そのとき、八弥が見ていたのは真帆子だった。短いやりとりのあと、千葉が受話器を置く。娘を呼んで、短い言葉を伝達する。次の瞬間、八弥の前で、真帆子の顔から表情が消える。兄弟子の紀健一から、最後の連絡が届いた日の情景だった。

「あ、ちょっとすいません」

八弥に気づいた千葉が、そう言って受話器の下部を手で塞《ふさ》いだ。八弥、八弥と小声で呼ぶ。重苦しい回想を振り払い、八弥は靴を脱いで部屋に上がった。

「伊能さんだ。お前に替われといっているが、どうする」

「……昨日のレースのことですか」

「そうだ。追い込む追い込まないの話だよ」

困り果てた表情で千葉が言う。そういう顔をすると千葉の印象は一段と貧相になり、たとえ本心では替わりたくなかったとしても、出ませんよ、などとは決して言えないだろうと八弥は思った。千葉は、泣きそうな顔なのである。

ただし伊能との会話を断る意思は八弥にはない。昨晩から熟考して、たとえ相手が馬主《オーナー》であろうと何であろうと、はっきり言わねばならないことがあると、八弥は強く意を固めていた。

オウショウサンデーは追い込み馬ではない。その戦法を強制することに意味はない。馬のために、騎手として、馬主にそれだけは理解させねばならないと、八弥は信じた。

千葉から受話器をうけとる。

「もしもし、中島ですが」

「おいお前、なんで逃げたんだ。勝手なことをしてくれたな」

出だしから険悪な声だった。一瞬だが、阪神で会った男とは別人ではないかと八弥は思った。

「追い込むように言っておいたはずだ。忘れたわけではないだろう」

「待って下さい。あれは、逃げたわけではないんです。馬の意思を尊重して、その結果、逃げるかたちになっただけなんです。伊能さんも、他の馬との比較で走りを判断するのではなく、オウショウサンデー自身の走りを見ていただけませんか。初戦も二戦目も、馬が思うままに走ったということでは共通しているんです」

八弥は相手の怒気を感じながらも、謝らず、あらかじめまとめておいた自分の考えを述べた。

伊能は失笑した。

「せっかく乗せてやったのに、飼い犬に手をかまれるとは、このことだな」

もはや八弥を人間扱いしない。さらに吐き捨てる。

「鳴かず飛ばずのジョッキーが、なにを偉そうに。馬の意思を尊重した？　どうせ、馭《ぎょ》しきれなかっただけなんだろう？　人の構想を台無しにしたことがわかっているのか」

「…………」

伊能は想像以上に態度を硬化させていた。八弥の顔が曇る。八弥を見守る千葉の顔も曇った。

「しかし、昨日は先行策で勝ったんです。追い込み馬と無理に決め付ける必要はないでしょう」

「わしが、追い込み馬にしたいんだ。だから、追い込むように言っている」

「どうしてそこまでこだわるんです。なにか理由でもあるんですか」

「理由だと？　お前、騎手のくせに追い込みの魅力が分からんのか。あれは、人の心を惹きつける」

「しかし、追い込み勝ちが目立つのは成功することが少ないからです。リスクの高い戦法にこだわる必要はないでしょう。馬のためになりません」

「バカを言うな。現にデビュー戦では追い込んで勝ったじゃないか。サンデーはそれができる馬なんだ。やらせることに問題はない」

強弁する伊能の声が次第に大きくなった。いっぽう八弥の声は沈みがちになっている。罵《のの》られるだけで進展しない不毛な論争に、精神が疲弊していた。受話器を耳から離してしまいたくなる。

だが、ここで諦《あきら》めるわけにはいかなかった。八弥は忍耐力をふりしぼり、説得の道を模索した。

「……もっと、馬のことを考えてはいただけませんか」

「おいお前、うちのエスケプのことは知っているな。世代で一番の高馬《たかうま》だったあの馬を、わしは最初から大逃げの馬にするつもりで、エスケプと名付けた。大逃げは痛快だからな。そして実際、デビューからこれまで毎回大逃げで勝っている。朝日杯も、昨日のレースも、騎手がわしの指示通りに乗って、逃げ勝った」

「それは偶然だと思います。オウショウサンデーも同じだとは限りません」

「たわけが」

伊能はすごい言葉を使った。

「そんなことを言っているんじゃない。いいか、サンデーも、エスケプも、私の馬なんだ。わかっているのか。ええ？」

「…………」

「二頭ともこれからクラシックだ。どうする。馬の意思にまかせて二頭で競り合うのか？

それで共倒れか？　そんなバカげた話はない。それよりも大逃げと追い込みの二枚看板、この路線で行くのが正解のはずだ。そうすれば話題にもなるし、人気も出る。そうは思わないか」

「先ほどから言っているように、脚質は逃げにも追い込みにも固執しているわけではないんです。他の馬に無理して競りかけるようなことはありません」

「頭が悪いな。もし、サンデーがエスケプの前に行きたがったらどうする。お前は抑えないんだろう？　エスケプも引かんぞ。共倒れじゃないか。まったく話にならん」

そう言うと、伊能は電話であっても伝わるような、芝居がかった大きなため息をついた。

そして、今度は諭すような口調で語り出した。

「おい、お前。競馬をなんだと思っている」

八弥が黙っていると、ロマンだよ、と伊能は意外なことを自答した。

「わかるか、ロマンだ。ロマン。自分の馬が、伝説を創り、歴史に名を刻む。わしはこれが面白くて馬主をやっている。それだけのために二十年以上続けてきた。おかげでよくわかったんだよ。伝説になるのは、人気のある馬だ。お前、知っているか。わしが指示したエスケプの大逃げは、毎回毎回、拍手喝采《かっさい》の嵐だぞ。あれはやがてターフの伝説になる」

「それは、そうかもしれませんが」

「今、あの馬に競りかけるようなことをしたら、お前はかならず非難されるぞ。ファンはエスケプのひとり旅を見たがっているからな。お前、ファンの声を無視するつもりなのか」

「……それは」

「対してどうだ。同じ勝負服の馬が、馬群の十馬身前方と、十馬身後方を走っていたとしたら。絶対ウケると思わないか。しかもエスケプは真っ黒い青鹿毛《あおかげ》、サンデーは対照的に芦毛ときている。映画のようにドラマチックじゃないか」

八弥は返答に窮した。伊能は競馬をビジネスとも、ゲームとも、従来言われる真剣勝負のロマンとも、まるで別次元の方向から語っている。言うならば一種の芸術作品といったところだろうか。こんな考え方をする馬主に、八弥はかつて会ったことがない。

「しかし、残念だ。三流騎手が名馬と出会って花開くというのも、悪くない筋書きだと思ったんだがな。次からは、脚本の訂正をしなければならんようだ」

「…………」

「わしはお前を評価していたんだぞ。腕じゃない。お前の顔だ。顔の良い騎手というのは、そうそういるもんじゃない。女のファンも期待できる得難《えがた》い素材だと喜んでいたんだがな。惜しむらくは、頭が悪かった」

「…………」

「おい、聞いているのか。もう一度聞くぞ。追い込む気はないのか」

伊能は自分をオウショウサンデーから降ろそうとしている。ここで謝れば、まだなんとかなるかもしれない。返答を迫られた八弥は、境界の上で迷った。オウショウサンデーが途方もない能力を秘めた馬であることは、可能性ではなく、二度のレースで実証された真実である。未来に栄光が待ち受けた馬であることは、もはや確実のように思われた。その馬の手綱を取る者に、なるかならないかは、己の騎手人生を両極端に左右しかねない。

しかし、頭を下げて依頼を稼ぐ『営業』をしないのが、八弥の流儀だった。

「技術を磨け。その技術で馬主から選んでもらえばいい」

あの兄弟子は、そう豪語して実際それを貫いた。自分の強情な選択は、傍目《はため》には愚かに映るかもしれない。だが、伊能に頭を下げれば、途端に紲の背中は遠ざかってしまう。そんな気がした。

追いつかなければ、いつまでも二番手のままだ。

「伊能さん。オウショウサンデーなら、追い込みにこだわらなくても、一流馬になれます。それだけはわかってください。それに、生きている馬を、人間の創った物語の上で走らせて、あなたは面白いんですか」

「わしはわしの自伝に満足しているがね。……おい、千葉先生に替われ」

八弥は受話器を千葉に渡した。無念さに身体が熱くなっている。千葉とは顔を合わせず黙って玄関のほうを向いた。

ただひとつの救いは、自分がフリーの騎手であることだと思っていた。所属騎手が馬主といざこざを起こせば、厩舎全体を巻き込んだ問題にまで発展する恐れがある。フリーであれば、自分の首ひとつで責任を取れる。

もともと、千葉厩舎の馬はすべて大路が乗る約束なのだ。八弥は意識してそう思い込み、やりきれない感情を身の内で圧殺しようとした。

背後の千葉は、債鬼《さいき》に追われる零細企業の社長のような相づちを打っていたが、なかなか話を切り上げようとしなかった。

「なんとか、中島を乗せてやってくれませんか」

いつにない粘り強さで、そう繰り返している。やむを得ない事情だったとはいえ、八弥を厩舎から追い出したことを、懸命に償おうとしている千葉の厚情が伝わってきた。

もういいと八弥が言おうとしたとき、千葉の声音が悲痛なものに急変した。

「いや、そんな、しかし、そんな」

振り向いたとき、千葉は耳から離した受話器を呆然《ぼうぜん》と眺めていた。続けて八弥を見た千葉の顔は、泣き笑いである。

「……オウショウサンデー、転厩だってさ」

「そんな！」

転厩とは、現役の馬が所属厩舎を移動することである。千葉の予想外にねばっこい態度に業を煮やして、伊能がそんな重大事を、即刻決断してしまったというのだろうか。

「先生、それは、本当なんですか」

「こんな嘘を言って、どうなるよ」

「でも、騎手を替えればすむことじゃないですか」

「物語を、書き直すんだそうだ」

「そんな……」

　八弥は絶句した。そしてそのまま、ふたりは重い沈黙のなかに取り残された。千葉の家の玄関の脇にある小窓からは、延々と連なる馬房の様子をうかがうことができる。これまで、生乾きの泥の色をしたオウショウサンデーの顔は、いつでもそこから見ることができた。

　それが消えるという。

「俺のやったことなんだから、なんで、千葉先生にまで……」

「いや、私はいいんだよ」

　千葉は首を振った。泣き出しそうな顔はしているが、芯そのものは強い男だった。取り乱したり、八弥をなじったりするようなことはない。

「お前だって、騎手としての筋を通したかったから、伊能さんに謝らなかったんだろう？　私だって同じさ。馬を預かる調教師として、お前を乗せるのが一番いいと思ったから、そのことを妥協せずに主張した。それで伊能さんが転厩だというなら、しょうがないさ」

　ゆっくりとだが、しっかりした口調で千葉は言い切った。

「それはともかく、……八弥」

　けれども続けた言葉には、無理に絞り出しているとわかる、小さなふるえがあった。

「亀造には、どうやって伝えればいいと思う」

# 第四章

## 一

美浦トレセンの月日は流れている。

千葉厩舎を呑み込んだ嵐のような転厩騒動のあとも、その流れにかわりはなかった。

美浦の名門、濱安《はまやす》厩舎に移籍したオウショウサンデーは、新進気鋭の若手ジョッキー浅井《あさい》徹《とおる》を新たなパートナーとして迎え、四月の末に東京競馬場で行なわれたダービートライアル、青葉賞GⅡに出走した。デビューから三戦連続の一番人気に推されていた。

その日、騎乗予定のなかった八弥は、自宅の小さいテレビでレースを観戦した。パドックから本馬場へ、オウショウサンデーの雄姿が画面に映し出されるたびに、息遣いもにおいも感じることのできない距離が、互いのあいだに開いたことを痛感した。返し馬を見ているうちに、オウショウサンデーの背に跨《また》がったときの心地よい感触が身体《からだ》によみがえり、さらに虚《むな》しい気分になった。

ゲートが開く。浅井は出遅れこそしなかったものの、スタート直後に手綱を引き、最後方まで位置取りを下げた。八弥は顔をしかめた。走りのリズムを損なわされたオウショウサンデーが、口を割って抗《あらが》い、天を仰ぐような仕草を見せたからである。

そのあとレースは淡々と四コーナーまで流れた。直線に向いたとき、一番外に持ち出されたオウショウサンデーは、やはり最後方を走っていた。

しかし、そこで自由を取り戻した芦毛《あしげ》の大器は、銀色の刃《やいば》となってターフを裂いた。大路鞍上《あんじょう》のカッツバルゲル以下、ダービーを目指す十五頭の精鋭を、直線だけでなで斬りにするという離れ業をやってのけた。信じられぬものを見たという、スタンドの騒然とした雰囲気は、レースの確定後もしばらくの間おさまらなかった。

皐月《さつき》賞馬ドリームハンターの骨折休養と、断然人気の皐月賞で五着に敗れ、気性面の問題をさかんに取り沙汰《ざた》されるようになったオウショウエスケプに代わり、オウショウサンデーは一躍ダービー・ロードの主役となった。

全休明けの火曜の昼下がり。八弥は千葉厩舎を訪れた。自転車置き場に愛車を置いて、箱のような形をしたクリーム色の住宅に歩いていると、馬房の連なる厩舎のなかから声がした。

「こいつも高い馬なんだから、ちゃんとやって下さいよ、亀さん」

青葉賞の二着でダービーへの出走権をちゃっかり手に入れた、大路佳康の声である。

「わかっとるわい、そんなこと。まったくよう、懲りずに覚えにくい名前付けやがって。ジャ、ジャ、ジャマダハル？　よし、ジャマでいいな」

「ちょっと、そんな呼びかたよして下さいよ」

大路が慌てたふうに言っている。亀造はうるせいやと大きな声で応酬していた。大路なりに、亀造をはげましているのだろう。そういうボンボンらしからぬ気配りが、大路の良いところだと八弥は思った。

もっとも大路のそういう如才《じょさい》の無さは、千葉厩舎の外でも遺憾無く発揮されており、嫌味のない営業活動として見逃すことのできない効果をあげている。ゆえに八弥は大路のすべての言動の裏に、若者らしからぬしたたかな計算が働いているのではないかと訝《いぶか》ることもあるのだが、それはさすがに穿《うが》ち過ぎであるだろう。事件の傷跡が残る厩舎に、大路の明るさは得難い特質だった。

心配なのは、亀造である。伊能から転厩を告げられたあの日、千葉は電話で亀造を呼び出して、口頭でそのことを伝えた。そこに居合わせた八弥は、その一部始終を見ていた。話を聞いて顔を赤黒く染めた亀造は、千葉と八弥を等分に睨《にら》むように見ると、憤然《はら》と馬房に消えた。そのあと聞こえた男の号泣は、八弥の心をえぐるような哀切な響きを孕んでいた。

オウショウサンデーの転厩はその週のうちに正式決定して、美浦トレセンの北地区から南地区へ、歩くだけの引越しを済ませた。あっけないものだった。

亀造には、別に担当しているクレイモアという馬がいる。仕事を休むことはなかったが、張り合いを失ったせいか、ただでさえ小さな身体が、ひとまわり萎《しぼ》んでしまったような印象があった。

そんなふたりを横目に、八弥はアルミサッシのガラス戸を引いた。レースへの騎乗依頼、さらには調教の手伝い口がないか、千葉調教師に確認しに来たのである。

オウショウサンデーの転厩が決まったとき、八弥もそれなりに荒れた。信念を貫いたことによる小さな達成感はあったが、幻影のような兄弟子の背に、本当に追いつけるのかどうか悩みもして、酒量がいちじるしく増した。唯一のお手馬、リエラブリーがリフレッシュのため短期放牧に出されたこともあり、八弥はレースどころか調教にも出ないで、日がな一日酒を浴びているような暮らしに落ち込んだ時期もあった。

蓄えをすべて放出してから、俺はショウサンへの想いを断ち切るために、あいつの稼いでくれた賞金を使い果たしたなどと、八弥はひと月余りの怠惰な日々を回顧したこともあったが、真実はそれほど高尚なものではなかっただろう。そして、オウショウサンデーへの想いも、もちろん払拭《ふっしょく》しきれたわけではないのである。

それでも八弥が厩舎へ出向く気になったのは、家計が貧窮したからだった。四月の家賃を引かれた貯金の残額が、二万数千というところまで減少している。財布の薄い膨らみも、小銭に負うところがほとんどである。

——このままでは、飢えるぞ。

さすがに感傷にひたっている場合ではないと思った。家賃と光熱費、電話代にＮＨＫの受信料と、じきにどっと押し寄せてくる諸経費が、いったい何頭分の調教代金でまかなわれるか、不遇の日々も三年目になる騎手の頭が、音をたてて計算しはじめる。生活臭の漂う、社会人としての焦りが、ジョッキー中島八弥を感傷の深みからひきずり出した。

「先生、お久しぶりです」

厩舎に入ると、いつぞやのようにパソコンの前で悪戦苦闘していた千葉調教師が、振り返って笑顔をみせてくれたので、八弥はほっとした。今日から厩舎に顔を出すことを、事前にぬかりなく連絡しておいたのである。千葉の笑顔は、騎乗依頼獲得の顔に相違なかった。騎乗手当てだけでも数日は飢える心配がない。

そして、こうして温かく迎えてくれることに、なにより八弥は感謝していた。厩舎の期待馬を転厩させた原因は、あきらかに自分にあった。出入り禁止になることも覚悟していた。なのに千葉は、亀造にも厩舎の人間にも、転厩の責任はすべて私にあったと明言して、厩舎に八弥の居場所を残してくれたのである。八弥は頭を深く下げてから、声をかけた。

「亀さんの新しい馬、走るといいですね」

本心から、そう祈っていた。千葉の思いも同じだったろう。黙って二度ほど頷《うなず》いたが、それから千葉は、瘦《や》せた顔に深い憂慮を浮かべて、

「いや、お前を乗せられなくてすまないなあ」

などと言った。とんでもないです、と八弥はふたたび頭を下げそうになった。

二

「別に、誰でもよかったんですよ」

八弥は相手の言葉に面食らった。

場所は、千葉から依頼の話を聞いたあと、その足で訪れた多治見《たじみ》一義《かずよし》厩舎。小さく狭い大《おお》仲《なか》の一階である。

千葉の用意してくれたメモを見て、八弥はなかなかの依頼だと喜んでいた。頼まれたのは、五百万下条件の四歳馬。クラスは低いが、前三走は五着近辺で推移しており、勝てる見込みのある馬だった。

ただ、最初八弥は首をかしげた。

「多治見調教師って、誰ですか、それ」

知らない名前だった。ひと月ほどの退廃的な時間の流れのなかで、すっかり競馬の記憶を失ってしまったのではないかと八弥は不安になったが、無論そうではない。多治見は、三月に開業したばかりの新規調教師だったのである。そのうえ、騎手上がりの調教師ではなく、調教助手から転身した男だった。名前が八弥の頭に残っていないのも、無理のないところがあった。

「初勝利はまだみたいだから、もし勝てば、今後は厩舎の主戦になれるかもしれんぞ」

千葉にハッパをかけられると、八弥は久し振りに騎手の顔を取り戻して、多治見厩舎へ急行した。馬に乗ることへの情熱が、五体によみがえりつつあった。なまった身体に活を入れようと、八弥は道々、立ち漕《こ》ぎで自転車を走らせてみたりもした。

ところが、いざ厩舎へ乗り込んでみると、騎手は誰でもよかったんだと、せっかくの意欲を根こそぎ削《そ》がれるようなことを、初対面の調教師からだしぬけに告げられたのである。

「いや、つまり、騎手を替えたかったんです」

はじめ呆然《ぼうぜん》として、次いで険悪になっただろう八弥の顔を見て、多治見が多少の言葉を補足した。とはいえ誰でも良かったという第一声が、それで否定されたわけではない。

しかし、八弥はそのことはひとまず置いて、部屋に入ったときから気になって仕方のない、別のことを訊ねた。多治見先生は、と会話を切り出しながら、その呼び方に抵抗をおぼえている。

「いったい、歳はおいくつなんです？」

驚くほど、多治見は若いのである。八弥がしばらくあ然としたのは、そのせいもあった。色白で切れ長の目を持った、明晰《めいせき》な頭脳を感じさせる容姿は、美青年と表現するのがふさわしい。

「私ですか、二十九です」

なんと、八弥よりひとつ年長なだけだった。年齢についてはよく聞かれるのだろう。多治見は自分のホースマンとしての経歴を、手際よく説明してくれた。大学の獣医学部を卒業すると、まずイギリスの牧場で修業をし、帰国してから調教助手の免許を取って、それを美浦で五年ほど勤めた。本当は一刻も早く調教師になりたかったが、二十八歳未満では調教師試験を受験することができないため、やむを得ずそうしたのだという。そして一昨年の十月、二十八になってまだひと月のとき試験に挑戦して、見事一発合格。一年間の研修を経て、今年の厩舎開業となったそうである。

「……それはともかく、騎手を替えたいというのはですね」

異端児とも、革命児ともいうべき調教師は、休みをとらずに会話を先へ進ませようとした。少々せっかちな男のようでもあったが、この同年代の調教師に、八弥は興味をおぼえはじめている。不快とは感じず、話を合わせた。

「なにか、騎乗ミスでもあったんですか」

「いや、そうではないんですが、しめしをつけたいんです」

「しめし、と言うと」

八弥が聞くと、多治見はテーブルの上の白いキャップを取って、馬房に行きましょう、と誘ってきた。

「どうしてです」

「ここは、二階に助手が暮らしているんで」

答えながら調教師は帽子をかぶり、玄関に向かった。八弥は腑《ふ》に落ちないまま、あとに続いた。

多治見厩舎の規模は小さい。千葉厩舎の馬房数は二十であるが、ここはその半分の十しかなかった。これは競馬会の規定による。名門厩舎の跡継ぎも、ターフで名を馳《は》せた一流騎手も、厩務員から一念発起した苦労人も、みな平等に機会が与えられるよう、新規調教師の馬房数は十、その後五年間で二十馬房にまで増設すると、規定によって定められているのである。

したがって、現在の多治見厩舎は仮住まいでもあった。五年のうちに二十馬房の厩舎へ引っ越すのである。そして、空いた厩舎にはその年の新規調教師が入ってくる。そのため、この仮厩舎は、調教師の好みにあわせた増改築を行なうことが、これも規則で禁じられていた。

「本当は手を加えたいんですよ。洗い場とか。せっかくイギリスで勉強したんですからね」

多治見の若々しい意欲的な言葉を耳にしながら、八弥は厩舎へ足を踏み入れた。

違和感があった。横の長さが千葉厩舎の半分しかないこともそうだが、なにかもっと異質な光景が、あたかも当然のように視界に飛び込んで来ている。ベニヤ板を張った馬房の中には、馬服《ばふく》を着たサラブレッドがいて、これはおかしくない。馬栓棒《ませんぼう》が二本あり、その下にはステンレス製の飼い葉桶《おけ》が置かれている……。

――置かれている？

八弥はようやく気づいた。普通、人間の腰あたりの高さまで鎖で吊ってある飼い葉桶が、この厩舎では地べたに並べられているのである。それも一ヵ所ではなく、横を見てもさらにその横を見ても、飼い葉桶は寝藁《ねわら》の上に鎮座《ちんざ》している。金具がはずれて落ちたというのではなく、何らかの意図があってそうしてあると見るべきだろう。

「これは」

思わず指を差してたずねると、多治見はすらすらと答えてくれた。

「飼い葉桶を地面に置くのは、馬をリラックスさせる手段でしてね。といっても私のオリジナルではないんですが、なるべく馬房を、自然のかたちに近づけてやるわけです」

「自然のかたち？」

「牧場にいる馬たちは、なにを食べていると思います。地面に生えている草でしょう？　馬にとっては、地面にあるものを食べるというのが、いちばん自然なんですよ」

「なるほど……」

八弥は唸《うな》った。言われてみればその通りである。習慣にとらわれない、画期的なことをするものだと思った。さすがに難関の調教師試験を突破するだけのことはあると、八弥は深く感じ入ってしまった。

ただ、奥のほうに並んで二ヵ所、飼い葉桶を宙に吊るした馬房があった。それが通常のスタイルであるはずなのに、この厩舎では、その一角だけ馬房の列から浮き上がっているように異質で、不協和音を奏でている。八弥は不吉な予感がした。

それは的中して、八弥が案内された馬房は、そのうちのひとつだった。

「この馬なんですが、また、こんなことを」

多治見は顔をしかめ、即座に飼い葉桶を降ろして馬栓棒の下に押し入れた。隣りの馬房も同様にしている。八弥は白い金網の扉についた、馬名のプレートを読んだ。先刻、千葉のメモでも見た名前だった。

「こいつが、ネオリック」

「ええ、騎乗を依頼したいのは、この馬です」

ネオリックは鹿毛《かげ》の馬だった。顔の中央を『作《さく》』と呼ばれる白毛の太い筋が流れているため、なんとなく間の抜けたような印象を受けるが、珍しいほどの三白眼の持ち主でもあり、これはきつい気性を想像させる。

「私は預かってまだ三ヵ月ですが、悪くはない馬ですよ。ただ、厩務員に問題があって」

多治見は憎々しげに、定位置へ戻した飼い葉桶に視線を向けた。

「吉見《よしみ》という人なんですが、なにを言っても、前の厩舎ではこうだったの一点張りで、私の指示に反発するんです。この飼い葉桶についてもそう。毎日の調教についてもそう。いちいち文句を言ったり、それならまだしも無視したりする。足を引っ張られてばかりなんです」

「……その人は、ベテランですか」

「ええ、そうですよ。お前の生まれたころから馬をやっているって、そんなことばかり言ってくる。頭が古いんです、あの人は」

新規調教師ならではの悩みのように、八弥は思った。意見の相違によって、厩舎がまだまとまっていないのだ。ちょっと話しただけだが、多治見には考え方に革新的なところがある。長年経験を積んできた人間にしてみれば、納得できないことも多いだろう。

それに、多治見は極端に若年の調教師だった。意見が分かれたとき、ベテランたちが相手の言より自分の考えが正しいと思ってしまうのも、わかる気がする。

その対立に巻き込まれようとしている自分の位置に、八弥は気がついた。

「吉見が悪質なのは、他の厩務員や調教助手を自分のほうへ引き込もうとすることです。今、厩舎を出てきたのはそのためですよ。助手から情報が洩《も》れては、また騒動になる」

「情報？」

「ええ。中島さんへの騎乗依頼ですよ」

多治見は八弥の目を真正面から見据えた。

「前走なんてひどいものです。吉見はそれが常識だ人情だと、前の厩舎の所属騎手に、勝手に騎乗を依頼してしまったんですから。それを今回は、断ち切ってやるんです」

「だから、乗り替わり」

最近、大きな乗り替わりを経験させられた八弥は、その言葉には過敏になっていた。しかし、騎手がそれを意識していたら仕事にならないことも、よく承知している。

「前の厩舎の束縛から、ネオリックを切り離してやるんです。それに、こういうことは早くはっきりさせないと、余計こじれて手がつけられなくなってしまう。乗り役が替われば、転厩して環境が変化したということが、誰の目にもあきらかになるでしょう？」

転厩という言葉も身に沁《し》みたが、八弥にも、多治見の言わんとすることは理解できた。新たな管理体制が敷かれたことを、多治見は騎手交代によって端的に表現したいのだ。

——しかし、大丈夫なんだろうか。

少々、強引すぎるように八弥は思った。多治見のやり方は、微妙な人間関係のこじれを、さらにひねることにより、ねじ切って解消しようといったものである。

——単純に、切れればいいと言うものでもあるまい。

八弥は危惧した。馬が厩舎にいるのは数年のことだが、働く人間はそうではない。調教師と厩務員の間に決定的な溝ができてしまえば、悪くすれば厩舎解散のときまで、一種の伝統としてそれを引きずることになる。この若い調教師は、そこまで承知して言っているのだろうか。話し合いを重ねて、徐々に関係を修復していくほうが、たとえ時間はかかっても、好ましい結果を生むのではないだろうか。

八弥をほとんど無視するように、多治見がさらに愚痴をこぼした。

「だいいち、吉見たちは、自分からこの厩舎を選んだんじゃないか。私が呼んだわけでも何でもない。あいつらが私を指名したんだ」

これは、事実である。新規開業の厩舎には、調教師の定年や死去によって解散となった厩舎から、厩務員がそれぞれの担当馬を伴って移動してくるのだが、選択権は完全に厩務員サイドが握っていた。彼らは新規調教師の名前の並んだリストを渡され、次の就職先を自由に選ぶことができる。いっぽう調教師は、自分の厩舎の従業員だというのに、その人選に少しも意見を加えることができない。

「私の考えに賛同したからこそ、この厩舎を選んだはずでしょう？　なのに言うことに反対したり、無視するだなんて、まるで矛盾している」

おのれの論理に確信を持っているのだろう。多治見は揺るぎない口調でそう言い切った。

しかし八弥は三十分後、同じような内容の話を、問題の吉見という厩務員から、俺らの言い分として聞かされたのである。

五月の明るい陽射しに照らされて、梅雨入り前の暖かい微風に頰《ほお》を撫《な》でられていると、厩舎の外で人を待つのもあまり苦にならなかった。多治見と別れた八弥は、こっそり吉見と会うつもりでいた。じきに午後の作業が始まる。待っていれば、吉見も姿を見せるはずである。吉見に会えば騎手交代のことを言わねばならず、多治見の思惑を裏切ることになるが、騙《だま》し討ちのようにして馬へ乗るのは、それ以上に気がすすまなかった。

いやな騎手の乗った馬を、厩務員はレースで応援するのだろうか。負けることを祈られるようであれば、なにより馬が哀れである。

いかにもベテランといった風貌《ふうぼう》の厩務員が、厩舎の前で自転車を降りたので、声をかけてみると果たしてそれが吉見だった。色白の多治見とは対照的に日に焼けた顔をしている。

ネオリックへの騎乗依頼を受けたことを、八弥はそのまま説明した。吉見はやはり不快そうな顔をしたが、勝手をしやがると大きく舌打ちすると、まあ頑張ってくれやと言っただけで、てめえなんぞは乗せねえといった具合に、強硬にごねるようなことはなかった。

「調教師《テキ》はまだ若いんだから、俺らの言うことを聞いてくれたっていいと思わねえか」

馬房のほうへ歩きながら、吉見が自分から喋《しゃべ》りはじめた。多治見への蓄積した不満を、とにかく誰かにぶちまけたかったようで、ひどく積極的だった。

「この厩舎に来たのも、若い人なら柔らかい頭で俺らの意見も参考にしてくれると思ったのさ。ところがどっこい、あんな堅物は見たことがねえ」

ふむふむと適当な相づちを打ちながら、八弥は軽い戸惑いをおぼえていた。吉見と多治見は、同じ事象からまったく正反対の理念を導き出しているのに、両方とも話に不自然なところがない。聞けば聞くほど、どちらも一理あるような気がしてくる。ふたりが議論を重ねても、これでは平行線をたどるだけかもしれなかった。

「だって、厩舎で一番年下なんだぜ、テキは。新しいのもいいけどよお、ちっとはなあ、昔からのやり方にも意味があるってことを、わかってもらいたいんだよなあ」

厩舎に入り、寝藁の上に降ろされたネオリックともう一頭の飼い葉桶を見つけると、吉見は大きな舌打ちをした。チッチと舌打ちを継続させながら、鎖の金具に桶を引っかけ、もとの状態に戻している。

この飼い葉桶に関しては、多治見の感化を八弥はまっすぐに受けていた。吉見に思わず咎《とが》めるような視線をおくると、

「なんだ、あんたはあいつの回し者か」

と、ひどい言い方をされた。こういう口の悪さも、おそらく多治見の機嫌を損ねている要因なのだろう。

「べつにそんなことはないさ。だけど多治見先生は、馬房を自然のかたちに近づけようと、努力しているみたいだったぞ」

「そうは言うけどよ、飼い葉桶は、吊っとかねえとネズミが入ることがあるのさ。汚えだろ、ネズ公は。それに馬が桶を踏んづけて、こけちまったらどうする。脚を折るかもしれねえぞ」

「…………」

八弥は、自分のいい加減さに幻滅しながらも、なるほどそうだと思ってしまった。さきほどは多治見の言葉に感心したが、言われてみれば、意味もないのにわざわざ手を加えて、桶を宙に吊るようなことはしないだろう。

——それにしても、なんだな。

おそらく毎日幾度となく、この飼い葉桶は、ふたりの男の手によって位置を上下させられているはずである。食事も落ち着いて取れないと、馬もきっと迷惑していることだろう。否応無しに両者の板挟みになっているネオリックに、八弥は同情した。

三

短期放牧から千葉厩舎に戻ったリエラブリーをウッドチップコースで軽く追い切り、真帆子に手綱を渡してしまうと、八弥はすることがなくなった。調教スタンド一階の、騎手だまりと呼ばれる待機室に戻ったあとは、ずっとイスに腰掛けている。弟弟子の大路などは、ウッドヘダートへ芝コースへと、休む暇なく調教を付けに駆け出していくのに、開店休業の八弥は、疲れてもいないのに休憩をとることを余儀なくされていた。

スタンド内のうどん屋にでも行こうかと考えることもあったが、そのたびに二百いくらの金額ですら響いてしまう財政状況を思い出した。わびしさを嚙《か》みしめながら、八弥はひたすら座していた。

「ねえ、大丈夫？」

不意に、声をかけられた。うつむけ気味にしていた顔を持ち上げると、赤を基調とした調教服をピシッと着こんだ秋月智子が、心配そうな面持ちで立っている。

「大丈夫って、なにが？」

「なにっていうか、あなた、泣きそうな顔をしていたから」

「は、俺が？　千葉先生じゃあるまいに、そんなことはないだろう」

「それならいいけど……。ほら、あんなことがあったから……」

智子は真剣に気づかう様子を見せている。無論、オウショウサンデーのことを言っているのだろう。森林馬道で一緒に散歩をしたこともあり、他人事《ひとごと》とは思えないのかもしれない。

「きっとあの子も、あなたに乗ってもらいたいはずなのに……。可哀相だわ」

八弥は照れた。実際には、とりたててオウショウサンデーのことを考えていたわけではない。

「いや、オウショウサンデーのことは、忘れてはいないけど、今はそれより仕事の無さにまいっていただけだから。つまり、生活苦というのかな。ハ、ハ」

正直なところを打ち明けて、そのあまりの情けなさに八弥はうつろに笑った。いずれにせよ、智子は八弥に気の毒そうな視線を向けていたが、気を取り直すようにして言った。

「ところで、今年の夏はどうするの？」

季節の夏はまだひと月以上も先である。しかし、夏競馬へと継続する北海道の函館・札幌開催は、六月の上旬にはスタートする。

「決めたわけではないけど、函館に行きましょうって大路がうるさくてね。なんでも実家の大牧場で、俺をもてなしてくれるそうだ」

「ずいぶんと先輩思いね」

「どうだかな。育成の手伝いでもさせたいんじゃないか」

「まさか。でもちょうどよかったわ。ドロップコスモ、夏は北海道に滞在するの。気候もいいし、長距離戦もたくさん組まれているから。もしかしたら、騎乗の依頼もできるかもしれない」

「おお！　それはいい！」

「あ、そんなに期待されても、困るんだけど……」

八弥の過剰な反応に、智子は若干ひるんだようだったが、じゃあ元気を出してと、励ましの言葉を残して騎手だまりを出ていった。

背筋のぴんと通ったうしろ姿を見送った八弥は、明るい気分にもなったことだしと、変な踏ん切りをつけてイスから立ち上がった。結局、長いあいだ座っていて、それくらいしか得るものがなかったともいえた。

ところがスタンドを出た途端、八弥はそのひと筋の光明さえ奪われるような、いやな光景を目《ま》の当たりにしてしまったのである。

調教コースから続く地下馬道の出口で、多治見と吉見が、顔を突き合わせて激しい口論を繰り広げている。そのあいだに挟まれているのは、白い一本輪の入った黒いヘルメットをかぶる調教助手と、鹿毛の馬体に白い鼻筋のネオリックだった。

「追い切りは、ウッドコースと言ったはずです！」

「レースの前は、ダートのDコースと決まっとるんだ！」

互いの声が大きくて、喧嘩《けんか》の中身は近づく前に聞き取れた。どうやら調教助手が多治見の指示を聞き流し、吉見のやり方で追い切りを行なったようである。それでは多治見も怒って当然だろうと八弥は思った。

「ほんと、どういうつもりなんですか！」

「テキにはまだわからんだろうから、従っとりゃいいんだよ」

多治見の言っていた二階に住む助手というのが、馬上の調教助手かもしれなかったが、この男自身は沈黙していた。馬の顔の白線を境に左右に分かれ、あくまで多治見と吉見が論争している。

「もう、古いんですよ！　ダートコースを調教に使うのは！　いいですか、クッションが違うんですよ、木の砕片を敷き詰めたウッドコースと、砂のコースでは！　脚元に不安のあるネオリックには、ウッドコースが最適なんです！　それを、まったく……」

「うるさいわい、この、外国かぶれめ！　あんたは美浦の実態ってもんを知らねえんだ。こんな混んでる時間にウッドを走らせたら、危なすぎるんだよ。こいつは脚ばかりか目も弱いんだ。もし、前の馬が蹴り上げた木屑《きくず》が目に入ったら、やばいかもしんねえだろうが。木屑は砂より粒がデカイんだからな。やい、わかったか！」

「それは、前の馬に気を付ければ済むことじゃないですか！　クッションの方はそうはいかないでしょう？　どうするんです！」

「ちゃんと昨日、この男に体重を落としてくるよう言っといたわ！　テキはそんなこと、言わんかっただろう？　重いものを乗せて走ったら、クッション良くても、変わらんわい！」

両者譲らず、火を噴くように怒鳴りあっているが、ふと八弥が気づいたのは、つまりはどちらも馬のために持説を主張しているということである。ウッドにしても、ダートにしても、身体が虚弱らしいネオリックを気遣って、それぞれに選択した調教コースといえるだろう。

「ダートを走らせたら、馬が可哀相だとは思わないんですか！」

「なにを！　ウッドはヤダなヤダなって、こいつが泣いているのがわかんねえのか！」

あの飼い葉桶についても、考えてみればそうといえるかもしれない。

——それを、お互い理解できないものかね。

根本は同じ馬優先主義であるのに、なぜか異なる答えを見つけ出してしまう。自分の意見こそ馬優先の論理だと思っているから、相手の言葉には耳を貸さずに衝突してしまう。宿命的といった論争を続けるふたりを見て、八弥は心底そう思った。

## 四

東京最終十二レース、ダート千四百メートル戦のパドックを、ネオリックはふたりの男に引かれて歩いていた。言うまでもなく、多治見と吉見である。ＧＩでもないのに背広姿の多治見に対して、吉見は青のよれよれのジャンパーに青のヘルメットという見栄えのしない装いだった。

隣接した騎手待機室からふたりの様子を見た八弥は、別にうるさくもない馬をふたりで引いたりして、傍《はた》から見れば案外仲良しに見えるのではないかと思ったりもした。ただし、パドックに現われてから、両人がひと言も口をきいていないこともわかっている。

騎乗命令がかかり、八弥が馬に跨っても、その状況は変わらなかった。黙々とパドックを周回し、ひっそり地下馬道の入口へ消えてゆく。気合の乗りはじめたネオリックが蹄の音をカツンカツンと響かせても、ふたりはむっつり黙って歩いている。出口であるスロープの寸前まで来て、ようやく多治見が一行から離れた。

「おい、中島さんよ」

すぐさま、堰《せき》を切ったように吉見が喋りはじめた。坂の上に広がる薄曇りの空の日光を白く感じながら、戦いの場であるダートコースに出る。通常ならここで厩務員が引き綱を外して、各馬がそれぞれ思い思いの方向へ、ウォームアップの返し馬に入るのだが、吉見は綱をなかなか外そうとしない。

「テキは、どんな作戦を指示してきたんだい？」

先行、と八弥は答えた。まさかテキが先行なら俺は差しだと、ここに来てゴネるようなことはないだろうと思い、正直に言った。実際吉見もそこまでは言わなかったが、

「テキの奴、俺の真似をしやがったな」

と、子供のようなことを言った。

「それで、こいつの癖、テキは何かあるっていってたか」

「……いいや、とくに」

「ちぇっ、言うばっかりで、あんがい駄目な奴だな。しょうがねえ、よく聞いてくれよ。こいつは手前を替えるのが下手くそなんだ。だから、ゴールの前でいつもくたびれちまう」

やはり、多治見と同じことを言った。あえて本当のことを言わず、吉見の反応を試した八弥は、予想通りの結果に満足感をおぼえた。若干、笑いの神経も刺激されている。先日から考えていたとおり、多治見と吉見は根本的には似たもの同士に違いなかった。どうにかすれば、意気投合するふたりかもしれない。

向正面の端からのスタートだった。ゲートを飛び出してから、長い直線を走るあいだに、八弥はうまく好位の外目に馬を取り付けた。ネオリックはとぼけた顔に似合わずダッシュ力のある馬で、絶好のポジションをなんなく確保することができた。スムーズに流れに乗っている。

ところが、三コーナーに入ったとき、ネオリックが突如フットワークを乱した。八弥はあわてて手綱を操作したが、ロスは大きく、周囲の馬に置いていかれるかたちになった。

——なるほどな。

多治見と吉見の言う通りである。ネオリックは、手前を替えないのだ。

手前とは、馬の利き脚のようなものである。全力疾走である襲歩《しゅうほ》の最中、前肢のうち右脚をより前へと出すのが右手前。左を出すのが左手前だった。右手前でゲートから飛び出たネオリックは、そのまま左回りのコーナーへ入ろうとした。そのため伸ばした脚が遠心力で外に膨れるような姿勢になり、曲がる意思と齟齬《そご》をきたしてバランスを崩したのである。大概の馬は左回りなら左、右回りなら右と、走りやすい手前に自分で替える。ネオリックは不器用な馬だった。

しかし、八弥の強い手綱のアクションで手前を替えたネオリックは、走るフォームを回復して、元の位置まで素早く巻き返した。

――うまくやれば、勝てる。

八弥は思った。それだけの能力は十分にある。馬群が直線に入った。

ネオリックはカーブを抜けても左手前で走り続けた。そのまま逃げる馬に馬体を併せ、熾《し》烈《れつ》な叩き合いに持ち込んだ。一旦《いったん》、頭差ほどリードしたが、それ以上差が広がらない。同じ手前で走り続けるのには限度がある。人間でいえば重い荷物を片方の手で持ち続けるようなものだった。実際の重量以上の負担がかかる。

勝つためには、ネオリックにもういちど手前を切り替えさせる必要があった。それも競り合いを続けながら、タイムラグを発生させずにである。

猛然と手綱をしごきながら、八弥は全身の感覚を研ぎ澄ました。ネオリックの意思をつかみとろうとしていた。坂を登り終え、残り二百六十メートル。スピードはまだ落ちていない。

しかし八弥は、馬のハミを噛む力の微弱な変化に、脚色が鈍る前触れを直感した。

――ここだ！

瞬間、八弥は手綱の左側を引き右側を余らせ、あぶみを踏みつけるように右の膝《ひざ》を落とした。重心の変化でネオリックの右肩が突き出るようになる。瞬時にそこで右膝の位置を戻す。やや外側へ駆けた一完歩《いちかんぽ》のうちに、八弥はネオリックの手前を巧みに切り替えさせていた。八弥の兄弟子、紀健一直伝の技術だった。ネオリックは二の脚を伸ばして逃げ馬を突き放し、リードを広げていった。勢いはゴールまで衰えず、後続の追撃も封じ込んだ。会心の勝利である。

レースを終えた八弥は、馬場を流しながら、

――俺の技も、紀さんのレベルに近づいている。

そんなことを考えていた。

八弥とネオリックは地下馬道に凱旋《がいせん》した。厩舎待望の初勝利でもある。じつは似たもの同士の多治見と吉見が、これまでの諍《いさか》いも忘れ、枠場で手を取り合って喜んでいるのではないかと、八弥はひそかに期待していたのだが、それは大いに甘かった。

われ先にと愛馬を迎えに出てきたふたりは、俺の指示が良かったとかなんとか、結局並んで歩きながら、くだらない論争を繰り返している。

ふたりのもとで馬を止めると、八弥は言った。

「こうして勝ったんですし、もういい加減にしたらどうですか」

すると、それまで鞍《くら》の上の騎手などそっちのけで口論していた多治見と吉見が、砲口《ほうこう》を一

斉に八弥へ向けた。

「うるさい！」

「そうです！」

「お前の腕で、勝ったわけじゃないぞ！」

「そうです、私の馬の力です！」

「コラッ！　俺の馬だ！」

ほんの一時、ぴたりと息を合わせたふたりは、すぐにまた飽くなき闘争の世界へと引き返していった。八弥はため息をつくと、軽くネオリックの首筋を叩いて馬から降りた。


すべてのホースマンの憧れである、ダービーの日がやって来た。八弥はダービーどころか前座の試合にもまったく騎乗依頼がなく、レースは早朝の調教を手伝った千葉厩舎での観戦となった。大路とカッツバルゲルが出走している。オウショウサンデーのこともある。異様な雰囲気につつまれていたのは、競馬場だけではなかった。

ただ、亀造は厩舎に姿を見せなかった。

二分二十六秒のレースの後、カッツバルゲルの三着好走に、厩舎は沸きあがった。

一番人気の芦毛馬は、前走と同じく最後方から追走したが、直線なかばで前の馬と脚色が同じになり、五着に敗れた。

# 第五章

## 一

　きらめく朝日を疎ましく感じる季節は、もう過ぎている。三ヵ月に及んだ北海道遠征を終え、すっかり秋めいた美浦トレセンに帰還した中島八弥は、調教予定の馬はいないのに、南馬場の騎手だまりで粘り強くコーヒーをすすっていた。涼しげな顔こそしているが、誰か仕事の依頼をしてくる調教師はいないものかと、内心かなり期待しているのである。

　しかし、ようやく声をかけられたと思ったら、それは一銭の得にもならない相手だった。弟弟子の大路佳康である。

「あ、まだこんなところにいた。八弥さん、ちょっといいですか」

　大路のニキビ面が輝いている。先々週、阪神競馬場で行なわれた菊花賞トライアル、GⅡの神戸新聞杯で、大路は愛馬カッツバルゲルを駆り見事に優勝したのである。一番人気のオウショウサンデーを抑えての勝利で、マスコミからも好騎乗と賞揚され、大路はいつまでたっても浮かれていた。オウショウサンデーは最後方から良く伸びたものの四着だった。

「ほら、挨拶《あいさつ》、挨拶」

大路は背後に隠すようにしていた少年を、八弥の前に押し出した。小柄な大路よりもさらに小さい瘦《や》せっぽちの少年で、頭はねずみ色の坊主頭、手にはステッキと赤白の染め分け帽を持っている。競馬学校の生徒だと、八弥はひと目でわかった。十月は、初々しい実習生が、トレセンの新しい住人となる季節でもある。

「彼は八弥さんのファンという奇特な人材ですよ。ほら、なんでファンなのか、言ってごらん」

あやすような大路の口調がおかしかったが、実習生は顔を赤らめるばかりで、なかなか口を開こうとしなかった。八弥を前にして、本当に恥ずかしがっているようである。

ファンだと言われれば、八弥とて悪い気はしない。ほら、ほら、と促す大路に合わせて、うんうんと頷《うなず》いてみせた。

「ほら、どうして八弥さんのファンなんだい」

「えっと、あの、判官《はんがん》びいきっていうんですか」

「…………」

八弥の顔がひきつり、硬直した。

それは、憧《あこが》れの騎手を褒める言葉ではないだろう。いまいち冴《さ》えない騎手を、哀惜する言葉のはずである。いかに不遇の身の上とはいえ、こんな年下の実習生に同情されるようでは、立場がなかった。

だが、様子からして、この実習生に悪気はないと八弥は判断した。悪いのは、純真そうな実習生の、ちょっと日本語の使い方を間違えた発言を耳にして、わざわざ本人の前まで引っ張ってきたりする大路である。面白がるのではなく、気づいた時点で訂正してやったらどうだと思った。

ケラケラ笑って大路が言うには、最近競馬ファンの間で、八弥への同情論が起きているらしかった。原因はオウショウサンデーの連敗である。ド派手な追い込みで人々を魅了していた芦毛馬《あしげうま》の突然のスランプにより、連勝していた騎手をなぜ降ろしたという論調の文章が、にわかに競馬雑誌の投稿欄をにぎわすようになったのだという。

「だから、今のはファン代表の声でもあるんです」

大路はひとりで納得して、何度も首を縦に振った。そして、実習生の肩を叩くと、

「それはともかく八弥さん。かわいい後輩が、こうしてせっかく会いに来たんですから、夕食にでも誘ってあげてくださいよ」

と、心得顔に提案してきた。

——大路の奴、余計なことを。

八弥は心の中で舌打ちしたが、理由はどうあれ、実習生が自分のファンだというのは嘘ではないようだった。先ほどからずっと、一途なまなざしをこちらに向けてきている。その瞳には、大きな期待がありありとこもっているように見えた。

「……ああ、そうしよう」

八弥は複雑な顔で、ぎこちなく頷いた。競馬サークルに足を踏み入れたばかりの若者に、先輩騎手として、おごるのは嫌だとしみったれた事を言うわけにもいかなかった。

夕方になり、八弥がふたりを連れて向かったのは、トレセン近くの焼肉屋だった。本場の韓国料理を食べさせる店で、名物の骨付きカルビだけでなく、ぼうだらに唐辛子味噌を塗って焼いたものや、ワタリガニをピリ辛のたれに一週間も漬けこんだものを出し、けっして安い店ではない。

しかし、稲田《いなだ》という名の実習生の付き添いのようにして、呼んでもいないのに現われた大路に、あそこは美味しいですよねと、またしても心得顔で提案されてしまったのである。そのときようやく、八弥は自分が大路の思惑に乗せられていることに気付いたが、あの店は高いから遠慮したいなどと、いまさら言うわけにもいかなかった。

「学校の教官が体重のチェックに来ると言ってました。明日から減量が厳しくなりそうです」

食事中、稲田はそのことをしきりに気にしていた。唐辛子は脂肪を燃やす効果があるから大丈夫だよと、気休めを言いながら肉を次々口に入れ、石臼《いしうす》のようにあごを動かす大路の横で、それなら遠慮してくれと八弥は言いたかったが、男の一分《いちぶん》で我慢した。

「唐辛子に食欲増進の効果があるっていうのは本当ですね。もっと食べましょう」

大路はそんなことを言って、次々と追加の注文を重ねていった。それではせっかくの減量効果も相殺されるじゃないかと、脂でぬめる大路の口を苦々しく眺めたが、ひたすら耐えた。

「どうもごちそうさまでした」

育ち盛りの稲田と大路は、貪欲《どんよく》に韓国料理を腹におさめると、満ち足りた笑顔で挨拶して、仲良く歩いて帰っていった。ふたりはトレセン内に住んでいる。

対して八弥はアパート暮らしだったが、その帰り道、ひとり自転車を漕《こ》ぎながら、身体《からだ》を撫《な》でる秋風を物哀しくなるほど冷たく感じたのは、きわめて現実的な懐具合のせいだったろう。電話機の赤いボタンだけが光る1DKに帰宅すると、八弥はまずキッチンの冷凍庫を開け、冷蔵庫を開け、そこに当座の食料を確認すると、ほっと息をついて玄関の鍵を閉めに戻った。

ネオリックでの勝利の余勢を駆り、勇躍北海道へと乗り込んだところ、自分はとても裕福だったと、過ぎし日々のことを八弥は懐かしく思った。七月の函館では、夏の訪れとともにぐんと調子を上げたリエラブリーが、二度も三着に入線する活躍を見せてくれた。八月の札幌では、八弥は秋月智子のドロップコスモに騎乗して、見事に勝利を上げている。

しかしその札幌では、高名な繁華街ススキノが、魅惑のネオンを妖美に光らせていた。

——あれが、痛かった。

思い返すだけでため息が出る。その歓楽の地で、八弥は蓄えのほとんどを泡沫《うたかた》のごとく散らしてしまったのである。

すべてが無駄な出費だったというわけではない。千葉厩舎の北海道グループの班長である調教助手の山梨と話し合い、元気の戻らない亀造を励まそうと、班全体で夜の街へ繰り出し、八弥の全額負担でどんちゃん騒ぎをしたことは、償いとはとても言えないが、企画してよかったと今でも思っている。

問題なのは、やはり大路だった。大路とその仲間に押し切られ、何度もクラブへ通ったことが、明日の食事に不安をおぼえるような、危急存亡の秋《とき》を呼び込む要因となったのだ。

騎手の世界では、先輩と後輩が同席すれば、飲食代はすべて先輩が持つしきたりになっている。互いの勝ち星が、長幼の序を逆転したものになっていたとしても、その決まりに変わりはない。

だから、大路やその友人たちと飲みにいけば、八弥が全額を支払うことになった。この被害は甚大である。未勝利戦の入着賞金くらいは一夜で消えてしまう。

それに、先輩がレースで賞金を稼いだ日に、後輩がおごって下さいとたかりにくるのは、わからないでもない。しかし大路がレースに優勝したとき、八弥さん今日はとことん盛り上がりましょうと、先輩を強引に不夜城へ連行していくのは、一種のいじめではないかと思うのだ。八弥はまったく腑《ふ》に落ちなかった。

そして、ふたりの後輩の食事代をやはり負担せねばならなかった今日の焼肉で、八弥の財布は決定的打撃を受け、破綻《はたん》したのである。

——まあ、減量には困らないだろうよ。

強がっては見せたものの、八弥は追憶に耽《ふけ》っているうちに、いつの間にか狭い部屋をぐるぐると回ったりしていた。無意識の行動である。精神的に追い詰められていることは確かなようだった。なにせ、今週の騎乗予定はゼロなのである。

そういえば、前にこんな馬がいたなと思いながら、八弥は周回を止《や》めた。考えていても仕方がないから、風呂に入って寝ようと思った。

それしかすることがないのだとは、あえて思わないようにした。

二

調教だけの物足りない週末と、深刻に時間の余った全休の月曜を乗り越えると、八弥は火曜の午前中に、勝負を賭《か》ける思いで千葉厩舎へと出向いた。アルミサッシのガラス戸を勢いよく開ける。今日は応接室のソファーに座って読書をしていた、頰《ほお》のこけた千葉調教師の顔を見た。

八弥はがっくりした。目を合わせても、千葉は笑わなかったのである。騎乗依頼のない証拠だった。千葉は考えていることが表情に出るため、言葉を聞く前に結果を知ることができてしまう。

「先生、こんにちは」

明日になれば、依頼が来るかもしれない。自分にそう言い聞かせて、つとめて依頼の有無など気にしていないような顔を作りながら、八弥は千葉に挨拶をした。そうでもしなければ、八弥の現状に対して必要以上に責任を感じている千葉は、泣き出す恐れすらある。

「ああ、八弥。今日はまだ依頼はないんだが……」

そう言うと、千葉は手招きして茶色いソファーに八弥を座らせた。

「大丈夫です。明日もありますよ」

「いや、ちょっとな……。おい、真帆子、お茶だ！」

千葉はひとり娘の名を呼んだ。千葉の妻は、真帆子がまだ幼稚園のころに亡くなっている。お茶の準備をさせるくらいだから、何か話すことが千葉にはあるのだろう。八弥は黙って次の言葉を待った。

「話がふたつ、あることはあってな。ひとつは笠原先生からで、来週の日曜、東京でドロップコスモを走らせるから、よければ乗ってほしいということだ」

「おお！」

ドロップコスモと智子の姿が、瞬時に八弥の脳裏に浮かび上がる。

「それは先生、いいじゃないですか。あの馬、どんどん成長してますよ」

「そうか、そうなると、ちょっとな……」

飛びつかんばかりの反応を見せた八弥に、千葉が困惑気味に返事を詰まらせたとき、真帆子がお茶を運んできた。昔から変わらない黒髪のショートカットで、ジーンズにトレーナーという厩務員らしいラフな格好をしている。

卓上にお茶を並べると、真帆子はそのまま八弥の隣りに腰掛けた。以前は紀さんがこの位置にいたんだなと、八弥はちらりと思った。

「ねえ、八弥さん、来週の日曜日、リエラブリーが出走することになったの」

「え、リエラブリーも？」

「うん。カッツバルゲルに帯同して京都に遠征することになって。そうだよね、お父さん」

「……ああ、そのつもりだが」

「どう？　助かったでしょ。ほらほら、嬉しいんならもっと嬉しそうな顔をしなさい」

屈託のない笑みを浮かべて、真帆子が顔をのぞきこんでくる。八弥はそれに応じようと努力したが、作り上げた表情は、笑顔と呼ぶには強張《こわば》りすぎていた。

千葉の返事の歯切れの悪さも、今なら理解できる。貴重な騎乗依頼が、よりによって東西の競馬場に分かれてしまっているのだ。どちらかの話は、八弥のほうから断らねばならない。

「あれ、リエラブリーもってことは、ひょっとして先約があるの？」

真帆子が敏感に事情を察してきた。

「……同じ日の東京で依頼があるかもしれないって、いま先生と話していたところなんだ」

「ふうん。それで八弥さん、どうするの」

「そうだなあ。身体がふたつあればいいいんだけど……」

「あれれ、迷ってるんだ」

「いや、そんなことはないよ。リエラブリーに乗らせてもらうのは当然なんだけど……」

それは、長い間守り続けてきた真帆子との約束である。破るつもりはなかった。

「ちょっと、もったいないと思ってね」

ただ、それも正直な感想だった。

「よし、それなら八弥さん、リエラブリーで勝っちゃえ！」

真帆子の意見は単純明快である。

「そうすれば賞金がたくさん入って、八弥さんのお財布もあったかくなるよね！」

「俺だけじゃなく、真帆子ちゃんの財布も一緒にね」

「そうそう、いいことばかりでしょ！」

「でも、言われてみればその通りかもしれないな。いつも乗せてもらってるんだから、そろそろ勝たないと。もう七歳だもんね、リエラブリー」

「あはは、もうラブリーって歳じゃないよね」

牝馬《ひんば》の引退時期は、牡馬《ぼば》のそれよりも数年早い。普通は五歳の春までにターフを去り、淘汰《とう》をくぐりぬけるだけの成績をたずさえていれば、牧場へ帰り仔《こ》を産む母となる。七歳の秋まで現役を続ける牝馬はごく希《まれ》だった。

「重賞も勝てるとか、昔はちょっと騒がれたのにね」

湿っぽい話題のはずなのに、真帆子はあどけない笑顔を浮かべたままでいる。その瞳には八弥でも千葉でもなく、ちょうど今ごろの季節だった、リエラブリーのデビュー戦の風景が映し出されているのかもしれない。

「……で、八弥、もうひとつの方なんだが」

娘の話が一段落ついたと思ったか、千葉が話を再開してきた。

「じつは矢幡《やはた》先生が、お前に頼みたい仕事があるそうなんだ」

「え、あの矢幡先生が？」

　矢幡厩舎といえば、伝統ある美浦の名門厩舎である。オウショウサンデーの転厩先である濱安厩舎とは毎年リーディングを争うライバル関係にあり、トレセン内では『北の矢幡、南の濱安』と並び称されている。今年の皐月賞を勝ち、二日前、骨折休養明けの毎日王冠を快勝した、ドリームハンターを管理している厩舎でもあった。

「それは先生、いいじゃないですか……あ、また来週の騎乗依頼だったりするんですか？」

「いや、そんなことはない。今週の仕事だよ」

「ならいいじゃ……あれ、先生、今週はないって言いませんでしたっけ」

「それがな八弥、騎乗依頼じゃなくて、別の仕事なんだよ」

「別？　調教の手伝いなんですか？」

「そうでもないんだ。なんというかな。お前に、留守番をやってもらいたいらしい」

「留守番？」

　さすがに八弥も意表をつかれた。前例のない依頼である。

「人手が足りないから厩舎の大仲に泊まり込んでもらいたいと、矢幡先生は言っている」

「なんで、俺なんですか？」

「わからない。いや、とにかく妙な話だとは思うんだが、今日の朝、調教スタンドで声をかけられてな。そう言われたんだよ」

「それは、騎手がやる必要があるんですか？」

「わからない。矢幡さんは三食付きとか言っていたが……」

ほほう、と八弥は思わず声が出た。悪くない条件だと思ったのである。リエラブリーに景気の回復を期待するとしても、レースはまだ十日以上も先のことだった。たとえ厩舎の留守番でも、アパートで為《な》すこともなく寝ていることを考えれば、食費が浮くぶん経済的というものだろう。

だが、八弥はすぐにバツが悪くなった。千葉と真帆子から、不思議そうな目でじっと見られていることに気づいたのである。まさかと思うような仕事話に、八弥が意外なほど関心を示したことに、親子そろって驚きを受けている様子だった。

八弥は赤くなった顔を隠すように湯飲みをあおった。お茶はまだ十分に熱くて舌を焼き、喉《のど》をくだりながら胸を燃やすようだった。

三

午後の温もりが風に吹き流され、象牙色《ぞうげいろ》の闇に沈みはじめた薄暮の道を、八弥が愛車のペダルを漕ぎ漕ぎ走っている。行き先は矢幡調教師の自宅だった。午前のうちに厩舎を訪問したのだが、調教師《テキ》は牧場の視察に出かけていて、家に直接帰ると思うと、助手の男に教えられたのである。

ベテランの調教師になると、大抵トレセンの外に邸宅を持つようになる。年齢とともに簡素にできた厩舎付属の住宅が身体にこたえるようになったり、家族の人数が増えるということもあるだろうが、その別邸が押し並《な》べて豪壮な日本建築であるところを見ると、やはり資金面の充実が大きいようだった。

トレセンの北門にほど近い場所に建つ矢幡調教師の住居も、のどかな田園風景に突如出現した戦国屋形といった趣で屹立《きつりつ》していた。

インターホンで訪《おとな》いを告げたあと、門を抜け庭を歩いて、ようやく屋内へ上がることのできた八弥は、見学者のようにキョロキョロしながら廊下を歩いた。案内された応接間の広さは、じつに三十畳以上もあり、いったい１ＤＫで何個分なのかと度肝を抜かれた。その応接間は洋室だったが、落ちたら多数の人が下敷きになりそうな照明が吊られていて、洗練された家具には重厚な艶《つや》があった。あまりの豪華さに八弥は口を半開きにしたが、矢幡の視線を感じてあわてて閉じた。

同じ調教師でも、哀れになるほどやつれた千葉とは違って、矢幡は恰幅《かっぷく》のよい男である。すでに七十近いはずだが、小ぶりの顔はつやつやしていて血色がすこぶるいい。

「わざわざすまないね、中島くん」

そして矢幡は、温厚で柔和そうな人物だった。名門厩舎の頭領であり、こんな豪邸にも住んではいるが、横暴を権力で押し通すような傲慢《ごうまん》さは微塵《みじん》も感じられなかった。縁側でひなたぼっこをしながら、庭で遊ぶ孫を眺めているのが似合いそうな雰囲気である。

――伊能とは大違いだ。

ガマの化物のような顔を思い出して、八弥はついそんなことを考えた。

八弥と矢幡は黒いソファーに向かい合って座った。千葉家の茶色いそれとの感触の違いに、八弥は驚かざるを得なかった。

「千葉先生から聞きましたが、留守番というのは、いったい……」

「うん、それがね、中島くん。ちょっと困っているんだよ。みんな、怪我《けが》をしちゃって」

「怪我、ですか」

「そうなんだよ。いちばん最初はね、あのね、うちの厩舎の川上という男がね……」

風貌《ふうぼう》通りのやさしい語り口で、矢幡がゆっくりと説明した事情は、おおむね次のようなものだった。矢幡が別邸に移ったあと、厩舎横の家に住み込みで働いていた川上という厩務員が、洗い場で馬に足を踏まれてひどい骨折をして、緊急入院してしまった。そこで、夜の厩舎に誰も人がいないのは不用心だからと、荻野《おぎの》という調教助手に住み込み代理を命じたが、泊まりはじめて早々、この荻野という助手まで調教中に落馬して入院加療を余儀なくされてしまった。いま探しているのは、代理の代理をする人材である。

「うちにはドリームハンターもいるしね、距離を考えて天皇賞に行くつもりなんだけど、もし夜中に危ないことでも起きれば大変だから、なるべく留守にはしたくないわけ」

そこまで聞いて、矢幡厩舎の状況は八弥も呑みこむことができた。しかし、その役をなぜ自分にまわしてきたのかという、最初からあった大きな疑問はまるで消えていない。

八弥の面持ちから、怪訝《けげん》な思いを見て取ったのだろう。矢幡が口を開いた。

「もちろんね、他の厩務員に頼めばことは足りるんだけども、ただでさえ川上や荻野の仕事を押し付けているわけだからさ、あんまり無理を言っちゃ悪いでしょ」

やさしい瞳で、矢幡がさらに言葉を続ける。

「僕もね、よその乗り役さんに頼むことはないと思ったんだけどさ。それならうちの羽柴《はしば》に頼めばいいんだからね。けどあいつは福島とか、中京とか、いっつも裏開催に行ってもらってるから、普段はなるべく家族と一緒にいさせてやりたくてさ。それで悩んでいたら、この話をどこで聞きつけたのかな、大路くんが厩舎にやってきて、兄弟子が食べ物にも困っているみたいなので、そういうことなら是非やらせてあげてください、なんて言うものだから」

——あの野郎。

頭に浮かんだニキビ面を、八弥は忌むべきものと認定した。いつも迷惑ばかりかけているから、たまには兄弟子の役に立ちたいと、よその厩舎に売り込みをしてくれるのは構わない。だが、その方向性がずれ過ぎである。何も、アルバイトの口を見つけてほしいわけではないのだ。それにそもそも、俺の財布のことがわかっているなら、どうして焼肉など奢《おご》らせたのだ。

「いや、ほんと、ごめんね。わざわざこんなことのために来てもらって、ほんとに」

内心を反映して、険しくなる一方の八弥の顔色からそう悟ったのだろう。依頼を断られたものと決めた口調で、矢幡が謝罪しはじめた。厩舎の人々の仕事量や私生活に気を配ったり、大路の言葉を率直に聞き入れたり、人柄のよい調教師だった。

八弥は身を乗り出して、いいえ、矢幡先生、と言った。

「やりますとも。やらせていただきます」

屋敷を訪れる前から、八弥はその気だったのである。

話がまとまり、八弥はさっそく明日から、夜の厩舎の留守をまかされることになった。騎手はレースの前日に、調整ルームへ入ることが義務づけられている。外泊への抵抗は皆無だった。

翌日、一日の作業の後片付けが始まる午後五時ごろに、八弥は矢幡厩舎へ移動した。薄茶色のハンチングをかぶり、自ら竹ぼうきを手にして庭を掃き清めていた矢幡から鍵を受け取ると、八弥は横に連なる馬房の一番右にくっついている箱型の住居に足を踏み入れ、その空気を吸った。自分のアパートよりよほど片付いていると、室内を見回して思った。

「中にあるものはね、自由に使っていいから」

鍵を預かったとき、矢幡からそう言われている。靴を脱いだ八弥は真っ先にキッチンへ向かい、さもしく冷蔵庫の中身をチェックしはじめた。扉を閉めると、次は冷凍庫を覗《のぞ》く。

――これは、いいぞ。

思わず八弥は笑みをこぼした。冷凍庫には、ひとり身の男が生活していたせいか、冷凍食品がつまっている。冷蔵庫にはチルド食品のほかに、ビールや缶コーヒーなど飲み物類が充実していた。横の蠅帳《はいちょう》には酒のつまみやポテトチップスがあり、ふりかけやお茶漬けの素といった飯の友もある。流しの下を確認すると、重々しく備蓄された米が羨《うらや》ましいほどだった。

不意に、声をかけられた。

「なんだったら、あっちのリンゴやニンジンも食ってええぞ」

振り返ると、様子を見にきたらしい厩務員が破顔していた。馬房のほうを指差している。

八弥は赤面した。あっちというのは、馬のエサが保管された食糧庫のことである。

「いや、これは、習慣だ」

あながち嘘でもない返事を八弥がすると、厩務員は何か足りないものはあるかと聞いてきた。八弥は思いつかなかった。

「これだけあれば、十分、十分」

「もし、何か必要なものがあったら買っといてよ。レシートを取っといてくれれば、あとで精算するってテキが言ってたからさ」

「そりゃ、至れり尽くせりだな」

偽りのない八弥の本心だったが、厩務員は大袈裟《おおげさ》だと思ったのか、また大きな声で笑って部屋から出ていった。

八弥は次に二階へ上がってみたが、大型のテレビがあったり、ゲーム機が三種類もあったりで、これなら当分飽きないだろうと満足した。

——アパート暮らしより、ずっと楽しいかもしれない。

八弥は、千葉厩舎に所属していたときから、厩舎で暮らした経験がほとんどない。兄弟子の紀が時間ギリギリまで寝ていられるからと、ずっと千葉家に居候していたためである。八弥の入り込むスペースがなかった。

　また、大路の暮らす独身寮や３ＤＫの騎手宿舎に関しては、勝負の世界でしのぎを削る同業者と隣り合わせで生活することに抵抗があり、利用する気になれなかった。学生時代の実習期間は例外だったが、八弥はデビュー以来、常にトレセン外の区域で生活してきた男だった。

　食事のあと、八弥は二階でごろ寝をしながらテレビを観て、それに飽きるとあぐらをかいてゲームに興じ、安楽な時間を満喫していたが、せっかくだからもっと贅沢《ぜいたく》をしてやろうとみみっちい考えを起こして、キッチンへ降りた。イカのくんせいと缶ビールを二本ばかり拝借し、両手に持って、入口右手にある応接室のソファーに腰かける。ひとり晩酌を楽しもうというわけで、なんともつつましい贅沢ぶりだった。

　壁掛けの飾り時計を見ると、短針は十時を指していた。トレセンの夜は急いで更ける。早朝に起床するため、人間の生活サイクルは早め早めに回転した。馬は眠りの浅い動物だが、それでもまどろんでいれば気配は薄くなる。トレセンをつつむ静けさを、八弥は全身で感じ取った。

　軽く酔った八弥は、その静けさに無防備になった神経を刺激されたのか、この厩舎で夜をすごした者は、怪我続きであるという不吉なジンクスにいまさら気づいた。伝統のある厩舎だけに、怪談話のひとつもあるかもしれない。そう思うと、なにやら背後に重い気配を感じたりもしたが、振り返っても見えるものはなかった。

応接室から玄関のほうを見ると、千葉厩舎と同じで、馬房をのぞく小窓がある。ただし、夜の馬房は闇に沈んでいて、なにも確認することはできない。八弥は歩み寄って耳を澄まし、身体に変調をきたしているような馬がいないか調べたが、大丈夫だった。三歳馬ながら最有力候補として天皇賞に挑むドリームハンターも、気持ちよく休んでいることだろう。

秋の天皇賞も春の天皇賞も、八弥は一度も出場したことがない。兄弟子の紘健一も、結局は出られなかった。

紘はデビュー当初から減量に苦しんだ騎手だった。しかしそのことを長所にもしていた。大きすぎる肉体を極限まで絞り込むことで、わざと減量の必要なクラスに挑むボクサーと同じように、ほかの騎手を体格差で圧倒したのである。他の追随を許さない膂力《りょりょく》と迫力で、紘は独自の騎乗スタイルを確立させていた。

だが、一般的に体重は年齢とともに増加する。骨太な紘の体軀《たいく》は、年々筋肉の鎧《よろい》をぶ厚くした。その筋肉は、自分の理想の騎乗スタイルを追い求めた結果でもある。紘の苦悩はそこにあった。

やがて紘は、負担重量の軽い二歳馬や牝馬への騎乗が不可能になった。このとき紘の平素の体重は六十五キロにまで増えていた。身長も百七十五センチ近くあり、太いわけではなかったが、騎手としては不適格と言わざるを得ない体型だった。斤量《きんりょう》五十三キロの馬に乗るためには、鞍《くら》など馬具の重さもあり、五十キロ程度にまで体重を落とす必要がある。それを毎週行なうというのは、体力的に無理だった。

千葉が新たな弟子として八弥を獲得したのには、そういう事情がある。デビュー当初の八弥の仕事は、紈の乗れない新馬や牝馬に騎乗することだった。

紈は騎手生活の最晩年に、大きなチャンスと巡り合っている。十月に行なわれる古馬のGⅡ京都大賞典に、落馬負傷した騎手の代打として挑み、会心の騎乗で勝利を収めたのである。紈の卓越した技量に感嘆した調教師は、次走の天皇賞でも騎乗を依頼した。

しかし、その天皇賞で紈は減量に失敗した。八弥はレースの前日、東京競馬場の調整ルームで一緒にサウナに入ったが、紈の身体にはだいぶ余裕があり、体重オーバーはあきらかのように見えた。事実、紈は土曜日の騎乗をすべてキャンセルしていた。

だが、八弥は兄弟子の精神力の強さをよく知っていた。それゆえあまり深く心配はしなかった。先に汗取りを終え、サウナから出た。

その夜、紈が八弥の部屋に来た。

ハサミを持ってないか、という。

「持ってないですけど、いるなら管理室で借りてきますよ。どうします？」

「なあ、八弥」

紈は調整ルームの四畳半の個室に上がってくると、壁にもたれて、畳の上にあぐらをかいた。八弥も部屋の真ん中に座った。

向き合うと、紈の男くさい顔には疲労が見えた。それなのに作ったような笑みを浮かべている。

「知ってるか。鞍の腹帯をな、上のも下のも切り落として、巻き上げておくんだよ」

紈は手まねを交えて語りはじめる。

「そうして、検量する。もちろんそのあとで普通の帯とすりかえる。平気な顔でやると、これが案外ばれないらしいぞ」

「…………」

ばれたら、半年は騎乗停止になるだろう。紈の話しているのは不正行為である。体重をごまかすための、巧妙で悪辣《あくらつ》な手段だった。

「おい八弥、聞いているのか」

「…………」

「ハ、ハ。やっぱりやめた方が、いいと思うか」

「…………」

八弥はなにも言えなかった。ただ、驚いていた。いつも豪快で、こちらの心配など平然と笑い飛ばしてきた男が、はじめて弱さを見せている。

「そうだよな、やっぱり」

畳に手をつき、紈は立ち上がった。

「あの、紈さん」

見上げたとき、紈の顔からはすでに仮面が削《そ》げ落ちていた。疲れた男の素顔には怒りが見えた。むしろ、意志を取り戻したというべきかもしれなかった。痛みと苦しみ、それに哀しみもあったろう。そういった感情を、紈は怒りで抑え込んでいた。

「……忘れてくれ」

そう言い残して、紈は部屋を去った。

あくる朝、紈は体重の超過を自主申告した。天皇賞を含め、騎乗予定だった全レースが乗り替わりとなった。騎乗するはずだった馬の一頭は、天皇賞馬として競馬史に永遠の名を刻み込んだ。

紈が忘れてくれと言ったのは、あの夜の会話のことだと八弥は思っていた。だがそれは間違いだった。紈は騎乗をキャンセルしたあと、そのまま八弥たちの前から姿を消した。トレセンにも、競馬場にも、二度と戻って来なかったのである。

ちょうど、今から五年前のことだった。

八弥は空缶をゴミ箱に捨てると、二階へ戻った。ひどく虚《むな》しくなっていた。電気を消して、すぐにベッドに潜り込んだ。寂寞《せきばく》の闇のなかで頭から布団をかぶる。

「本当に、こんなことをしている場合じゃないだろうに」

四

菊花賞の日の京都競馬場はあいにくの小雨模様だったが、リエラブリーは脚抜きのよい湿り気味のダートを得意としている。八弥は必勝の気合を込め完璧な騎乗を見せたが、無念にも二着に惜敗した。

昼休みの直後に行なわれたそのレースが、はるばる京都にやって来た八弥の唯一の乗り鞍だった。あとの時間は調整ルームのリビングに居座り、くつろぎながらレースを観戦した。注目の菊花賞では、連敗中のオウショウサンデーが、デビュー以来はじめて一番人気の座から陥落していた。代わりにその地位を奪取したのは、ダービー馬のライドウィンド。トライアル勝ちのカッツバルゲルは、なんと三番人気にまで支持を上げていた。

京都に向かう新幹線の車中、先日の焼肉の一件を八弥にしつこく愚痴られても、

「だって、あんなおとなしそうな子がせちがらい騎手社会を乗り切っていけるのか、不安になるじゃないですか。だから先輩として、世渡りのしかたを実践してみせてあげたんですよ」

などとぬけぬけと答えていた大路だったが、黒地に黄色いたすきの入った大路軍団の勝負服を着て、GIのパドックを周回する姿からは、一切のゆとりが抜け落ちていた。唇を嚙《か》むように引き結び、顔を蒼白《そうはく》にして、しかし目だけは血走らせている。別の人間を見るようだった。

クラシックロードの最終章となる菊花賞で、スタート直後、雨にも負けず競馬場に詰めかけた熱心なファンの歓声をさらに煽《あお》り立てたのは、逆噴射するように最後方へ引き下がったオウショウサンデーの動きである。一種のショーのような光景だった。しかしオウショウサンデーの見せ場は、三千メートルの長距離戦で、それ一度しかなかった。

淡々と流れたレースを制したのは、好位からしぶとく抜け出した一番人気のライドウィン

ドだった。大路のカッツバルゲルは不運にも進路妨害を受けてリズムを狂わされ、七着に敗れた。オウショウサンデーは走りに精彩がなく、うなだれるようにゴールを通過した。ついに二桁《ふたけた》の着順まで落ちていた。

勝負のあと、八弥はリビングにいたところを大路につかまり、来るときとは逆に、今度は延々と愚痴を聞かされる破目になった。もちろん、レース中に受けた不利についてである。これだけのビッグレースのしかも人気馬で、鞍の上で立ちあがるほどの不利を受けたのだから、大路が悔しがるのも無理はない。

――兄弟子をからかったりして、日頃の行ないが悪いからだ。

八弥はそう思ったが、だからといって、大路の不幸が嬉しいわけでは決してなかった。ジャパンカップも有馬記念もあるじゃないかと、八弥は弟弟子を励ましてやった。

この問題は調整ルームの外でも大騒動を巻き起こしていた。急な斜行による進路妨害で、レースを失格となった馬に跨《また》がっていたのが、翌週の天皇賞に出走するドリームハンターの主戦騎手、伊庭照士《いばてるし》だったのである。伊庭は実効六日間、暦の上では三週間の騎乗停止処分を受けた。

それを耳にしたマスコミは騒然となった。ドリームハンターは天皇賞で本命視されている馬である。その鞍上《あんじょう》が急に空いた。誰が代打に指名されるのか。その幸運なジョッキーは誰なのか。菊花賞の余韻が薄くなるとともに、騒ぎはエスカレートしていった。

事態を重く見た競馬会は、ドリームハンターを管理する矢幡調教師に対して、午後七時までに代わりの騎手を発表するよう異例の要請をした。

騒ぎはすぐに調整ルームにも伝播《でんぱ》した。レースを終え、ひと風呂浴びたジョッキーたちがリビングに集結し、あいつだろ、いやあいつじゃないかと、思い思いの代打予想を展開させている。

「矢幡先生も不運続きだな」

話を聞いた八弥はそんなことを言った。しかし、大路は違っていた。

「なに言ってるんですか！　きっと八弥さんですよ、代打は！」

「は？　どうして俺に依頼が来るんだ」

「八弥さんは矢幡先生と縁があるじゃないですか！　矢幡先生は代わりの騎手と聞いて、きっと真っ先に八弥さんのことを思い浮かべたはずです。なんせ昨日まで、厩舎の留守を預かっていたんですから。しかも厩務員の代役。ああ、これはもう決まりじゃないですか！　八弥さん、この縁は僕が作ってあげたんですよ！　感謝してくださいよ！」

大路は断定的にまくしたてた。レースの悔しさを増幅させたような、半分怒った口調である。自分の受けた妨害が、めぐりめぐって八弥のところへ幸運となってやって来ることが、どうにも気に食わないといった様子だった。

しかし、大路の言うことが現実となれば、八弥にとってはまたとないチャンスである。

――俺が、天皇賞に乗るのか。

鼓動が急に速くなった。大路の言葉にも、まったく理がないわけではない。

すると、食堂の奥で電話が鳴った。競馬会の職員がすかさず受話器を取る。少々お待ちくださいと言って、職員はしばらく室内を見回していたが、最後にその視線を八弥のところで止めた。

「はい、いらっしゃいます。……中島さん、矢幡調教師から電話です」

「ほんとに来た！」

奇声を上げたのは大路だった。さも八弥の手にした幸運が憎いように、今の今まで語気を荒らげていながら、実際に電話がかかって来ると、大路は驚愕《きようがく》で目を丸くしていた。

なんという弟子だと呆《あき》れつつ、八弥は電話のほうへ歩いた。まわりにいる同業者から、射るような視線が注がれているのがわかる。自然と汗ばんだ手のひらで、八弥は受話器を受け取った。

「……もしもし、矢幡先生ですか」

「ああ、中島くん。わざわざすまないね」

先日と同じようなことを矢幡は言った。やはり優しい口ぶりである。

「じつはね、うちの馬に乗ってもらえないかと思ってさ。早く決めろって競馬会がせかすんだよ。それでね、今度の日曜にね……」

本当に、騎乗依頼である。八弥は息を呑んだ。全身が興奮で熱くなった。信じられないながらも、八弥は一瞬のうちに、承諾の台詞《せりふ》を脳内で練った。

受話器を通して、矢幡が言葉を伝えてくる。

「あのね、福島にね、行ってくれないかな。三歳の未勝利戦にね、出す馬がいるんだ」

あ、と思わず八弥は声が出た。ああ、と次いでため息が洩《も》れた。脱力感に首を垂れ、あやうく八弥は受話器を落としそうになった。

それでも、代打は代打だった。

「じつはね、天皇賞にね、うちの羽柴を乗せることに決めたんだ。あいつには、これまで裏方ばかりやらせていたけどね、いつも調教には乗っていたから、一番いいと思うんだよ。馬主さんも納得してくれたんだ。だから、羽柴の代わりにね、中島くんさ、福島に行ってくれないかな」

はい、とうつろに受諾の言葉を返しながら、八弥の心はどこまでも沈んだ。ぬか喜びのショックもあるが、このあとすぐ大路にからかわれると思うと、果てしなく気が重かったのである。

## 五

依頼の三歳未勝利戦は日曜の最終レースだった。土曜に福島競馬場へ移動した八弥は、調整ルームへ入所する前に、矢幡厩舎の出張馬房を覗きに行った。馬場のほうでは競馬が開催中である。歓声が遠くに聞こえたが、乗り鞍のない八弥にはまったくの無関係だった。

菊花賞後の調整ルームでは、騎乗の依頼が未勝利戦であることを知って、八弥は虚脱感をおぼえたりもした。しかし、この時期の未勝利戦の重さは、八弥も深く承知している。

もう、時間がないのである。すでに多くの二歳馬がデビューしている。まだ勝てないでいる三歳馬というのは、あきらかに取り残された馬たちだった。三歳の未勝利戦が組まれるのは、秋のローカル開催で終了である。それを過ぎれば、一勝馬に混ざって戦うという苦しい道は残されているとはいえ、彼らは敗者であることがほとんど確定してしまう。だから晩秋の未勝利戦には、勝ちを拾うために厳しい連闘を繰り返す馬や、調教不足のままレースに臨む馬が群がりあふれる。そのため、出走可能頭数の枠に何週間も入れず、体調を崩してそのまま引退するような馬も出る。

ひとつの騎手のミスが、その馬の一生を閉ざすことにもなりかねない。それがこの時期の未勝利戦だった。栄光を求め頂上を争う天皇賞とはまるで違う、サラブレッドの勝負がそこにはある。

矢幡から依頼されたミラクルルイスは、ここ三戦、二着が続いている馬だった。本命に推されるだろう有力馬であるだけに、いっそう負けるわけにはいかないと、八弥は心を引き締めていた。

矢幡厩舎の出張馬房を探し当てると、ちょうど昼飼い葉の時間のようで、桶《おけ》を抱えて厩舎に急いでいる男がいた。福田という担当厩務員かもしれないと思い、八弥は手を振り声をかけたが、聞こえなかったのか無視されてしまった。

しかたなく、八弥は追いかけるようにして薄暗い厩舎のなかへ足を踏み入れた。

「なんだ、アハハ、やめろってば」

男が、馬に顔を舐《な》められている。芦毛の馬は男のセットしている飼い葉桶には見向きもせず、男の顔をベロベロ舐めていた。男はそれでも笑っていた。

「ほら、お客さんだ。おい、わかったから、これだろ?」

顔を唾《つば》まみれにされながら、男は飼い葉桶の設置を終えると、緑のジャンパーのポケットに手を突っ込み、なにかを取り出した。手を馬面の横に差し出し、ぱっと開く。白い四角がふたつあらわれた。角砂糖である。馬は男の顔を舐めるのをやめ、横の手のひらに口をくっつけると、舌で巻き込むように角砂糖を取り込んだ。幸せそうな表情で、シャリシャリと咀《そ》嚼《しゃく》しはじめる。

「中島さんですよね。はじめまして、僕がルイスの担当の福田です」

唾液《だえき》を拭かずに挨拶してきたが、福田は眉《まゆ》が太くりりしい目をした好青年だった。背は低いが、がっしりとした体型をしている。

「ずいぶんと、仲がいいんだね」

「ええ。やっぱり厩務員は、馬との信頼関係が大切でしょう?」

「たしかにそうだ」

八弥は大きく頷いた。相手のことを理解し、信頼し合うことが、生き物同士である人とサラブレッドの理想的な関係であると、八弥は常々考えている。厩務員と騎手とでは役割が違うが、ホースマンとして、それは共通の理想であるはずだった。

——なのに、オウショウサンデーの最近のレースは、それを無視している。

不意にそんなことが頭に浮かんだのは、ミラクルルイスが顔に泥を塗ったような芦毛であったことも影響していたのかもしれない。それに、福田は馬をあだ名で呼んでいる。

「で、ミラクルルイスの調子はどうなの。ぱっと見、芦毛だから毛づやはよくわからないけど」

「僕にはわかりますよ。ばっちりです」

自信たっぷりに福田が答えたとき、砂糖の甘さで喉が渇いたのか、ミラクルルイスが飼葉桶の横に吊られている水桶に、顔をざぶりと突っ込んだ。

普通、馬は水を飲むとき、水中に口を浅く沈ませ、短い間隔で音もたてずに吸い上げていく。ところがミラクルルイスは様子がまるで異なっていた。桶の底にとどけとばかりに顔を突っ込み、ボコボコと景気よく気泡の音をたてながら水を飲んでいる。

その飲みっぷりを八弥が興味深げに観察していると、福田が言った。

「ルイスの兄もこうやって水を飲んだんですよ。これも遺伝なんですかね」

「じゃあ、こいつの兄も担当していたの？」

「ええ。だからなおさらルイスには愛着があるんです」

ようやくバケツから顔を出し、鼻面から水滴をだらしなく滴らせているミラクルルイスを、ズボンのポケットから取り出したタオルで拭いてやりながら、福田が語りはじめた。

「じつは、ルイスは孤児馬なんです。母親が出産直後に死んでしまって。だからルイスは、人工のミルクを哺乳瓶《ほにゆうびん》で飲まされて育ったんです。それで、孤児馬は生後五ヵ月くらいで他の仔馬たちの群れに放されるんですが、やっぱりいじめられたそうですよ。蹴られたり、無視されたり。うまくコミュニケーションがとれなくて」

「なるほどね」

「でも、かわりにすごく人なつっこい馬なんです。かえって人間のほうが接しやすいみたいで。自分のことを人間だと思っているのかもしれません。だから僕は、ルイスの母親代わりになってやろうと決めたんです」

福田の顔は真面目そのものである。

「ふうん、母親代わりに」

「ええ。それに、友達代わりにも。ルイスを守ってあげられるのは、僕ひとりなんですから」

八弥に向かって力強く宣言する福田の横顔に、ミラクルルイスが口を近づけた。耳と頬をベロベロと舐めはじめる。

「アハハ、待て待て」

福田は嬉しそうに笑うと、耳たぶから鼻にかけて唾液の軌跡を残すようにして、顔の向きをあらためた。ミラクルルイスと正面から対する。

「なんだ、まだほしいのか。わかったよ。ちょっと待てよ」

馬のはなれた両眼の間に、福田は握りこぶしを近づけて、ぱっと開いてみせた。それを右斜め下にさげていくと、ミラクルルイスが手のひらの上の砂糖に気づいて、福田を舐めるのをやめた。

福田の姿が、八弥にもちょっと奇異に思えてきた。仲がいいのは構わないが、すこし、甘すぎやしないだろうか。さきほどから、ミラクルルイスは飼い葉に見向きもしていない。

つぎの日、パドック脇の騎手待機室で、八弥は天皇賞の結果を知らされた。突如脚光を浴びることとなった、一番人気のドリームハンターの羽柴藤太《とうた》騎手は、二番手から抜け出す王道の競馬を展開したが、その仕掛けが若干早かった。背にのしかかる重圧が、逃げた馬の前残りを警戒させすぎたのかもしれない。微細なタイミングのずれが、勝負を分かつ差となった。ドリームハンターはゴール寸前でかわされ二着に敗れた。裏道を歩き続けた男がつかみかけた栄光を、直前で掻《か》っ攫《さら》っていったのは天才・生駒貴道騎乗のドエムカノンである。

プロの世界に容赦はない。巨大なチャンスをつかみ損ねた羽柴が、まもなくその栄光の裏にある薄暗い世界へ引き戻されるのが、八弥にははっきりと見えた。

東京競馬場は晴れていたが、福島は秋雨だった。最終レースはダート千七百メートルの三歳未勝利戦。ミラクルルイスは二枠三番。出走頭数は当然、フルゲートの十三頭である。

スタートしてすぐ、外枠の馬が猛然と内に切り込んできた。直線の短い福島競馬場の特性を生かそうと、大半の騎手は先行策をとる。自然と先手争いが激化した。八弥もそれに加わるつもりでいたが、当のミラクルルイスに行く気が感じられず、後方に下がった。

福島のダート戦。しかも能力の接近した未勝利戦で、追い込みの成功する可能性は皆無である。八弥はやむを得ず手綱を強くしごいたが、それでもミラクルルイスは後退した。一周目のスタンド前を駆け抜けたとき、芦毛の馬はぽつんと最後方を走っていた。

馬の蹄《ひづめ》は深く窪《くぼ》んでいる。湿った砂上を走ると、ちょうどお椀《わん》ですくって投げるように、砂の塊《かたまり》を後方へ連続して飛ばす。

一コーナーから二コーナー。押して押して馬をどうにか馬群の最後尾にとりつけたとき、その塊を八弥はもろに被弾した。しかも顔である。八弥は息を詰まらせたが、姿勢は崩さず、あらかじめ重ねておいたゴーグルの、視界の潰《つぶ》れた一枚目をめくり上げた。広がる風景が瞬間的に鮮明になったが、間断なく飛来する泥の弾により、すぐにまた虫食いのように侵蝕《しんしょく》される。

すると、馬が勝手に外へと逃げた。外を走れば、痛くはないが距離損である。八弥は手綱を引いて内に戻るよう指示を出した。ミラクルルイスはそれを無視した。

——なんだ、これは。

八弥は仕方なくそのまま外を走らせた。馬との意思疎通が破綻するのを怖れたこともあったが、外に出てから、ミラクルルイスの手応えが良くなってきたことに気づいたのである。

向正面のなかば、八弥は大外を走りながら、試しに気合をつけてみた。ミラクルルイスは俊敏な反応を見せ、位置取りを素早く中位まで上げた。そして八弥が内に向かうよう馭《ぎょ》してみると、ミラクルルイスはやはり反応しなかった。内側の馬群とは、一定の距離を置いて走ろうとする。

——トラウマというわけか。

福田から聞いた話によれば、孤児馬のミラクルルイスは仲間になじむことができなかったという。その感情がまだ抜け切っていないのか、今もなお、馬群に入るのを極端に嫌うようである。スタートしてからずるずる後退したわけも、それなら理解できる。

だが、それだけではないという気もした。最初のコーナーで外に飛び出たのは、馬を怖れたのではなく、砂を嫌ったためである。これは幼少の記憶とは関係のない、ただのこらえ性のなさだろう。

苦手な馬込《うまご》みを苦手なままにして、この時期まで克服できずにいるのも、つまりはそこに原因があるように思えた。

——ようは、甘ったれなんだ。

八弥は距離のロスには目をつぶり、そのまま中位の外を走らせた。レースは二頭の馬が互いにハナを譲らず果敢に飛ばし、ハイペースで馬群を三コーナーまで引っ張ったが、そこでそろって玉砕した。二頭の馬が並んだまま、ずるずる壁のようになって後退する。それを避けようとした内側の集団に、わずかな混乱が生じた。

——ここだ！

狙っていたわけではない。しかし八弥は一瞬の好機を逃さず捉《とら》え、勝負に出た。四コーナーの入口で早くもステッキを振るい、カーブの外め外めをミラクルルイスに疾走させる。甘ったれだが、能力はある馬だった。ミラクルルイスは八弥の両腕を引き込むように首を下げ、重心を低くし、四肢を力強く駆動させると、逃げ馬が邪魔でレースの動きに対応できないインコースの馬たちを、ものの見事にごぼう抜きした。

出し抜けを食らわせた格好で、八弥とミラクルルイスは他馬に先んじ直線を向いた。八弥は右ムチを入れさらに馬を外へ出した。根性がないだけに、馬体を併せての叩き合いになれば、まず勝てないと判断したのである。これまでの惜敗続きは、そういう競り合いでの弱さが露呈したものなのだろう。

無理な位置からのスパートで、最後はさすがにバテた。惰性で最後まで押し切れたのは、ひとえに福島の直線の短さのおかげだった。ミラクルルイスは初めての勝利を手中に収めた。

レースの後、引き返してきた八弥とミラクルルイスを、諸手《もろて》を挙げて福田が歓待した。八弥はつい、冷めた目で福田を見た。この男のこういう過保護な態度が、ミラクルルイスに喜ばしくない影響を与えているのである。それは疑いようのない事実だと思われた。

しかし福田は八弥のことなど眼中にない様子で、ルイスルイスと馬の首に取りついた。泥の色だが泥はあまりついていない、芦毛の馬体に頬をこすりつけ、抱擁をはじめる。

「よくがんばったな！　エライなあ。すごいカッコよかったぞ！　ルイスって、無敵なんじゃないか？　アハハ、わかってるって、あとで角砂糖、たんとやるからな！」

勝つには勝ったが、とても褒められたレースぶりではない。あまり気は進まなかったが、見るに見かねて馬上からひと言、八弥は福田に忠告した。

「なあ、甘やかすだけでは、母親代わりとは言えないんじゃないか？　こいつ、馬は怖がるし、砂はいやがるし、すごいわがままな性格になってるぞ。厩務員として、仕付けるところはちゃんと仕付けてやらないと、馬のためにも、まずいだろ」

予測はしていたが、福田は納得などしなかった。そればかりか急に険悪な目つきになって、八弥を見返してきた。うんざりしたが、八弥はあきらめ半分で最後まで言おうとした。

「それにだ。こいつがもし今日も勝てなくて、そのまま引退に追い込まれたりしていたら、それはお前の責任だったのかもしれないぞ。だから、これからはもう少し……」

「うるさい！　だまれ！　いい気になるな！　お前に何がわかるんだ。引退させられたって、俺が買い取れば問題ないだろう！　お前はそこまでやれるのかよ！」

すごい目つきでにらまれて、すごい言葉を畳みかけられ、八弥は長息しつつ頭を振った。ミラクルルイスは、つくづく母親に恵まれない馬だと思っていた。

# 第六章

## 一

中島八弥もリエラブリーも、息が白い。太陽の光に温度がないと、八弥は感じている。朝一番で南馬場のウッドチップコースへ入ったとき、時計塔に電光表示された気温は氷点下だった。ひえびえと張りつめた空気を破るようにして馬を疾駆《しっく》させていると、皮膚を裂かれるような痛みが頬に走る。

それほどの寒さだというのに、美浦トレセンは大勢の人でにぎわっている。その多くがマスコミだった。彼らは今週に入ってから、トレセン内にある筑波寮《つくばりょう》という宿泊施設に滞在し、早朝からの熱心な取材を続けていた。間近に迫ったクリスマスの先には、有馬記念が控えている。

一年を締めくくる晴れやかな舞台に、勇躍挑む優駿《ゆうしゅん》たちの追い切りが、今現在、八弥のそばでは行なわれていた。

地下馬道の出口でリエラブリーを真帆子に受け渡すと、八弥は調教スタンド一階にある、暖房の効いた騎手だまりへ急いで駆け込んだ。コーヒーを持って、空いているテーブルに向かう。ひと息ついていると、カッツバルゲルの追い切りを終えた大路があらわれて、八弥のほうに寄ってきた。白のウインドブレーカーに白の乗馬ズボンという、目立つ格好をしている。

大路はニキビ面を紅潮させていた。八弥はその赤さを寒気のせいだと思ったが、理由はそれだけではなかった。

「亀造さんが、ひどいんです！」

大路は立腹を隠さず、語気を荒らげてそう言った。八弥はそのまま話を聞くことになったが、次第に顔を曇らせた。大路の言葉から、亀造の老いを感じたのである。

オウショウサンデーが厩舎を去ったあと、亀造が代わりに受け持ったジャマダハルが、今日のカッツバルゲルの調教パートナーだった。調教助手の山梨を乗せたジャマダハルを、大路のカッツバルゲルが追いかけるかたちで併せ馬は行なわれ、無事に終了した。

問題が起きたのは、そのあとである。カッツバルゲルとともに馬場から引き上げてくるジャマダハルを、亀造は地下馬道の出口で迎えたが、山梨が鞍《くら》から降りたとき、ジャマダハルが突如として暴れ始めたのだ。

「でも、すこしイライラしているくらいで、たいしたことはなかったんですよ」

それなのに亀造は、びっくりするような大声で、コノヤロウと馬を怒鳴りつけたという。大きな声で叱られたせいで、ジャマダハルは余計に暴れ出したと大路は憤慨した。

あれは、僕の馬なんですよ、という大路の言い草はどうかと思い、また亀造を悪し様《あざま》に罵《のの》る気にもなれず、八弥は前に出会った福田厩務員の話を持ち出し、ときには馬を叱るのも必要だと答えておいたが、本心では、そんな態度では馬を扱えないと思っていた。

先月、亀造の起こした事故のことを想起した。亀造にはジャマダハルのほかに、クレイモアという担当馬がいる。亀造は、そのクレイモアに踏みつけられそうになった。午後の引き運動の最中、何らかの物音に驚き、前脚を振りかざすようにして立ち上がったクレイモアの正面で、亀造は立ち尽くしてしまったのである。

馬が振り下ろした蹄鉄《ていてつ》の一撃を、亀造は幸運にも避《よ》けた。しかし、腹部で首を折られるように押さえ込まれた。厩舎の仲間に助けられるまで、亀造は身動きが取れずにもがいていた。怪我《けが》こそしなかったが、亀造は体力の衰えを痛感したはずである。そして、弱くなった自分を簡単に踏み倒した馬の力に、恐怖をおぼえたのではないかと八弥は思う。そのため亀造は、虚喝によって自分を大きく見せていなければ、馬に近づけなくなった。暴れるジャマダハルを怒鳴ったというのも、そのあたりに原因があるような気がした。

しかし、怒られてばかりでは馬も亀造を信用しない。いっそう気の荒いところを見せるようになり、それを理解する余裕のない亀造は、さらに馬を叱りつける。抜け出しがたい悪循環の行きつく先は、信頼関係の完全崩壊だった。

――定年まで、あと数年か。

亀造に預けられる馬は、小柄でおとなしい馬に限られてくる。千葉先生も頭の痛いところだろうと、八弥は思った。

大路はすぐに騎手だまりを出て調教に向かい、しばらくするとまた帰ってきた。それがちょうど午前八時だった。この時刻を過ぎると、マスコミも騎手だまりに入ることが許されるようになる。まず、新聞記者が室内に殺到した。注目の有馬記念の追い切りについて、実際馬に跨《また》がった騎手からコメントを取ろうというのである。競馬新聞には、これも重要な情報として記載される。

八弥と大路のテーブルにも、入れ替わり立ち替わり競馬記者がやってきた。大路とカッツバルゲルも、有馬記念に参加する選ばれたコンビなのである。愛想も調子も良い発言を繰り返す大路を、こいつの言うことを真に受けるファンは気の毒だと思いながら、八弥は飛び回る記者たちをぼんやり眺めて過ごしていた。

それが一段落ついたころ、騎手だまりの入口に、若い女性があらわれた。暖房の効いた室内に入ったことで、女性は板チョコのような茶色いキルティングのダウン・コートを脱いだ。サンタのような赤いニットのプルオーバーと、華奢《きゃしゃ》な身体のラインが披露される。女性はダウンを付き添いの男に手渡すと、戦闘準備完了といった趣で、騎手だまりのなかへ踏み込んできた。か細い手にはマイクが握られている。うしろには数人の男が連なり、そのなかには肩にカメラを担いだ大男も含まれていた。

「あれは、なんだ。アイドルか」

大路も同じ方向を見ていることに気づき、八弥がたずねた。栗色のショート・ヘアの女は、小柄だが場を明るくするような華がある。幼さも残っているが、なかなかの美貌《びぼう》だった。

「それ、本気ですか、八弥さん」

「なにがさ」

「ほんとにあの子を知らないんですか、ってことですよ」

「知らないから聞いているんだろう」

大路のバカにしたような言い方に八弥はいやな顔をした。しかし大路もいやな顔をした。

「やっぱり三十間近になると、こういうことが分からなくなるものなのかなあ。あれは、会《あい》沢《ざわ》ミカ。アイドルじゃなくて、女子アナですよ。女子アナ」

「ほほう」

「ほほう、じゃないですよ。彼女は競馬担当のアナウンサーなんですから、知っておかないと」

「そうだったか？　競馬の担当は、眼鏡の男だったような気がするが」

「それは実況かなにかでしょう。彼女は新人ですから、そんなことはやってませんよ。トレセンの取材とか、牧場訪問とか、そういうのが仕事なんです」

「ふうん。お前、やけに詳しいじゃないか」

「いいですか、彼女はですね、今年の新人のなかでは一番の期待馬というか、素質馬というか、三冠というか、とにかく僕の相馬眼《そうばがん》にかなった子なんですよ」

「それは、すごいことなのか」

意味もなく話を競馬に例えた大路を、八弥はひややかにあしらった。だが、大路はお気に入りらしい女子アナの登場で、だんだん八弥どころではなくなってきているようである。

「ああ、やっぱ可愛いなあ。なんというか、清純派ですよねえ。それに、癒し系ですよねえ。くっきりとした眉と、澄んだ瞳がポイントなんですよ。わかってます？　けど、こんなに可愛いのに、仕事は週に一度の競馬中継しかないんだから、ミカちゃん、恵まれてないよなあ」

「ふうん。じゃあお前、判官《はんがん》びいきってわけだな」

「それは八弥さんのことじゃないですか！　僕の純情を、そんなしなびた感傷と一緒にしないでくださいよ！」

「…………」

「でも、ミカちゃんって、ほんと可哀相《かわいそう》なんですよ。あの美貌が仇《あだ》になったって言うか、学生の頃にミカちゃん、写真のモデルに選ばれたことがあるんです。もちろん怪しい仕事じゃなくて、あくまで芸術作品なんですが、それが半脱ぎだったんですよ。半脱ぎ。そしたらテレビ局に入るなり、その写真が週刊誌にスクープされてしまって。その影響で、言いたくはないですが地味で目立たない競馬中継にまわされているらしいんです」

「それは辛いかもな」

「でしょう？　けど、これは僕が思うにそれほど単純な問題じゃないですよ。いいですか、どうせ知らないとは思いますが、彼女の対抗馬と目されている同期の女子アナ、これがある大企業の役員の娘なんです。当然プライドが高い。なんでも一番人気でなければ気がすまない。そこで親のコネを利用して、写真騒ぎで弱みを見せたライバルを、一気に追い落としにかかったんです！　これが真相ですよ！」

お得意の思い込みに満ちた推論を大路は展開したが、当の会沢ミカは、そのあいだにもしっかり仕事をはじめていた。インタビューの相手は、騎乗停止処分の明けた伊庭照士である。伊庭は、有馬記念で実力馬ドリームハンターとのコンビが復活する。その意気込みなどを、カメラの前で語ってもらっているのだろう。

大路とカッツバルゲルにとって、伊庭は因縁の相手である。よりによってあんな野郎と話すだなんてと、この状況にさぞや大路が憤激するだろうと八弥は思ったが、

「けど、生で見ると一段と細いなあ……。折れちゃいそうじゃないですか。智子さんもキレイだし、真帆子さんも可愛いけど、やっぱ身体のラインが違うなあ……」

案に相違し、大路は鼻の下を伸ばしてうっとりしていた。しかも会沢を称《たた》えるためにわざわざ旧知の女性を引き合いに出し、万一その耳に入ればただでは済まないようなことを口走っている。

「……お前、すごいことを言うな」

「いいんですよ、僕はミカちゃんだけで。それに、八弥さんもそう思うでしょう」

馬の世話の基本ともいえる、寝藁《ねわら》干《ぼ》しの作業だけでも、結構な重労働である。厩舎で働いていれば全身に筋肉が付くのはやむを得ないことだった。昔、水着になるのは恥ずかしいと

言う真帆子を、腕まくりして力こぶを見せながら、職業病だと紀が笑っていたのを八弥はおぼえている。

　紀らしい武骨な冗談に、真帆子も一緒になって笑っていた。

「ああ、なんで伊庭さんなんかと話しているんだろう……」

　ひと呼吸遅れて、大路がそんなことを呟き出した。

「でも、お前だって有馬に出るじゃないか。ひょっとしたら、次はここに来るんじゃないか？」

「そんなことはありませんよ。カッツバルゲルは今回、下から数えた方が早い人気ですからね。ぜったい無理ですよ」

　そうこうするうちに、伊庭へのインタビューが終了したようだった。お辞儀をすると、会沢はスタッフの輪の中に戻った。ディレクターらしきサングラスの男と向き合って、手早く何事かを打ち合わせている。アナウンサーらしいハキハキした喋《しゃべ》り方だった。じゃあ次だ、と男が言った。

　そして、なんと男は八弥たちのテーブルを指差した。ショートカットの女子アナが、マイク片手に初々しい笑顔で歩み寄ってくる。

「おい、大路、来たじゃないか！」

「あわ、き、来た……」

「おい、大路、あんまり緊張するな。相手はカッツバルゲルのことを聞きにくるんだから。

べつにお前になんか興味はないぞ」

「そ、そんなことより、八弥さん、邪魔です！　そこ、どいて下さいよ！　はやくっ！」

血相を変えた弟弟子からひどい指示を受け、八弥はイスから立って壁のほうに歩いた。

すると、女子アナ一行も進路を変えた。八弥はまわりを取り囲まれた。

「すみません。取材させていただいてもよろしいでしょうか」

何故、と悲痛にわめく大路の声を耳にしつつ、八弥はちいさく頷《うなず》いた。虚を衝《つ》かれて、いっぺんに余裕がなくなっている。否応無しに目に入る、カメラのレンズが妖しく光った。

「生駒騎手について、お話を伺いたいのですが」

八弥はマイクを突き付けられた。

二

生駒の好騎乗で秋の天皇賞を勝ったドエムカノンは、続くジャパンカップでも放胆《ほうたん》などん尻からの強襲策で二着に食い込み、日本馬最先着を果たしていた。当然、有馬記念においても有力視されている。デビューから十年、ますます輝きを増す天才ジョッキーを、有馬記念の見所のひとつとして、番組で特集したいのだと会沢は説明した。八弥が受け持つのは、同期の語る生駒貴道、というパートである。

近くで見ると、会沢の瞳は思った以上に大きく、爽やかな輝きに満ちていた。その瞳にじっと見つめられていると、相手は仕事だとわかっていても、つい八弥はドキリとしてしまう。

「生駒騎手は、競馬学校ではどんな生徒だったのですか？」

「どんな生徒、と言うと……」

しどろもどろに答える八弥の視界に、大路のニキビ面がちらりと映った。単独インタビューといっても、所詮《しょせん》八弥は刺し身のツマでしかないことに安堵《あんど》したのか、大路はすっかり落ち着きを取り戻していた。ニヤニヤと小憎らしく笑っている。

「やはり、目立っていたのでしょうか」

新人とはいえ、口下手な相手へのインタビューも何度か経験しているのだろう。会話が滞るまえに、会沢が合いの手を入れた。

八弥は一心不乱の生真面目さで、記憶を脳裏に手繰り寄せたが、生駒の学生時代というのは、そう目立っていたわけではないように思えた。馬に乗らせても勉強をさせても、成績は自分とどっこいどっこいだったはずである。

けれど今の互いの立場を考えると、自分と同じような生徒だった、などと言うのは不遜《ふそん》な感じがして、憚《はばか》られた。

「とくに目立ってはいませんでした」

そう正直に答えても話は進んでいただろう。だが、八弥は慣れない取材を美女から受け、脳が極度に硬直していた。懸命に、生駒が目立った場面を思い出そうとした。

「あの、中島騎手……」

「ああ、そうだそうだ、思い出した。競馬学校に入った初日、あいつは目立ってたな」

「入学初日に、生駒騎手がどんなことを？」

「あいつ、学校に来るまで馬を見たことがなかったらしくてね。それで、馬を初めて見て、馬が汗をかくことに驚いたみたいで、こいつらなんだ、犬や猫と違う、気持ちが悪い、そんなことを呟いたりしてた。俺らにしてみれば、こいつはなんだよって感じで、生駒の奴、目立ってたな」

八弥の言葉を聞き、ケタケタ笑ったのは大路である。見当違いと思ったのだろう。

「そんなことを、生駒騎手が？」

会沢も、目を丸くして問い返してきた。顔が朱に染まるのを八弥ははっきりと感じた。よくよく考えれば、相手は生駒が目立っていたのかどうかを知りたいだけで、そんな具体例を聞きたかったわけではあるまい。

「今のは、質問の趣旨と違ったかな。……申し訳ない」

「いえ！　そんなことはありません」

会沢はキッパリと首を振った。

「そういうことを聞かせていただけると、すごく、助かります」

「助かる？」

「私もすこし勉強してきたんですが、生駒騎手のストーリーは、何度も雑誌に取り上げられていて、ビデオにだってなっています。今回の特集がその焼き直しではしょうがないと、さっきディレクターとも話していたところなんです。でも、そういう小さなエピソード、隠れたエピソードを場面場面に盛り込んでいけば、今までとは違った切り口の特集になるはずです」

「そう、かな」

「お願いします。もっと、お話を聞かせていただけませんか」

会沢は笑顔を八弥に向けた。華やぐようなその表情に、八弥は癒される思いだった。

それから、八弥が語ったことは、学生時代の生駒の珍談奇談ばかりである。たとえば、夜、ジャンケンに負けた八弥と生駒が、二メートルを超す塀を協力しながら乗り越えて、近所のコンビニエンスストアまで、校則違反のお菓子を調達しに行ったこと。そしてそのコンビニエンスストアには、レジの背後に競馬学校生の顔写真が、この顔には物を売るなとあたかも指名手配犯のように張り出されていて、涼しげな目もとに牙のような威圧感を隠し持つ生駒は、そうして並ぶといちばん凶悪そうな人相に見え、目立っていたこと。

みんなエチケットブラシのような手触りの丸坊主のくせに、たまの休日にはそろって渋谷に繰り出して、そのときは自分も生駒と同じように目立っていたと八弥が苦笑いすると、会沢も一緒に笑ってくれた。

会沢が、インタビューのまとめに入った。

「では、中島騎手にとって、生駒騎手とは、どんな存在なんでしょう」

「ええと、そうだなあ」

「やはり、ライバルですか」

そう問われて、八弥の脳がようやく鋭く反応した。

「いや、そう言えば聞こえはいいんだけど、現実には、もっと生々しい感じなんだよね。狭い世界だから、騎手はみんな顔見知りなんだけど、自分の乗る馬をひとつ増やすには、誰かの馬をひとつ奪わなければならない。だから、お互い足の引っ張り合いになる。そうなると表向きはどうあれ、内心はね。同期といっても、それは変わらないと思う」

つねに、八弥が考えていることだった。そのため即答できた。このことは八弥が騎手宿舎や独身寮に住もうとしない、大きな理由でもある。

「はい……」

先程までとは打って変わった、面白味もなにもない、人間心理の暗部をえぐるような返答に、会沢は驚き、若干気圧《けお》されたようだった。顔から笑みが消える。

しかし、会沢はすぐに真剣なまなざしで応じてきた。今度は八弥が、光の強いその瞳に気圧された。

――まずいことを言った。

これまで明るく推移してきたインタビューを、反射的に口にしたひと言で、すべて壊してしまったかもしれない。マスコミにしてもファンにしても、外部の人間は知らないほうが良いこともあるだろう。

「いや、でも、それはジョッキーという職業の問題であって、生駒本人がどうこうというわけではなくて。それに騎手のあいだには、兄弟子とか弟弟子とか、そういう特別な絆《きずな》もありますし」

「はい。わかります」

「ライバルは、強いて言えば自分ですかね、自分がライバルです。どんなに辛い立場に置かれたとしても、自分が頑張っていれば、見てくれている人は必ずいる。そう思ってますから」

八弥は急いで持説をまとめ上げた。そこでディレクターの合図がかかり、インタビューは終了となった。カメラのレンズが床に向けられたのを確認すると、八弥は大きくため息をついた。

「どうも、ありがとうございました」

深くお辞儀をした会沢が、端整な顔にふたたび笑みを戻したので、八弥はほっとした。そこで不意に、八弥は大路のことを思い出した。特別な絆だと言った手前もある。会沢が次の取材に移ったり、もしくはこの場から撤収しないうちに、不肖の弟弟子を少し紹介してやろうかと考えた。そうでもしなければ、あとでなにを言われるかわからない。

「あの」

だが、会沢のほうから先に声をかけてきた。仕事とは違う素の表情で、八弥のそばにもう一歩踏み込んできた。

「中島騎手の話、とっても面白かったです。……それに、自分の認識の甘さも分かりました。本当に、今までのなかで一番得るものの多い取材をすることができました」

声音に真情がこもっていた。会沢が手を差し出してきて、八弥は握手までしてしまった。

——なるほど細い。

そう思った。

「私、これから中島騎手を応援します。頑張ってください」

にっこり笑って言葉を残すと、すでに歩き出していた男たちに大声で呼ばれた会沢は、受け取ったダウンを急いで着込み、戦闘終了といった様子で騎手だまりから退出していった。

八弥がゆるんだ顔で見送っていると、あーあ、と大路がひとりごとを言いはじめた。八弥の耳まで届くよう、ちゃんと声のボリュームを調節している。

「ずるいなあ。自分ばっかり。手なんか握っちゃって。八弥さんは乗る馬がいないんだから、ミカちゃんも、応援のし甲斐《がい》がないと思うんだけどなあ」

三

「こんなもので、誰がだまされるもんか」

とは、スタンド内のうどん屋で、二百八十円の天ぷらうどんを八弥にご馳走《ちそう》された、大路佳康の弁である。八弥もうどん一杯で大路が機嫌を直すとは思っていなかったが、突っ張った態度を見せながらも、旨《うま》そうにつゆまで飲んでいるところがこの男の良いところなのだと、弟弟子をあらためて評価した。

緊張もしたが、インタビューを終えた八弥の気分はまんざらでもなかった。若い女性、しかも美人アナウンサーから応援しますと言われたのだから、嬉しくないわけがない。時間の経過とともに実感がわいてきて、心が弾んでくるようでもある。

「自力で有馬記念に勝てばいいんだよ。勝て！　大路！」

いつになく調子の良いことを言って弟弟子の背を叩くと、八弥は食堂を離れて、屋外の自転車置き場へと歩きはじめた。調教をつけたリエラブリーの状態の報告と、騎乗依頼の有無を確認するため、千葉厩舎へ向かうのである。まだつゆを飲んでいる大路は、移動にスクーターを利用している。あとから追いかけても、おそらく厩舎へは八弥より先に着くだろう。

案の定、八弥が千葉厩舎に到着すると、竹ぼうきを手に大路が待ち構えていた。だが、どうやら八弥と会沢ミカが云々《うんぬん》と騒いでみても、新人女子アナのことなど知るはずもないはるか年長の厩務員たちには、鬱憤《うっぷん》のほどが伝わらなかったようである。大路は無言で藁くずを掃除していた。

馬房が二十も横に並んだ厩舎の右のはずれに建つ、淡黄色の箱型住居のガラス戸を引くと、千葉調教師の薄い背中が見えた。千葉はちょうど電話を終えたところだったらしく、それを見計らったような来客の出現に、驚きの顔で振り返った。

しかし、すぐにその表情がやわらかくなった。

「どうした八弥、嬉しそうな顔して。いいことでもあったか」

自身も嬉しそうな顔をして、千葉は言った。騎乗依頼があるのだと直感して、八弥も師に倣《なら》うように、いっそう表情をゆるくした。

「なんだ。どうした。まあいいか。ほら、いま電話があって、お前に騎乗依頼だよ」

走り書きとは思えない巧みな筆跡のメモを、千葉は八弥に渡した。1、3、1という、いつになく華麗な前三走の着順の並びが、真っ先に八弥の目に飛び込んできた。

「なんですか、この馬は。やたら強いじゃないですか。ホレボレ？　変わった名前ですね。二歳馬ですか？」

「そうだ。牝《メス》の二歳馬だ。西厩舎の馬だ」

「西？　そんな先生いましたっけ」

「大井競馬の西耕介厩舎だよ。ほら、先月うちの馬が一頭地方に移っただろう？　そのときの転厩先が西さんのところだったんだ。それで縁ができてな。今回お前に依頼が来たというわけさ」

「ああ、地方馬ですか。なるほど……」

それでは、この成績も鵜呑《うの》みにできないな、というのが八弥の正直な感想だった。地方と中央では、競走馬の質に大きな開きがある。デビュー以来連勝中というのならともかく、地方競馬で三着になるようでは、中央では通用しない可能性のほうが高い。

しかし千葉は、多少のつながりが出来た西という調教師から、中央遠征の相談でも受けた際に、八弥に馬をまわしてもらえるよう、懸命に懇請《こんせい》してくれたのだろう。それでなければマイナージョッキー中島八弥に、地方の調教師がわざわざ騎乗を依頼してくるはずがないのである。おかげで八弥は、一年の締めくくりの週に騎乗馬ゼロという、惨澹《さんたん》たる状況を回避することができた。

「これで、年が越せますよ」

心やさしい調教師を傷つけまいという、いつものいたわりの情だけでなく、八弥は心の底から千葉に感謝した。

千葉の家を後にすると、八弥はそのまま自転車置き場に歩きかけた。鼻歌を口ずさんで、すっかり上機嫌になっている。会沢ミカと出会ったうえ、騎乗依頼まで獲得して、どうやら自分にもちょっとは運が向いてきたと、そんなことまで考えていた。

そのとき、ふと目の端に小さな男の姿が止まった。無視しかけたが、その姿は明々としていた心に黒い引っかき傷をつけた。不審をおぼえて、今のは誰だと思いを巡らしたとき、その傷から闇がほとばしった。

早朝、大路から告げられた、光を失いつつある老厩務員のことを、八弥は迂闊《うかつ》にも忘れていたのである。目の隅に映ったのはその男だった。

呻《うめ》くように、声を洩《も》らした。

「……亀さん」

厩舎の前の水道で中腰になり、亀造は飼い葉桶《おけ》を洗っていた。その姿がやけに小さく見える。

歩み寄りながら、八弥は以前、亀造が桶の裏に『ショウサン』と大きくマジックで書いていたことを思い出した。目を凝らしてその部分を見たが、文字は消されていた。そして、新たな文字も書かれていなかった。

——亀さん、厩務員をやめるつもりなのか。

気力を奪われ、抜殻のようにしぼんでしまった身体のなかで、手と耳だけが、しもやけで赤く膨らんでいるのが哀れだった。体力の衰えと同時に、亀造は馬に恐怖心を抱《いだ》くようになったのではないかと、八弥は考えている。亀造のように馬とのスキンシップを大切にした男なら、それでは厩務員を続けられないことを、十分承知しているはずである。

そばまで寄って、八弥は声をかけた。

「亀さん」

「……ショウサン、有馬は回避だってな」

立ち上がって蛇口を閉め、桶の水を切りながら、失った馬のあだ名を亀造が口にした。かつての大音声ではなく、呟くような声だった。

オウショウサンデーは菊花賞のあと、必勝を期してGⅡのステイヤーズステークスに臨んだ。菊花賞に比べれば相手関係は数段楽になっている。一番人気に返り咲いた。

しかし、結果は十頭中七番目のゴールとふるわなかった。道中は例によって最後方から進んだが、直線を向いても過去の伸び脚は見られなかった。ダービーのあと、競走馬の不治の病といわれる屈腱炎《くっけんえん》を発症して、長期休養に入っているオウショウ軍団のもう一頭の看板馬エスケプとともに、サンデーは終わったという評価が、ファンやマスコミの間では囁《ささや》かれるようになっていた。

それでも根強い人気を持つオウショウサンデーは、ファン投票によって有馬記念に選出された。しかし陣営は、強豪揃《ぞろ》いのこのレースを回避した。冴《さ》えない現状からすれば賢明な判断かもしれなかったが、それは一線級からの脱落を意味していた。

「なあ、八ちゃん」

曇ったような両眼を、亀造は八弥に向けた。

「俺よう、このまま馬道ですれ違ったんだよ、ショウサンとさ。今の厩務員にはあいつ、サンデーなんて呼ばれててな。そんときもサンデーサンデーって注意されていたんだけど、あいつ、それを無視して俺のほうに寄ろうとしてきたんだよ。俺よう、ショウサンって、つい言っちまった。そしたらあいつ、鼻をブルブル鳴らしてよう」

「……忘れてないんだね、亀さんのこと」

亀造が洟《はな》をすすった。

「今からでもよう、俺が厩務員をやりゃあ勝つんじゃないかって、やっぱ思っちゃったよ」

四

パドックではじめて跨ったホレボレ号を、八弥は珍しい名前だとは思ったが、乗り味はいたって平凡であるように感じた。これは、先入観もあるかもしれない。八弥は地方の馬を見ると、たとえば小柄な馬からは貧相な印象を受け、巨漢馬には垢抜《あかぬ》けなさを感じ、平均的な体格の馬だと、そのまま平凡な馬のように見えてしまう。

それに比べ、すぐ前を歩いている馬の凄《すご》みはどうだろうと、八弥は心のなかで唸《うな》っていた。外国生まれのサンハンサムという馬で、盛り上がった尻の筋肉が四つに割れて、そこだけ別の生き物であるかのように、歩くたびに律動している。間違いなく、走る馬に見えた。

——けど、俺も同じようなものか。

あまり他の馬に惹《ひ》かれるのはホレボレに失礼だと反省しながら、八弥がそう思ったのは、サンハンサムの鞍上《あんじよう》にいるのが、生駒だったからである。どうせなら無名の騎手より天才騎手に乗ってもらいたいと、ホレボレも思っているかもしれない。

八弥とホレボレが出走するのは、クリスマス明けの日曜中山、第七レースのオープン戦、ホープフルステークス。芝二千メートルの中距離戦である。一番人気は、当然のように生駒騎乗のサンハンサムだった。それも二倍を切る一本かぶりの単勝オッズである。

さきほどパドック脇の騎手待合室で、八弥は生駒と並んで壁によりかかり、ステッキ片手にこんな会話を交わしていた。

「おい八弥、お前、テレビの取材を受けたことがあるか」

「取材？　ああ、水曜にあったぞ。初めてだったから、えらく緊張した」

「そうか」

「といっても、俺のところに来たアナウンサーは、お前のことばかり聞いてきたがな」

「そいつは奇遇だな。俺のところに来たアナウンサーは、お前のことばかり聞いてきた」

生駒が八弥をじろりと見た。そうすると、生駒の眼光には対象を射抜くような鋭さが出る。

「俺のこと？」

八弥は訝《いぶか》り、首をかしげた。

「そうだ。たしか木曜だったたな。お前の話を聞かせてほしいって、熱心な取材を受けてしまった」

「ふうん。木曜か」

八弥はピンと来た。そんな物好きなことをするアナウンサーは、八弥に会った翌日の、会沢ミカ以外には考えられないと思った。果たして生駒も言った。

「なるほどな。あの会沢って子は、水曜にお前に取材して、それから俺のところに来たもんだから、あんなことを聞いたりしたんだな」

「まあ、そういうことだろうな」

「俺の特集を組むって言っていたのに、あれじゃ目当てはどっちなのかわからない」

「そうか。そうか。まあ、たまにはいいじゃないか」

「中島騎手って、女性にモテるんですかと、こんな具合だぞ。もっとも、マイクは切った後だがな」

「ほほう」

「なにがほほう、だ。嬉しそうな顔をしやがって。……まあいい、とにかく安心してくれ」

生駒は急に顔をニヤつかせた。八弥と違って、生駒はふたレース後に有馬記念を控える身なのだが、重圧を感じているようにはまったく見えない。

「安心しろって、なにをだ」

生駒の言葉に、八弥は逆に不安になった。

「あのことだよ、あのこと。あの子のこととも言えるな」

「だから、なんなんだよ。はっきり言ってくれ」

「八弥、感謝しろよ。競馬学校のとき、二年の実習から帰って来たお前が、千葉厩舎にはかわいい女の子がいるって俺たちに吹きまくったことは、伏せておいてやった。どうだ、助かっただろう。あのときはお前、いくら男だらけの寮生活に辟易《へきえき》していたとはいえ、ずいぶんな入れ込みようだったじゃないか」

「……昔のことを」

八弥は暗く渋い顔をした。それには構わず生駒が言葉を続ける。

「そうは言っても、相手は昔のことを聞き出そうとしてきたんだから、これは価値がある。お前のほうもそうじゃなかったか？　というか八弥、お前、なにを喋った」

「別に。いろいろさ」

「いやな答え方をするな。あの特集は、今日、有馬のスタートの少し前に放送するようなことを言ってたから、俺は生じゃ見れないんだよ」

「なら、見ないほうがいいかもしれない」

「……おなじ同期でもお前みたいな奴より、そうだな、御崎《みさき》あたりに話を聞いてくれればよかったんだ。あのアナウンサーも」

「それは、俺も同感だ」

「ところで御崎はどうしてる。レース、乗ってるのか？」

「いや、俺とトントンだな」

「そうか。とにかく俺らふたりのことは、御崎に聞けってことだ」

生駒が得意のふにゃふにゃした理論を持ち出したことで、そろそろ騎乗合図がかかることを八弥は察知した。生駒は会話を曖昧《あいまい》なかたちでしめたがる癖がある。

「生駒、お前の言っていること、おかしくないか？」

「俺もそう思った。けどあのアナウンサーも、どうせだったらお前のことをお前に聞いて、俺のことを俺に聞けばいいような気がするな」

正装した係員がパドックに登場したのを見やりながら、生駒が言った。

厩務員とともにホレボレに付き添っていた西調教師は、思いのほか若い男だった。肩まで届きそうな長髪を、うしろで縛っている。レースでは先行策をとるよう八弥に指示を出してきたが、人が多くて中央は恥ずかしいと、正直なところをのぞかせたりもした。

そして、三十分後。ゲートの前扉が開くと、八弥はホレボレの出脚の鈍さに苦労した。素質というより、ダートコースのみの大井からやってきたホレボレは、初めての芝に戸惑っているようだった。

だが、二歳馬のレースとしては距離の長い二千メートル戦だったため、全体のペースもさほど上がらなかった。八弥は押して押して、中団の前のほうにまで位置取りを上げていった。

五頭ほど馬を挟み、集団の先頭を生駒とサンハンサムが手綱を絞ったままで進んでいる。生駒のフォームは長身をしなやかに折りたたみ、馬の背に吸い付くようで乱れがない。

三コーナーに入るとペースがぐんと跳ね上がった。逃げている生駒が仕掛けたのである。八弥も合わせて進出しようとしたが、砂育ちのホレボレは一瞬の切れ味に欠けていた。ついていけず、スパートした後続の馬にも抜かれていった。

生駒が早めの仕掛けを行なったのは、ハイペースを強いることで、追走する馬の余力を消耗させる魂胆なのだと八弥は読んでいる。もちろんサンハンサム自身も疲労するが、そうすることで、レースを完全な実力勝負に持ち込むことができた。馬に自信があるからこその戦法といえた。

八弥は追走をあきらめ、脚を溜《た》めることに専念した。後方まで下がってしまったが、無理にペースを上げた馬たちを、直線で差し返すことはできると判断した。

——しかし、これでは生駒に勝てない。

そうも思った。ハイペースはサンハンサムからの挑戦状である。それを受けなければ、勝敗以前に、サンハンサムと戦う資格を失うことになる。バテた馬をかわすことはできても、それはあくまでサンハンサム抜きの勝負だった。違う次元に進んでしまったサンハンサムに、決してホレボレの追い込みが届くことはない。

勝利の可能性を捨てて、入着を拾うための戦術といえた。それは、八弥の目指している騎乗ではなかった。

——紀さんなら、なにがなんでも生駒に競りかけたはずだ。

八弥の思考はそこに帰着した。十秒前の自分の判断を、八弥は後悔した。

直線、ホレボレは根性を見せしぶとく伸びた。結果は四着だった。

「上出来、上出来」

西調教師は笑顔で八弥と愛馬を迎えた。八弥は素直に喜べなかったが、中央のオープン競走の四着賞金ともなれば、地方のそれなりのレースの優勝賞金を凌駕《りょうが》する。西にしてみれば、遠征の価値は十分にあったといえるのかもしれない。この著しい賞金格差が、地方に素質の高い馬を集まりにくくする原因でもあった。

下馬して鞍をはずし検量室に向かい、後検量《あとけんりょう》を済ませると、八弥は水道で顔を洗っている生駒に声をかけた。

「さすがだな、生駒」

「ん、ああ、ありがとう」

タオルで顔を拭《ふ》きながら生駒が答えた。

「付け入る隙《すき》がまるでなかった。完敗だよ」

「まあ、力のある馬だからな。でも、完勝というわけでもないな」

「どういうことだ？　文句のない勝ちっぷりだったじゃないか」

八弥が聞くと、生駒は口では答えず目顔で示した。外を見るよう促している。

窓越しに、マイクを持った短髪のアナウンサーが、元気に手を振っていた。大きな瞳はまっすぐ八弥に向いている。会沢だった。今日はベージュのモコモコしたダウン・ジャケットを着ている。

「あの子、今日からだな、検量室まで来るようになったのは」

照れ笑いで会沢にこたえる八弥に、つまらなそうな顔で生駒が言った。アナウンサーには、勝利ジョッキーインタビューという仕事がある。メイン競走のそれはまだ無理だろうが、それ以外のレースの取材を、会沢は新たに任せられたのかもしれない。

ひょっとしたら、天才ジョッキー生駒貴道に新しい切り口でせまった特集が、上の人間に評価されたのではないだろうか。そう思うと、八弥は我が事のように嬉しくなった。

「なんだか試合に勝って、勝負に負けたという気がする。だんだん悔しくなってきたな」

「悔しくなるのは普通、お前が言うのと逆の立場の人間だろう」

「けど、これから勝利騎手は取材を受けるだろ。また、お前のことばかり聞かれるのか？　たまったものじゃないな」

「ずいぶん贅沢《ぜいたく》な悩みだな」

「だって八弥。お前、ずっと後ろを走っていただろ。俺の位置からは一度も見えなかったんだよ。聞かれたって答えようがない」

チクリと皮肉を残して、生駒はその場を立ち去りかけたが、数歩進むと足を止めた。また水道に戻ってきて、顔を洗いはじめていた八弥を呼んだ。

「そうだったそうだった。大切なことを忘れるところだった。レース前に取材の話を振ったのは、俺もお前に取材したいことがあったからなんだ。うっかりまた聞き逃すところだった」

「今日のテレビの特集なら、観てのお楽しみだぞ」

「違う違う」

首を振って生駒が口にした言葉は、霹靂《へきれき》のように八弥の心身を打撃した。

「来年からな、俺、オウショウサンデーに乗るんだよ。あの馬さ、癖とかあるのか？」

# 第七章

## 一

昨日はやけになま暖かいと思ったが、今日は一転して寒すぎると、自転車を漕《こ》ぎながら中島八弥は感じている。わがままのようでもあるが、一週間ほど前から交互にそんな日が繰り返していて、どちらが本来の気候なのかわからなくなっていた。

暦は二月である。二月といえば、冬という気がする。だが、来週中には三月になる。春もまた、すぐそばまで近づいているのである。境界の季節に八弥はいた。

時刻は一時を過ぎている。八弥が騎乗依頼の有無を確認すべく、かつて所属した千葉厩舎へ赴くと、じょうろを手にして家庭菜園へ向かう、短髪の女性の後ろ姿が見えた。真帆子である。

八弥は自転車から降りると、無言でその姿を見送った。菜園に入った真帆子が、つまらなそうに水をまきはじめる。

——相変わらずだな。

千葉厩舎に菜園が作られたのは、紀健一が失踪した翌年のことである。発案者は千葉調教師で、真帆子は父の言い付けにより、当時からずっと菜園の管理を担当しているが、土いじりに無関心なのは、今も昔も変わらないようだった。

「……おい、八弥ったら」

そのとき、背後で声がした。振り返ると同期の騎手、御崎修平《しゅうへい》が立っている。

「お、御崎じゃないか。どうした」

「どうしたって、さっきから呼んでいたのに、気づかなかったのか」

「え、ああ、すまん。ちょっと考え事をしていてな」

「ふうん」

小柄な御崎は八弥の横に回って家庭菜園のほうを見た。御崎は女性的な顔立ちをしていて、まつ毛が特徴的に長い。横顔になるとそれがさらに強調される。

「あれは、千葉先生のお嬢さんだよな」

「そうだ」

おなじく同期の天才騎手、生駒貴道ならここで昔日の話を蒸し返して、わかったようなわからないような、余計なことを言ってくるだろうと思ったが、御崎なら何も言わないと八弥は思った。

そして、やはり御崎は無言だった。

御崎修平は、十人あまりいる八弥の競馬学校の同期生のなかで、ほとんど希《まれ》な、八弥より勝ち星が少ない騎手である。デビュー以来、年間の勝利数が二桁《ふたけた》に乗ったことは一度もなく、毎年百以上の勝ち星を積み重ねる生駒と比べると、通算勝利数は二十分の一程度しかなかった。

とはいえ、御崎は所属騎手のままだから、毎月三十万ほどの固定給がある。だからこいつは飢えやしないと、八弥はついみみっちいことを考えた。じつは今年に入ってから八弥はまだ未勝利で、日に日に飢えの恐れを感じはじめている。

菜園を眺めていた御崎が、横を向いて顔を上げ、八弥を見た。

「俺さ、引退するんだよ。今月で。そのあとは調教助手になる」

調教助手は、調教の助手というよりも、調教師の助手といったほうが的確な仕事である。厩舎筆頭の調教助手ともなれば、まわりからは商家ふうに番頭と呼ばれて、遠征先の馬の管理をまかされたり、レースに出走するための最終的な申し込みである出馬投票を行なったり、さまざまな面で調教師の代役を果たすことになる。重責を担うポストだった。調教助手を数年勤め上げたあと、その経験を生かして調教師になる人間も多い。

調教助手も、やりがいのある仕事ではあるだろう。とはいえ御崎は今年でまだ二十九歳。一般論としては、騎手業に見切りをつけるのは早すぎるように思われた。

——けれど、御崎だったら……。

そのほうが良いのかもしれないと、八弥は思わないでもなかった。

性格の問題である。御崎は穏和でおとなしく、無類の好人物だと八弥は思っているが、勝負の世界に生きるジョッキーとしては、その気質は優しく脆《もろ》すぎて、適していないように感じていた。

競馬学校時代、実習生として美浦トレセンに派遣されて来たまだ初々しい八弥と御崎が、たまたまふたりで立ち話をしていると、紀健一が寄ってきて、おい、知っているかと、当時人気の絶頂だったある騎手の裏話をひそひそと話しはじめたことがある。いま思っても本当だったのかどうか判断しかねるようなゴシップで、紀がわざわざ耳打ちしてきたのは、後輩たちの緊張をほぐしてやろうという気遣いだったのかもしれなかったが、御崎はそれに対してこんな言葉を返した。

「……ひとの悪口はよくないと思います」

「ん？　それはどうしてだ、御崎くん」

「だって、みんな仲良くした方がいいじゃないですか」

真面目な顔で天使のようなことを言う御崎に、すまなかったと、紀は神妙な面持ちで謝ったものである。

だが、そんな甘い考えで、弱肉強食の騎手社会を渡ってゆくのは不可能だった。騎乗数の問題がある。トレセンに入る競走馬の数は決まっている。騎手はその限られた数の馬を奪い合って、騎乗機会を得るのである。

御崎には到底、自分の乗り鞍《くら》を増やすために相手を蹴落とすような真似はできなかった。そればかりか、同業者たちの貪欲《どんよく》で強引な、ときには御崎を誣告《ぶこく》するような売り込みによって、騎乗依頼を横取りされても、御崎は哀しそうな顔をするだけで、何も言おうとしなかった。そんな心優しいジョッキーは、たとえレースに出走しても、まわりからなめられた。

それでも八弥は、もう少し、御崎は騎手を続けても良いのではないかという思いを捨て切れずにいる。競馬学校時代、御崎の騎乗技術は八弥や生駒より格段に上だった。とくに馬へのあたりのやわらかさは、教官を唸《うな》らせるほどの天賦《てんぷ》の才があった。だからこそ御崎は騎手を目指し、難関を突破して、その夢をかなえることができたのである。

「この十年は、我慢してきただけだったよ。まだ続けられるとも思うけど、でも駄目だな。辞めると決めたら、すごくほっとしたんだ」

呟くように言って、御崎は薄く笑った。

「……引退レースは、どうなる」

競馬サークルは、卒業の時期が一般のそれよりもひと月早い。特別の事情がない限り、引退する騎手と調教師は二月いっぱいで免許の更新を止《や》めることになる。そして三月から、新規に免許を発行された騎手と調教師がデビューした。

「うちのテキが用意してくれたよ。今週日曜の準メイン、鎌《かま》ヶ谷《がや》特別に乗せてもらう。久し振りなんだ、名前のあるレースは」

日曜中山のメイン競走は、GⅡの中山記念。有馬記念を回避して態勢の立て直しをはかったオウショウサンデーが、新パートナー生駒貴道を鞍上《あんじょう》に迎えて出走してくる。ファンからもマスコミからも、大きな注目を集めているレースだった。

その前座の準メインを、御崎は名前のあるレースだと嬉しそうに言っている。頑張れよと声をかけながら、八弥はそれが、ひとつの理想を追い求めた騎手の末路なのだと感じていた。

二

御崎と別れて、厩舎右端にある住居のガラス戸を開いた八弥は、千葉調教師の寂しい顔と対面することになった。

「まだ、引退レースは必要ないですから」

つまらないことを言って無理に笑顔を作り、千葉の心を安んじてから厩舎を離れると、八弥は素の浮かない表情をさらけ出して、家賃滞納のおそれまで噴出してきた1DKのアパートへ向け、力なく愛車のペダルを漕ぎはじめた。

だが、そのよれよれと失速気味の運転が功を奏したのか、途中で八弥は人から呼び止められた。声をかけてきたのは、グレーのソフト帽をかぶった、明智《あけち》という壮年の調教師である。

——本当かね。

明智の話を聞いて、八弥は驚いてしまった。明智は八弥に騎乗を依頼してきた。レースは日曜中山の鎌ヶ谷特別。御崎のラスト・ライドの舞台である。

おお、と八弥はそれだけでも心のなかで歓喜の声を上げたが、驚いたというのは、騎乗依頼の理由だった。

会沢ミカが、競馬雑誌の取材を受け、好きな騎手はいますかというありきたりの質問に、中島八弥という、マイナーな騎手の名前を答えたのだという。そしてわずか一ページの、写真も一枚しかないその記事を、目ざとく見つけた彼女のファンが、ぐうぜん馬主の息子だった。ミカのためならお安い御用とばかりに、その男は父親を動かした。

そして、その父親がつい先刻、馬を預託している明智に電話をよこしたのだという。

「わしの馬に、中島という騎手を乗せてやってくれ、とこうだ」

「はは、すごいですね、そんな理由で」

「まったくだ。出すのはヨーゼフファイトという馬だが、今回は十分チャンスがあるからな。その物好きな女子アナのためにも、いいところを見せてくれ」

「はは、頑張ります」

ともかく、ありがたい話だと八弥が思っていると、

「その話、待った！」

後背で蛮声が轟《とどろ》いた。振り返ると、今まさに酒盛りを抜け出してきたところといった赤ら顔の男が、右手にムチを持ち、肩を怒らせ、ガニ股《また》で近づいてくる。

「その騎乗、俺がもらうぞ！　いいな！」

どら声でがなりたてながら、顔の赤い男はムチを一振りして、八弥の眼前に寸止めした。そのままの姿勢で、濁った両眼に凄《すご》みをきかせ、八弥をギラリと睨《にら》み付けてくる。

――まずい人が来た。

突きつけられたムチから目をそむけながら、八弥はそう思った。無頼漢のようなこの男は、

野田奎吾《けいご》という騎手である。かつて『豪腕』のニックネームで活躍し、すでに千以上の勝ち星を積み重ねているベテランジョッキーだった。

ただし野田はここ数年、以前ほど乗り馬に質量とも恵まれなくなっているようだった。去年の秋には引退の意思を表明している。今後は調教師として、第二の人生を歩むことになっていた。調教師試験は難関だが、千勝以上の実績をあげた騎手は、特典として一次の筆記試験を免除される。

「やい、お前！　俺は今週で引退だ。譲ってもらうぞ。もう決めた」

ムチを突きつけたまま吠えるように言うと、野田は明智に目を向けた。

「お前は俺の同期だろう？　当然そのくらいの気配りはしてくれるよな。オイ！」

恫喝《どうかつ》めいた文句だった。明智は曖昧《あいまい》な表情で小首をかしげて、ごまかそうとしている。

野田は八弥に向けていたムチを、掌中でくるりと回転させて、先端が天を突くよう持ちかえた。

「頼むはムチ一本。そういう人生を歩んできた馬乗りのプロが、その締めくくりとしてお前の馬に乗ってやろうというんだ。……わかるか明智！　ありがたく思え！」

吠えるだけにとどまらない、牙を剝《む》いて嚙《か》み付くような勢いだった。

――頼んだのは、その口だろう。

八弥はひそかに思った。レースにおいても、野田はこういう男なのである。馬群の状況がどうであろうと、もっとも経済的なコースを走ろうとして、遠慮をしない。前が詰まると、どけどけと脅しをかけてこじ開ける。もしもその際どかない相手がいようものなら、レース後すぐにその騎手をロッカールームに引っ張り込んで、鉄拳《てっけん》制裁をくわえる。そうやって、次からは道を開けるよう仕込んでいく。若いころのことはわからないが、八弥がデビューしてから見てきた豪腕野田は、そういう種類の騎手だった。

「本音を言えば、メインの中山記念でラストを飾りたいところだが、ヨーゼフなんとかをそっちにまわせとまでは言わん。安心しろ。わざわざ一千万下程度のお前の馬を選んでやったのは、勝てると踏んだからだ。最後はビシッと決めて、花道を飾らなければならんからな」

凶暴な迫力を前面に押し出してはいるが、野田はなかなか緻密《ちみつ》な計算を裏では働かせているようだった。以前、野田がベンライオンという癖馬の騎乗を拒否したことを八弥は思い出した。あのときも保身にまわっていると感じたが、いささか斜陽気味の名声を保護することに、野田は汲々《きゅうきゅう》としているようである。

「いいな明智！　もし俺を乗せなかったら、ただじゃすまんぞ！」

そう言って明智への脅しを終了させると、野田はまた八弥にムチを突きつけて、決めたからな、わかったなと念を押してきた。それでようやくムチを下ろすと、野田はふたりを置き去りにして、鼻息荒く立ち去っていった。

道理もへったくれもない、野田の強引きわまる態度に、八弥はしばし呆然《ぼうぜん》とした。明智も渋い表情を浮かべ、ブツブツと愚痴をこぼしている。

ただし明智も本心では、女子アナの好みや、その女子アナが好みの男やらの思惑で、チャンスのある馬に乗せる騎手を決定されるのは、調教師として不本意だったのかもしれない。

明智は、あんな奴は乗せないぞ、とは言わなかった。代わりに、

「すまんな」

と八弥に謝罪してきた。あやまるということは、八弥への騎乗依頼の取り消しが、明智のなかで決したということでもあるだろう。

――馬主の信頼を失ってもいいのか。

案外あっさりとした明智の態度に、八弥は反発をおぼえ顔をしかめた。しかし暴風のような野田の猛襲の前に、圧倒されるだけで、なんの抵抗もできなかったのは自分も同様である。責任をすべて押し付けるわけにはいかないと思った。

――あれは、天災なんだ。

望外の騎乗依頼をわずか数分で喪失したショックを、そう考えることで、八弥はどうにか受け止めようとした。ぬか喜びに終わったとはいえ、会沢にはいちおう礼を言う必要があるかもしれないと、目先の違うことを考えてみたりもした。

それでも、ついついため息が洩《も》れた。停めてある自転車のもとへよろよろ歩く。漕ぎ出すと、ペダルが先ほどよりも何倍も重く感じられた。

八弥はもう一度深いため息を吐《つ》いた。

――このままでは……。

騎手の世界に残る俺が干上がってしまうと、先行きが不安になったのである。

## 三

快晴の中山競馬場。午後三時発走の第十レース、鎌ヶ谷特別。ダート千八百メートル、一千万クラスの条件戦。

この日、八弥の仕事は午前十時の第一レースだけだった。それを終えると良くも悪くもすっかり自由の身になったが、美浦には帰らず、調整ルームの個室で八弥はずっと時間をつぶしていた。現場で観戦したいレースがふたつある。

第九レースが終わると、八弥は調整ルームを出てメインスタンドの調教師席に入った。テレビではなく、肉眼でレースを見届けるためだった。千葉がいたのでその隣りに並んだ。

一番人気は野田騎乗のヨーゼフファイト。御崎の乗るエレクトロックも五番人気に支持されている。熱心なファンは、どのレースがどの騎手のラスト・ライドとなるのか、ちゃんと把握している。千勝ジョッキーの野田はもちろん、御崎のような地味な騎手でも、それは変わらなかった。彼らへの応援の気持ちを込めた心情馬券も、確実に二頭のオッズを引き下げているようだった。

一列にそろったきれいなスタートでレースの幕は上がった。一番枠の御崎はそのままラチ沿いを進み、大外発走だった野田もそのまま外を走らせていたが、コーナーが近づくと、カーブの頂点に向けて馬を斜めに直進させた。遠心力で発生する圧力を軽減させようという、千勝ジョッキーらしい高度な技術だった。

そして、カーブを抜けると御崎と野田の馬が中団で並走するかたちになった。差し馬がまくっていったり逃げ馬が一時的に控えてみたり、出入りの激しいレースになったが、二頭はひたすら馬群のなかでじっとしていた。脚をため込んでいるように見えた。勝負どころの第三コーナーに差しかかっても、位置取りに変化はない。

――まずいな。

八弥は思った。御崎と野田の前には六頭ばかりの馬がいる。エレクトロックにヨーゼフファイト、この二頭に十分な脚力が残されているとしたら、勝敗の分かれ目は騎手の仕掛けるタイミングになるだろう。スパートするには、前方の馬群のなかに、突き抜ける道を作らねばならない。

御崎の優しさは、同業者たちになめられている。たとえ前を開けろと怒鳴ったところで、誰も言うことを聞かないはずである。御崎より年少の騎手であっても、あとが怖くないから、平然と聞き流すに違いない。

いっぽう野田は、恐喝まがいの騎乗スタイルで勝ち星を荒稼ぎしてきた豪傑である。歯向かえば報復を受けることは皆が知っている。野田がひとたび怒号を発すれば、前をゆく騎手たちは、こぞって道を譲るのではないだろうか。

なのに御崎はまだ内ラチすれすれを走っている。この状態ではロスを覚悟で外に持ち出すこともかなわず、悪くすればろくに馬を追えないまま、脚を余して惨敗することも考えられる。

——御崎、なにをやってるんだ！

心の中で、八弥は思わず叱責した。レースは四コーナーへ進み、直線を向いた。

ふたりの騎手の最後の直線だった。位置取りは変化していない。逃げ馬の手応えが鈍り、追い込み馬のエンジンに火が点《つ》こうとしている。抜け出すならここしかないというタイミングを、外から眺める八弥も騎手の感覚で察知した。両のコブシを強く握った。

刹那《せつな》、馬群が割れた。前方に勝利への道を切り開いたのは御崎のほうだった。ひとムチくれると、エレクトロックは鋭く一本の道を貫いた。手綱とあぶみを接点に、馬と同化するような御崎の騎乗フォームは、成績不振で競馬場を去る男のものとは思えないほど、天才的で美しかった。

御崎はレースに勝利した。野田はゴールまで前をふさがれ、大敗した。

八弥は検量室に急いだ。鞍を抱えて戻ってきた御崎をつかまえて、まずは祝福の言葉を贈った。そのまま離さずに聞き込んだ。

「おい、どういうわけだ」

「なにが？」

「直線で前がぽっかり開いたじゃないか。偶然とは思えないぞ、あれは」

「ああ、あれはね……」

御崎の女性的な容貌《ようぼう》が、いたずらっぽく、小悪魔的に微笑んだ。

「開けないと、恨んでやるって言ったんだ」

「…………」

八弥は言葉を失った。社会の荒波に揉《も》まれたことで、この男、多少人が変わったかと思った。学生時代の御崎からは、考えられない発言である。引退するには早いと思ったが、そんなことはなかったのかもしれない。十年という過ぎた歳月の重さを、八弥は痛感せざるを得なかった。

しかし、御崎にとっては最後の騎乗だったのである。それくらいの脅し文句は許されてもいいのだと、八弥は思うようにした。それに結局、御崎は人を恨まずに済んだのだ。

検量が終わり、レースが確定した。隣接したロッカールームから怒声が響いてくる。なぜ開けなかった！　答えろ！　そんなことを、もうひとりの引退騎手が怒鳴っている。

さんざん好き勝手にやってきたしっぺ返しを、野田は最後の最後に受けたのだ。人生、そのくらいの起伏はあって然《しか》るべきだろう。野田の横暴の最後の被害者である八弥は、そう思った。

カメラマンを引き連れ、検量室の外にあらわれた会沢ミカの姿を、八弥は目ざとく確認した。イメージチェンジをするつもりなのか、ちかごろ会沢は髪を伸ばしはじめていて、色も赤味がかったブラウンから黒に変わっている。

視線が合うと、会沢は人目もはばからずに手を振ってきた。水色のレザージャケットにスエードの黒いパンツという、シャープな装いには少々似つかわしくない、快活な笑みを浮かべている。

大路に借りて読んでみたが、騎乗依頼のきっかけとなりかけた例の競馬雑誌でも、会沢は魅力的な笑顔を披露していた。身近なところでは、かつての秋月智子の例もある。あくまで競馬界のアイドルではあるが、女子アナとしては恵まれない部署にいる会沢にも、ブレイクのチャンスが訪れたのかもしれない。そう思うと八弥は無性に嬉しくなり、笑顔で手を振り返した。

しかし、会沢のもう片方の手にあるマイクが向けられるのは、八弥ではない。

「お前だよ、行け」

八弥は御崎の背中を押した。カメラの前に立った御崎は、レースの勝利については謙虚なコメントしか残さなかったが、ファンのみなさんにひと言と会沢に話をふられると、こう答えた。

「普通、ジョッキーが引退するときは、ムチを置くっていいますよね。でも、僕の場合は逆にムチを持つ機会がふえると思います。調教助手として、これまでよりずっと、これからは頑張れると思います」

四

続く十一レースは中山記念。芝千八百メートルのGⅡ戦である。

ゲートが開くなり、スタンドがどよめいた。天才・生駒貴道との新コンビで注目を集めたオウショウサンデーが、恒例となった後方待機ショーを上演せず、正反対の先行策を取ったのである。他馬をぐんぐん引き離して最初のコーナーへ入る。

ファンの目には、意表を衝《つ》いた天才の奇策と映ったかもしれない。しかし、八弥は意思のままに走るオウショウサンデーの姿をそこに見ていた。

スタンドのどよめきが鎮まらない。向正面に入り、生駒を背にした芦毛の馬が、後続との差をさらに広げはじめたのである。無謀な騎乗に見えた。どよめきには罵声《ばせい》も混じりはじめている。三コーナーに入ると他馬がいっせいに仕掛け、差が縮まった。スタンドから、悲鳴が上がった。

そこで生駒がなにをしたのか、ファンにはわからなかっただろう。八弥もよくは見えなかった。だが、おそらく手首をひとつ返す程度、パートナーに気合をつけたのだ。四コーナー。銀色の光が青い空の下、緑のターフに炸裂《さくれつ》した。その一瞬で、後続との差が復元していた。魔法のような光景だった。そして生駒がステッキを振りかざす。リードが縮まることは二度となかった。ゴールまで、他馬との距離は無限に広がり続けた。

オウショウサンデーは、不本意なレースを強いられることによって、昨年の春からため込んでいた鬱積《うっせき》を、早く発散させたくてたまらなかったのだろう。そういうパートナーの意思を、生駒は尊重した。スタートからオウショウサンデーに思う存分走らせて、機嫌を取り戻したと感じたところで、はじめてゴーサインを出した。オウショウサンデーはそれに喜んで応じた。

——生駒は、初騎乗で完璧に息を合わせた。

その感性の鋭さに、八弥は舌を巻いた。同時に、自分以外の人間に、オウショウサンデーを完全に理解されたことへの嫉妬めいた苦味も、若干ではあるが感じていた。

この日の夜。八弥はトレセン近くの居酒屋にいた。千葉調教師、真帆子に大路、調教助手の山梨など、まわりには十名あまりの人がいる。店は貸しきりだった。

千葉厩舎にも、去る人がいる。

亀造である。

定年までは、まだしばらく時間が残されている。退職は亀造の意思によるものだった。千葉は慰留につとめたらしいが、身体《からだ》が言うことを聞かなくなっちまったと、亀造は考えを改めなかったという。四十年間歩き続けた馬ひと筋の道を、亀造はみずから降りた。

とはいえ、千葉の発起で催されたこの送別の酒宴は、暗い雰囲気のものではなかった。

「亀造さん、ほら、もっと呑んでくださいよ。僕も呑みますから」

と、大路が先手争いを演じる馬のように、自分も呑みながら亀造の酒のペースを煽《あお》った。

真帆子がいつでも厩舎に遊びに来てねと言うと、赤ら顔になった亀造は、

「オレ、リエラブリーに負けちゃったよう」

などとおどけてみせた。

「ほら、なにか聞きたいことがあったら、今のうちに聞いておけよ」

千葉が言うと、山梨や他の厩務員たちが亀造の隣りの席へ順番に訪れて、馬に関する様々な質問をした。積み重ねた経験を総動員して、ひとりひとりに丁寧な答えを亀造は返してい

た。

しかし、自分で仕掛けたマッチレースに競り負けた大路が、前後不覚になってその場に倒れ、顔を赤くした仲間たちの関心を一身に惹《ひ》き付けたとき、亀造は音もなく八弥のそばに近づいてきた。強い力で腕をつかんだ。

「八ちゃん、見たか、中山記念」

「もちろん。ショウサン、気持ち良さそうだった」

「生駒ってのは、たいした騎手だな。オイ、八ちゃん、負けるなよ」

「ああ、頑張るよ」

「けどよう……」

赤ら顔の亀造は、いつのまにか双眸《そうぼう》も同じように赤くしていた。涙をいっぱいに溜め込んでいる。ひとたび滴が頬《ほお》を伝うと、あとは光の流れが止まらなくなった。

「やっぱ、俺らは間違ってなかったなあ。ちょっと、運がなかったんだなあ。あいつ、強かったなあ」

# 第八章

## 一

頭が痛いと思ったのが始まりで、中島八弥は風邪をひいて寝込んだ。

関東地方が梅雨入りしたのは先週の末のことである。陰気な雲はその数日前から出現していて、空を塞《ふさ》ぎ、細かな雨を断続的に地へ落としていた。皮肉にも、梅雨入り宣言が出された途端に太陽が姿をのぞかせたりしたが、忍従の日々で衰えてしまったのか、その輝きには生気がなかった。

日曜に遠征した中京競馬場も重苦しい梅雨空で、そこで八弥は総身をしとどに濡《ぬ》らした。びしょ濡れの身体《からだ》を、レース後もろくに乾かすことができなかったのは、この日の八弥が零細ジョッキーとしてみれば異例といっていい、日に六鞍《くら》もの騎乗依頼を獲得していたからである。そのなかには秋月智子のドロップコスモも含まれていた。

八弥が発病したのはその翌日のことだった。つまり、いつになく恵まれた騎乗回数が、病気の原因にもなってしまったわけである。おかげで八弥は、自分は一生人気騎手にはなれない体質なのではなかろうかと、布団のなかで弱気になったりもしたが、もちろんそんなはずはなく、ただの巡り合わせであったろう。

月曜は競馬サークルの全休日である。朝、脇の下から抜いた体温計のデジタル表示を、ぼやけた視界で確認した八弥は、だれに遠慮することもなく、とくに予定のなかった一日のスケジュールを、全面的に睡眠に割り当てた。とりあえずそうしたのは、風邪を治す手段としてそれがもっとも簡単で、そのうえタダという抗《あらが》い難い魅力に惹《ひ》き込まれた部分もあっただろうが、現実にこれまでは、ゆっくり休んでさえいれば風邪など一日で治癒したのである。身体の強さには自信があった。寝れば十分と、八弥は朦朧《もうろう》とした意識のなかで判断した。

しかし、火曜の朝になっても熱は下がっていなかった。おまけに咳《せき》が出はじめ、息をひとつするにも細心の注意を払わねばならないような苦境に陥った。

これは単純に悪質な風邪だったというだけでなく、八弥が否応無しに続けている、滋養に乏しい粗食ばかりの毎日が、病魔への抵抗力を徐々に削り落としていたということかもしれなかった。

週末には、GⅠの安田記念が控えている。けれど幸か不幸か八弥には関係がなかった。先週の依頼ラッシュで運を使い果たしてしまったのか、ほかの仕事も入っていない。もう一日、八弥は休暇を取ることに決めた。

昼前に、大路がアパートにやってきた。玄関のチャイムに目覚めた八弥が、布団から這《は》い出てドアを開けると、大路は笑顔を見せて、

「よかった、生きてる」

そんなことを言った。

大路は小さな紙袋を持っていた。薬を買ってくるよう、八弥が電話で頼んだのである。八弥が布団に戻ると、大路は座布団を引っ張って来て枕元に座り、袋からゴソゴソと薬の箱を取り出した。

「ところで八弥さん、ちゃんと食事はとっているんですか？」

「いや、食欲が、ない」

声をしぼり出すたびに、八弥の喉《のど》がヒューヒューと鳴る。

「それじゃあいつまでたっても治りませんよ。それにほら、この薬だって食後に飲むよう書いてある」

「なんで、そんな、薬を、買った」

「せっかく買って来てあげたのに、そんな言い方はないでしょう。それに、大丈夫です」

「なにが、大丈夫、なんだ」

「助っ人を頼みましたよ。助っ人を」

「…………」

「八弥さんだって、僕の作った料理なんて食べたくはないでしょう。立場が逆だったら、うん、僕は絶対に食べたくない」

「お前、うるさい」

そう言ったとき、思わず加減するのを忘れて吸い込んだ空気が、喉の敏感な箇所を刺激した。たちまち咳が誘発されて、八弥は大路とは逆のほうに顔を向け、ゴホゴホとしばらく苦しんだ。

おさまると、大路が神妙な面持ちで首をかしげている。

「どうも、いやな咳をするなあ。八弥さん、ほんとに風邪なんですか？　血とか、吐かないでしょうね」

「……いやなのは、お前の、言い方だ」

弱々しい声でようやく言葉を返したとき、玄関のチャイムが鳴った。八弥が動く前に、開いてますと大路が声を張り上げた。

半身を起こして玄関を見ると、真帆子と秋月智子が立っている。真帆子は八弥もよく利用するトレセン内のスーパーの白いビニール袋を手に提げていた。袋の口から緑のネギが斜めに飛び出している。ふたりが大路の言う助っ人らしかった。

買って来たものをキッチンのテーブルに置いたり、冷蔵庫に詰めたりすると、ふたりの女性はひとまず八弥の寝ている居間へ入ってきた。そこではじめて気づいたのか、二本のロープに下着や乗馬ズボンが万国旗のように干されている、独身男の暮らしの風景を珍しそうに見まわした。

「これはですね、わざとしまわないでいるんですよ。そのときどきに使う分だけを取っていくんです。汚らしいとは思いますが、一応は病人ですので我慢してあげてください」

大路がいらぬ解説をする。ただし間違っているわけではないので、八弥は沈黙していた。ベージュのじゅうたんに不安げな視線を落としながら、真帆子と智子は慎重な足取りで布団の横まで踏み入ってきた。四人も入ると、八畳のスペースはいかにも手狭になった。

八弥は智子の凜《りん》とした顔を見た。親しいといっても、智子との付き合いはあくまでトレセン内でのものである。こうして家まで見舞いに来てくれるとは思ってもみなかった。

視線を感じ取ったのか、智子が口を開いた。

「大路くんから病気だって聞いて、ほら、日曜に乗り替わってもらったのも、元々うちのジョッキーが風邪をひいたからだったでしょう?」

だから、なんだか責任を感じてしまってと、智子はやはり生真面目に、今回の訪問が仕事がらみのものであることを明言した。

「ねえねえ、これから腕によりをかけるんだけど、八弥さん、ちゃんと食べられる?」

いつもと変わらない笑顔で、真帆子がたずねてくる。

「食べられると、思う」

「もし八弥さんが食べれなかったら、僕がいただくので大丈夫です」

大路がニキビ面を突き出すようにして言った。

「じゃあ、やりましょうか」

「そうですね!」

「大路くんも手伝ってくれるのかしら?」

「もちろん、というか、男の台所というのは、女性にはわかりにくいところがありますから」

立ち上がると、三人は台所に向かい、窮屈そうに身体を寄せて作業をはじめた。八弥も勢いをつけて立ち上がり、一呼吸で洗濯物をむしりとって、クローゼットへ放り入れた。倒れこむように布団に戻ると、そのまま水の中へ沈み込んでいくような感覚があった。

「あら、お米はどこにあるのかしら」

キッチンで問題が生じたようだった。流しの下の棚を開けてみたり、冷蔵庫の底を探ってみたり、色々な音が聞こえてくる。

「……冷凍庫」

八弥が声を絞り出した。炊いたご飯をラップにくるんで凍らせたものが、かろうじてまだ三包ほどあったはずである。

「でも、お鍋で炊いたほうが美味しいと思うけど……」

「智子さん、それを言ったら可哀相ですよ。ごく一般に言うお米がどこかにしまってあるとしたら、八弥さんもその場所を教えるはずです」

「そう、なの……」

智子の声に、想像以上に貧しげな八弥の生活ぶりに、憐憫《れんびん》の情をもよおしたといった響きがある。八弥は恥ずかしくなり、顔まで布団をかぶってみたが、やはり物音は耳に届いた。狭い家だった。

「まな板は……あった。ティッシュは、えーと、あった。……あれれ、空だ」

「あ、真帆子さん。それはたぶん空のティッシュ箱をゴミ箱がわりに使っているんです。触ると汚いですよ。ティッシュはですね、ほら、そこのポケットティッシュを使えってことらしいです」

「大路くん、このお皿はきれいなのかしら」

「ああ、汚いですよ。八弥さんは洗うのを面倒くさがって、皿にはいつもラップを張ってその上に食べ物を盛っているんです。直《じか》に盛るつもりなら、僕が洗います」

「……病気は、衛生面に問題があるんじゃないかしら」

真面目な智子の言葉だけに、八弥は耳が痛かった。

とはいえ、たとえそれが貧窮と怠惰の産物であるとしても、冷凍のご飯しかなかったことで、調理の時間が大幅に短縮されたことはたしかなようだった。すぐに料理は完成した。土鍋とアルミの両手鍋と片手鍋に入れられて、枕元に運ばれてきたのはお粥《かゆ》である。

お粥は消化もよく、病人には打ってつけの食事であるが、味が薄くて単調で、飽きやすい面もある。しかし、ふたりの助っ人はそのあたりにも工夫を凝らし、ノーマルな塩味の他に、ガラスープで味付けした中華風、ショウガとニンニクをきかせたスタミナ仕立てと、三種類のおかゆを少量ずつ作り上げていた。別の皿にはきざんだネギと梅干し、ザーサイなどの多様なトッピングも用意してある。自分や大路ではとてもこうはいかないと、女性陣の手腕に八弥は素直に感心した。

布団から身体を起こして、お粥のよそわれた茶碗を受け取ると、八弥は立ちのぼる湯気に鼻を近づけ、匂いをかいでみた。ほっとするような米の香りに、胃が少しだけ興味を示したようである。れんげですくって、口をとがらし息を吹きかけた。

「おお、グッドタイミング！」

そのとき、流しで片づけをしていた大路が洗いたての箸《はし》とお椀《わん》を持ち、居間の狭いスペースに割り込んできた。おたまをつかむと断りもなく、鍋からお粥をすくい取った。

「八弥さんも、ひとりで食べるより、ふたりで食べたほうが美味しいでしょう」

勝手なことを言って、大路はお粥に強い息を吹きかけた。

二

旨いと思ったのだが、肝心の食欲が二杯目で儚《はかな》く消えてしまい、八弥は再び布団に横になった。もったいなくて、それだけでも無念な心境だったが、最後に白湯《さゆ》で薬を飲んだため、口のなかに好ましくない味ばかりが残り、ひどく損をした気分になっている。

「こんな美味しいもの、あとは僕にまかせてください」

柔らかいお粥を食べているくせに、あごを石臼《いしうす》のように盛大に動かしながら、幸せそうに大路が言った。その表情がなんとなく業腹《ごうはら》で、八弥は顔をそむけたが、大路は八弥の後頭部に向け、朝のトレセンで仕入れたらしい情報を語りはじめた。八弥が眠る前に伝えてしまおうと思ったのかもしれない。

「そういえば、オウショウサンデー。安田記念に出すことを正式に決めたみたいですよ」

オウショウサンデーは前走、春の天皇賞を圧勝している。天皇賞の秋春連覇のかかったドエムカノンより、GI未勝利の芦毛馬《あしげうま》を選択した生駒貴道の騎乗による勝利だった。前年の有馬記念を勝ったドリームハンターこそ出走しなかったものの、レースにはダービーと菊花賞の二冠を制したライドウィンドや、堅実に駆ける大路のお手馬カッツバルゲルなどの強豪が顔をそろえ、オッズは割れていた。一番人気はライドウィンドで、オウショウサンデーは差のない二番人気だった。

だが、レースはオウショウサンデーのひとり舞台だった。好スタートから先手を奪うと、一度も他馬に影を踏ませることなく、三千二百メートルの長距離を悠々と逃げ切ってしまった。生駒に捨てられた格好のドエムカノンが、二周目の向正面で猛烈な進出を開始して、一旦《いったん》は先頭に二馬身差まで詰め寄りスタンドを大いに沸かせたが、生駒とオウショウサンデーは動じることなくその二馬身差をキープしたまま三コーナーへ入り、そこからもう一度突き放して、ドエムカノンの戦意を喪失させた。

あとはワンサイドゲームである。めっきり白さを増した馬体がトップでゴールを駆け抜けて、一秒遅れでライドウィンド。カッツバルゲルは二度目のGI三着に甘んじた。果敢に攻めたドエムカノンは、十一着に惨敗している。

それが、約一ヵ月前のレースだった。安田記念に出走するのは、ローテーション的にはベストに近い。だが、大幅な距離短縮が問題となる。古馬の長距離王を決定する、三千二百メートルの春の天皇賞に対し、安田記念はマイル王の決定戦。つまり天皇賞の半分の、千六百メートルしか距離がなかった。

「僕はさすがに無理だと思うんですがねえ。安田記念には、高松宮記念の馬だって来るでしょうから、この前みたいに楽に逃げることはできないはずですよ」

高松宮記念は三月に行なわれた古馬のGⅠ戦で、電撃の六ハロンと呼ばれる千二百メートルのスプリント競走である。そういう短距離専門のスピード馬が参戦すれば、レースのペースが速くなるのは当然だった。たしかに大路の言う通り、オウショウサンデーも先手を奪うことは出来ないかもしれない。

しかし、あの馬はもっと別の次元にいるのではないかと、八弥は考えていた。大路のほうへ顔を向けた。

「オウショウサンデーに、脚質《きゃくしつ》は、関係ないぞ、大路」

逃げる、追い込むという戦法にこだわるのではなく、意思を尊重して走らせることが、オウショウサンデーには重要なのである。たとえ中団を進むことになっても、気分良く走らせていれば、直線では必ず空気を突き破るような抜群の瞬発力を見せるはずである。

だが、極端にペースの異なるレースを走らせることは、馬にとって良いことではない。長距離戦から短距離戦に転向すれば、これまでとは一変した慌ただしいレース展開を、馬に強いることになる。そうなれば、驚いたり、当惑したり、サラブレッドの繊細な精神に、無用の負担が掛かることはあきらかだった。

そのうえ、短距離戦を使ったオウショウサンデーを、後日ふたたび路線を王道の中、長距離に戻すのであれば、今度はもどかしく感じるスローペースを、馬に我慢させることになってしまう。春の天皇賞から安田記念というローテーションが、馬本位のものでないことはたしかだった。

八弥はオウショウサンデーのオーナー、伊能満のガマガエルに似た容貌《ようぼう》を思い浮かべた。あの男の腹の内には、一度不振を極めた馬であるだけに、調子の良いうちに賞金を稼げるだけ稼いでしまおうという、成り上がりの馬主《うまぬし》らしい一種の商魂もあるのかもしれない。

しかしそれ以上に、破天荒なことを成し遂げて、より完成度の高い伝説を創造したいという、伊能ならではの企画的な発想が、このローテーションには作用しているように思われた。ペースや距離適性といった悪条件を、伊能は歯牙《しが》にかけないどころか、苦境を突破させてさらなる喝采《かっさい》を得ようという、伝説の一ページの素材として捉《とら》えているのだ。

追い込み馬伝説が頓挫《とんざ》した今、天才との邂逅《かいこう》からはじまる新たな伝説のストーリーを、あの男が構想していることは間違いないと八弥は思った。

「安田記念も、オウショウサンデーは、勝つぞ、大路」

「そうですかねえ。そこまで強いとこっちが困るんですが。でもまあ、カッツバルゲルは宝塚記念までじっくり調整して、万全の状態で勝負してやりますよ」

大路はニキビ面にふさわしい、若々しく意欲的な決意を口にした。

ふたりの女性も、担当の馬を持っている。

「うちの子も、秋にはそのなかに加わりたいわね」

智子が積極的に話に入ってきた。

「親馬鹿かもしれないけど、あの子は大器晩成型だと思うの。秋にはもっと強くなっているはずよ」

「今回は、すまなかったな」

八弥がそう言ったのは、せっかく乗せてもらった日曜のレースで、ドロップコスモを最後方で入線させてしまったからである。スタートからゴールまで、ずっとビリだった。

「気にしないで。今回は放牧明けだったから、しょうがないわ。調教の動きも鈍かったし、あの子、ああいう気性だから、レース勘をぜんぶ牧場に置き忘れてきてしまったみたいで」

智子は笑った。八弥も苦笑した。実際に騎乗していても、まさにそういう感覚を受けたのである。ドロップコスモは、安田記念などには絶対向かない馬だった。

「真帆子さん、リエラブリーはどうなんです」

お粥をたいらげた大路が会話を広げようとした。

「どうって？」

「このまえ親父と電話で話したら、繁殖として買い上げてもいいって言ってましたよ。なんだか入厩《にゅうきゅう》させたい二歳がいるみたいで……ま、真帆子さん、なんで指を鳴らしてるんです」

「秘密よ、秘密」

「なにが秘密なんですか！　そんなの、僕を殴る準備としか思えませんよ！」

「じゃあ、そういうことは言わないの」

「ああもう、わかりましたよ。わかりましたから、そんな怖い顔をしないで下さいよ。……まったく、八弥さんには優しいのに、真帆子さん、僕にはすぐ怒るんだから。同じ千葉門下生なのに、差別ですよ、差別。ねえ智子さん、見ていてそう思いません？」

「引退について軽々しく口にするのは、私もどうかと思うわね」

「うう……」

口を開けば叱責を受ける悪循環に、大路がついにギブアップしかけたとき、部屋の隅に置かれた電話機から、けたたましい呼び出し音が鳴り響いた。見舞いの三人がそろって電話を見る。

「うーん、お父さんかな」

「八弥さん、僕が出ましょうか」

「いい、俺が出る」

「無理に起きない方がいいわよ」

そんなふうに言い合って意見がまとまらないうちに、呼び出し音が止《や》んだ。自動的に留守番モードに切り替わる。固定の応答メッセージが淡々と流れ、やがて合図の音が鳴った。

真帆子の予想は半分当たっていた。電話は千葉厩舎からだった。

だが、外部スピーカーから聞こえた声は、女性のものである。明朗な響きを持っていた。

「中島さん。会沢です。いま、千葉厩舎に来ています。今日は安田記念の取材で美浦まで来たんですが、お会いできなくて残念でした。競馬場で待ってますから、風邪なんてはやく治してくださいね。お互い頑張っていきましょう！　……以上、現場から会沢ミカがお伝えしました。なんて。あは、嚙《か》まずに言えてよかった！」

ツー、ツーと、余韻のような発信音を電話が部屋に響かせた。数秒で途絶える。

八弥の顔は、熱病の域を越えて赤くなっていた。

大路がそそくさと立ち上がった。厩舎に会沢がいるとなれば、こんなところにいる意味はないといった即応ぶりである。現金なものだと八弥は思ったが、八弥を見下ろす大路は、いつになく苦々しい顔をしていた。

「いやだなあ。八弥さん、恋の病とか、言わないでくださいよ！」

## 三

あくる日。八弥は昼まで眠っていたが、目覚めると、昨日までは血液にも混ざりこんでいるようだったもやもやした気色の悪い感覚が、身体から抜け落ちていることに気づいた。宙を浮遊するような全身の心もとなさも緩和し、頭もはっきりと澄んでいる。

八弥は半身を起こすと、体温計を脇の下に突っ込み、液晶部分をちらちらのぞいていたが、数字ははじめの一分で平熱まで上昇すると、あとは変動しなかった。咳をすることが癖になっている喉は別としても、食事のおかげか薬のおかげか、風邪が治癒したことは間違いないようである。

買い置きのパンをかじりながら、八弥はしばらく考えたが、トレセンへ顔を出しておくことに決めた。クローゼットの扉を開けると、しわくちゃになった着替えを取り出した。

はじめに向かったのは、トレセン内の診療所だった。薬に頼るような風邪は久しぶりのことだったため、いちおう医師の診察も受けておこうと思ったのである。

心配するほどのことはなく、医者の診立ても八弥と変わりなかった。喉をのぞかれたり、聴診器を当てられたりしたが、もう平気でしょうと白髪の医師は断を下した。

だが、せっかくだからと八弥はビタミン剤を注射された。腕を出すとき筋肉を硬直させ、子供みたいだと医師に笑われたのは、べつに痛みを怖れたわけではない。近年すっかりご無《ぶ》沙汰《さた》だった注射の感触を、はっきり思い出すことができなかったため、つい不安に襲われたのである。

八弥はそのままトレセンの奥へ自転車を走らせた。行き先はいつもどおりの千葉厩舎。雨粒こそ落ちてはこないものの、鉛色の雲がのしかかってくるような空の下で、湿った風に身を撫《な》でられていると、八弥は風邪の名残《なごり》のような寒気を感じた。

しかし、その寒々とした感触は、薬を飲んで布団にもぐり、じっと休んでいれば次第に過ぎ去っていくという類《たぐい》のものではなかった。それは八弥の身辺に、これから切実に迫り来ようとしている、厳しい寒波の前触れだった。昨日、大路たちに支払った薬代と食事代、そしてさきほどの内心余計じゃないかと思った注射代で、八弥の懐具合は予断を許さぬ状態になっている。

病み上がりの身体に鞭打《むちう》って、ペダルを漕ぎ漕ぎ、八弥はトレセンの道を進んでいった。北地区の一番奥まった場所にある厩舎の、馬房の横並びの右端、箱をふたつ積み上げたような淡黄色の建物が、見慣れた千葉調教師の住宅である。

八弥はくすんだ銀色のガラス戸を引いた。千葉はパソコンのモニターと顔を突き合わせ、勤勉になにかの数値を入力していたが、客の来訪にすぐ気づいた。

「すまない。今週は来てないんだ」

視線を合わせた途端に見せた、沈痛無比といった千葉の面持ちで、八弥は今週の騎乗依頼の有無が予測できたが、玄関口まで歩いてくると、果たして千葉は表情にふさわしい声音でそう言った。

「いや、まだ身体が本調子じゃなくて、今週は休みたかったんですよ。ほら、顔色悪いでしょう」

隠せなかった落胆の色を、八弥はそんなふうに誤魔化した。ゴホゴホと、わざと咳などもしてみせる。

「そうか。……それでな、八弥。……まあ座れ」

千葉はとぎれとぎれに言うと、ソファーを指し示し、自らも向かい合う位置に腰かけた。いつもはここで階上の真帆子にお茶を頼むのだが、千葉は深く息を吐いただけで、沈黙してしまった。

「なにか、あったんですか」

「じつはな、リエラブリーを今週レースに出すつもりだったんだが、今日の追い切りのあと、少し歩様《ほよう》が乱れてな。これからレントゲンを撮るんだよ」

「え！　そうなんですか」

リエラブリーは、これまで故障らしい故障を一度もしていない、希有《けう》に丈夫な馬である。八弥は驚いてしまい、その拍子にはげしく咳込んだ。今度は本物の咳である。

「おい、大丈夫か」

「……ええ、平気です。それより、本当ですか、リエラブリーが怪我《けが》というのは」

「いや、はっきりしたことがわかったわけじゃないんだが、歩様がおかしくなったのは事実だ。今は真帆子が馬房で様子を見ている。あいつも気落ちしているだろうから、よかったら声でもかけてやってくれ」

「わかりました。じゃあ、これから早速……」

昨日の礼も言わねばならないと、八弥は立ち上がりかけたが、千葉が制止した。

「待て、待て。なあ八弥。正直なところ、どう思う」

苦悩の表情を千葉は浮かべている。

「もう八歳だよ、リエラブリーは。競走馬としては歳をとりすぎた。騎手の目から見て、どうだ。まだやっていけると思うか」

「………」

「あの馬は自分の食い扶持《ぶち》は毎月かならず稼いでくるから、馬主さんはなにも言ってこない。

でも、デビューしてからもう七十戦近いが、結局ひとつしか勝っていない。そろそろ、潮時だという気もするんだよ」

「すいません。せっかく、乗せてもらっているのに」

「いや、お前を責めているわけじゃない。八弥、お前はよく乗ってくれている」

「いえ、うまく乗っていればもっと勝てたはずです」

「まあ、それはともかく、どうだ。レントゲンの結果がセーフだったとして、これから先、勝つチャンスはあると思うか」

「俺がうまく乗りさえすれば、勝てます」

「……そうか。わかった」

ならもう少し走らせてみよう、と千葉が言ったとき、じめついた空気を振動させて、車のエンジン音が近づいてきた。庭の湿った砂地を踏みしめる音がして、停止する。

「獣医が来たみたいだな」

千葉が言って、八弥も頷《うなず》いた。ふたりはソファーから腰を上げ、一緒に外へ出た。

厩舎の前には、赤線の入った白いワゴン車が停まっていて、ドアから白衣の男が降りてきていたが、すぐにもう一台、似たような車が入ってきた。

先に来たのが、競馬会に所属する競走馬診療所の巡回車。あとの車は、千葉厩舎のすぐそばに居住している、開業獣医のものだった。

トレセンには十軒あまりの開業獣医が存在している。彼らは打撲や筋肉痛といった、比較的軽症の競走馬の治療を行なうほかに、大きな故障を未然に防ぐための、健康な馬たちに対する頻繁かつ定期的な検診を、重大な責務として担っていた。

いっぽう、競馬会お抱えの獣医によって形成された競走馬診療所は、重度の故障馬に対する大規模な手術を受け持っていた。診療所には手術室のほかにICUもあり、無影灯が手術台を照らし、傍らには人工呼吸器や心電図のモニターが並ぶといった、人間の病院とまったく変わらない充実した設備が整えられている。週に二、三頭、この場所で競走馬が手術を受けた。

馬のレントゲン撮影も、競走馬診療所の役目だった。レントゲンを撮る必要のある馬は、たいてい歩けないか、歩かせたくない状態である。撮影は馬房のなかで行なうのが望ましかったが、そのためにはポラロイドカメラを大きくしたような、特注の写真機が必要になった。そこまで専門的になると、開業獣医は手が出ない。

白衣を着た診療所の獣医が二名、放射線防御の前掛けを装着して馬房へ入っていった。八弥と千葉もそれに続き、真帆子とともに様子を見守った。

レントゲン撮影の準備が進められるうちに、隣りの馬房では、これも白衣の開業獣医が、点滴セットを持ち込み治療を開始した。

馬への点滴は、トレセンでは日常的に行なわれている。首の静脈に針を刺して、人間とは違い二分ほどですべての薬液を体内に注入してしまう。疲労回復を目的としたもので、薬液は栄養剤とビタミン剤の混合であることが多い。

見慣れた行為ではあったが、自身も似たような体験をしたばかりであるだけに、八弥はその光景が気にかかった。

――いいのか、これで。

そんなことを考えたのは、注射が自分にとっては数年ぶりの体験だったのに対し、競走馬は同じような処置をなかば習慣的に施されていることを、異様な現実として、あらためて認識させられたからだった。人工的に回復させねばならないほど、彼らの肉体に疲労が蓄積されるというのであれば、レースや調教は、競走馬にとって本来の生命力を越えた身体の酷使ということになる。

しかし、だからといって調教やレースで加減をするわけにはいかないと、八弥は思った。そのために馬が敗れるようなことがあれば、それは人間だけではなく、その馬自身にも不幸をもたらす。限界まで能力を絞り出させて、勝利をつかませることは、馬の未来のためでもあるのだ。

その結果として疲弊した馬の苦しみを、少しでも早く癒してやろうとするのは、手段はどうであれ、関係者のやさしさと言ってよいだろう。

――勝たせてやらないとな。

騎手の使命はそこに集約されると、八弥は思った。

レントゲンを撮り終えると、ふたりの獣医はしばらくリエラブリーを触診したが、こんなにおとなしい馬はめずらしいと、しきりに感心していた。

「どうも、たいしたことはなさそうですよ」

ふたりは頷き合うと、微笑を浮かべて千葉に報告した。そのあと念のためにもう一度歩様を検査してみることになり、真帆子が引き綱を持ち、一頭と五人が集団となって厩舎から出た。

真帆子に引かれてゆっくり歩くリエラブリーを、八弥もじっくり観察した。踏み込みの浅さが目につくものの、調子が悪いといった程度で、跛行《はこう》というほどの状態ではないように思えた。

「さっきより、回復しているな」

千葉の目にもそう映ったようだった。いささか安堵《あんど》した表情を見せている。

「写真も確認しますが、骨に異状はないと思います。おそらく、筋肉疲労でしょう」

診断を終えた獣医は、確信に満ちた口調で説明した。よかった、と真帆子が言った。

「もう八歳ですから、筋肉が硬くなってきたんでしょう。これからリンゲル液を打つので、しばらくすれば良くなると思いますよ」

そう言って、獣医がワゴン車から取り出してきたのは、禍々《まがまが》しいほど極太の馬用注射器だった。長さ二十センチ、直径五センチの特大サイズで、厩舎のあいだでは『ポンプ』と俗称されている。

リエラブリーを洗い場につなぐと、治療が開始された。落ち着かせるように、真帆子が愛馬の鼻面を撫でている。

八弥は千葉と並んでその光景を見守った。獣医がリエラブリーの首の側面に、直径三ミリの針を突き立てる。そして、人間に使用する約十倍の量の薬液を、ぐいぐい押し込むように注入する。

——痛くないのか。

八弥がそう思うほど、リエラブリーは静かに立っていた。そばかすのような模様のある顔も、黒々とした瞳も動かさず、されるがままに立っていた。

四

翌日、競走馬診療所から届いた吉報に、八弥は胸を撫でおろした。レントゲン写真でも、リエラブリーの脚に異状は見つからなかったというのである。

だが、やわらかい笑顔でそのことを話してくれた千葉が、今週の中京にリエラブリーを出走させることにしたと続けて言ったのには、八弥も驚いた。

それほど、注射の効果が覿面《てきめん》だったのである。これは、リエラブリーがもともと身体の丈夫な馬だったおかげだろう。自然の治癒能力もさることながら、予防接種は別として、リエラブリーはその頑健さで、これまで一度も注射や点滴に頼ることなく競馬を続けてきた。今回が初めての薬の投与だったために、劇的な効能が発揮されたのだと想像できる。

「柔軟でしなやかで、まるで新馬のころのような馬体になったぞ、八弥」

大袈裟《おおげさ》なことを千葉は言った。もともと、今週のレースに向けて調整してきたのである。

それほどまで状態が回復したのなら、出走させても問題ないだろうと八弥も思うようになった。目標のレースは日曜の一千万下条件戦、ダート千七百メートルの天白川《てんぱくがわ》特別。格上挑戦になるが、適距離であり登録馬も少なく、好勝負が見込めそうなことからあえて挑むことにした。

中京への移動は土曜に行なうこと。輸送の疲労を考慮し調教は軽めにすることなどが、その場で手早く打ち合わされた。

土曜日。深夜の三時まえに八弥は起床した。土日の調教は後に競馬場への輸送が控えているため、四時にはスタートする。夜が明ければ梅雨晴れの空が広がりそうな、星の見える夜空の下で、ライトの使用で重くなったペダルを八弥は懸命に漕いだ。

投光器に照らされた南馬場のウッドチップコースで、八弥は疾走する馬の背の感触を一週間ぶりに味わった。久しぶりというほどのことでもないが、風邪ですこし体力が落ちたのか、コーナーで微妙にふらついたりもした。

——以前にも、こんなことがあったな。

記憶をたぐって八弥が思い出したのは、兄弟子の紀健一と夜明かしして酒を飲んだあと、朝帰りで調教を手伝ったときのことだった。そのときはふらつくどころか、馬上でわずかに姿勢を傾けると、その方向へそのまま倒れていってしまいそうなあやうさがあった。

だが、八弥はまだましである。その日、紀はついに馬上で居眠りをして、歩いていた馬から転げ落ち、それでもなお馬場で眠りつづけていた。穏和な千葉も、そのときはさすがに苦言を呈したものである。紀本人の口から話を聞かされた真帆子は、紀の体調を気遣いながらも、堪《こら》えきれずにくっくと笑い声を洩《も》らしていた。

リエラブリーの調子は申し分なかった。絶好調といってよいくらいである。地下馬道の出口で待っていた真帆子に、勝てる気がすると、八弥は景気のよい言葉を伝えた。

「うんうん。デビュー戦を思い出すね」

真帆子は笑った。リエラブリーは、唯一の勝ち星をデビュー戦で上げている。

そして、日曜の中京競馬場。天候は曇り、芝、ダートともに良馬場のコンディション。リエラブリーは九頭の出走馬中、二番目の高齢馬だった。牝馬《ひんば》に限定すれば最年長である。

馬をおどかすような音をたて、ゲートが開いた。八弥とリエラブリーは中団の位置につけた。レースは淡々とよどみのない流れで進み、八弥の感覚では、若干ハイペースのようだった。

――絶好の位置取りだ。

八弥は思った。手綱からは、すべての馬を一気に差し切る手応えが伝わってくる。

三コーナー、『桶狭間《おけはざま》ポイント』と呼ばれる中京の勝負所に差しかかると、ペースがさらに速くなった。八弥も流れに合わせてゴーサインを出している。リエラブリーはハミを噛み、四肢を砂上に叩き付け、前方へのエネルギーを奔出させた。

八弥がこれまで何十回も袖《そで》を通した、桃色と白の元禄模様の勝負服が、馬群を縫うように進出していく。反応の鈍いインコースの馬を一頭かわした。先頭までは、あと五頭。

そのとき、アクシデントが起きた。

「パンクだぁ！」

二番手を進んでいた黒鹿毛《くろかげ》の大きな馬の走りが乱れた。転倒はしなかったが、ガクガクと馬体を上下に揺らしながら、逆噴射するように失速している。

レース中、馬が故障を発生するときには、手前を何度も替えたり、走るリズムを崩したり、なんらかの前兆を見せることがある。その場合は、後続の騎手がその馬から離れることによって、被害を最小におさえることができる。

だが、今回のような突然の故障発生は、避けようがない。後続馬を巻き込んで、玉突き事故を呼び起こす。

「パンク！　パンクだ！」

黒鹿毛の馬の騎手が必死に叫びながら馬群をずり下がってくる。前の馬が内へ外へと回避運動をして、上下にぶれる黒い壁が砂塵《さじん》を巻き上げ八弥とリエラブリーの眼前に迫った。ちょうど行き脚がついたところだっただけに、ここで手綱を絞るのは、勝利を逸すロスとなる。

——どうする！

八弥は迷った。答えはひとつしかないはずである。しかし迷った。

紀さんなら、どうする。リエラブリーを勝たせるために、あの兄弟子ならいったいどう動く。八弥の思索はその一点に集中した。

八弥の目に、黒い馬の故障した左後脚が映った。足根骨《そっこんこつ》がもろに折れて、皮と筋でかろうじてつながっている。それが、ぶらぶらとヌンチャクのように振り回されて、赤い血を宙に撒《ま》き散らしていた。リエラブリーもきっとその脚を見ている。

咄嗟《とっさ》に八弥は手綱を引いて外へ逃げた。黒鹿毛の馬はあっという間に視界から消えていった。

ゴールしたあとに分かったことだが、故障したのは出走馬中ただ一頭、リエラブリーより年かさの馬だった。脚のもげかかったサラブレッドは、診療所に運ばれることもなく、駆けつけた獣医にひと目で予後不良と判断され、惨状を観客から隠すための幕に囲われると、砂の上で安楽死処分を受けた。方法は、注射による薬殺である。

リエラブリーの調子はやはり良かった。アクシデントの被害を受けずにリードを広げた逃げ馬を、直線外から急追した。残り五十メートルを過ぎたところで、馬体を併せにかかったが、惜しくも首だけとどかず二着に敗れた。

迎えに来た真帆子が引き綱を付けると、八弥はねぎらいの意を込めてリエラブリーの首筋を軽く数度叩き、背の上から降りた。後検量《あとけんりょう》を済ませるため鞍を外そうとする。

そのときにふと、リエラブリーの脚を見た。サラブレッドの脚は儚げに細い。とくに下肢部は筋肉すらついておらず、骨と腱《けん》と靭帯《じんたい》を、皮でくるんだだけで出来ている。四百キロを超す体重を、どうして支えられるのか。六十キロを超えるスピードで、どうして駆けられるのか。不安になるほど細かった。

三十分ほどあと、調整ルームのテレビで見た東京競馬場は、中京とは別世界と思えるほど、熱狂的な興奮につつまれていた。春の天皇賞馬オウショウサンデーが、短距離路線に殴り込みをかける。異種格闘技戦の様相を呈するレースに、ファンは魅了されていた。

しかも、出走馬には春の天皇賞の長距離を避けたスピード馬のドリームハンターがいる。イギリスやドバイの馬も世界レベルの実力を引っさげ日本に乗り込んで来ている。勝負付けの済んでいないメンバーだけに、どの馬を見ても魅力があり、可能性が感じられ、興味が湧《わ》いた。

だが、レースはあっけなく終了した。オウショウサンデーの能力は、ファンの想像を、そして八弥の予測をも凌駕《りょうが》していた。好スタートから先手を奪ったオウショウサンデーに、生粋のスプリンターたちは必死に競りかけようとした。手綱を激しくしごかれ、ステッキで尻を何発も打たれていた。けれども最後まで、灰色の馬体に触れることはできなかった。

オウショウサンデーは、スパートというものをしなかった。スタートからゴールまで、つねに後続との差を広げながら走り続けて、最終的には大差で勝利した。

タイムは日本レコードである。もう、止まらない勢いだった。

# 第九章

## 一

グレーのシャツにジーンズという軽装で、冷房の効いたアパートを飛び出した中島八弥は、熱射に撃たれてすぐさま痩身《そうしん》に汗を浮かび上がらせた。

前年の轍《てつ》は踏まぬとばかりに、八弥は今夏、ススキノのある北海道には遠征せず、美浦に居残り、七月は福島競馬、八月になってからは新潟競馬へと、通勤による騎乗を続けていた。交通費は遊興費と違って馬主持ちなので、騎手が心配する必要はない。

しかし、週末のたびに遠方の競馬場へ数時間かけ出向くというのは、体力的にかなりこたえることである。そのうえ、首尾よく騎乗依頼を獲得しても、本州の競馬場は、どこもうだるような灼熱《しゃくねつ》地獄だった。パドックでも本馬場でも、八弥は鞍上《あんじょう》で馬と一緒に滝のような汗を流し、食費をケチったわけでもないのに、体重をいつのまにか二キロほど落としている。

そして八弥のプライドも、熱に溶かされ身体《からだ》の外へと流れ出てしまったようだった。いくら戒めても勝負への意欲が減退し、それではいけないとわかっていても、最底辺に位置する人気の馬に乗ったときなどは、レースに取り組む姿勢がつい粗雑になった。

前年の北海道では、競馬場の調整ルームに寝泊まりしたため、煩わしい週末の移動はなかった。快適な気候は、心身を常にベストの状態に保ってくれた。

それにまるきり無駄と思ったススキノでの散財も、勝負への意欲という点では、意外な効果があったのかもしれない。財布が危機的状況に陥れば、ひとレースひとレース、それがどんなに勝利の可能性の低い馬であっても、必勝の気合で騎乗せざるを得なくなる。支払をツケで済ませたときなどは、血相を変えて手綱をしごいたものだった。

来年はやはり、遠征組に加わったほうが良いかもしれない。平日の八弥は朝の調教以外はろくに外出しようとせず、冷房を効かせた部屋で寝そべりながら、そんなことばかりを考えていた。

だが、全休の月曜日。昼前に調教師の千葉徳郎から電話を受けた八弥は、外の暑熱を忘却したように、戸を蹴破る勢いで部屋から飛び出した。流れる汗をそのままに、自転車のペダルを全力で漕《こ》いでいる。

リエラブリーの引退が決定したという。

調教後に故障さわぎを起こした六月のレース以来、リエラブリーはしばらく出走を見合わせていた。どこといって体調に問題があったわけではない。ただ、歩様《ほよう》を乱した原因である筋肉疲労が、八歳という高い年齢によるものだったため、無理はさせられないと考え、ローテーションを意図的に緩くしていたのである。

それはあくまで、リエラブリーに競走生活を続けさせるための方途だった。しかしそのいっぽうで、もう体力の限界なのではないかという見方ができないわけでもなかった。

千葉厩舎《きゅうしゃ》の所属ジョッキー大路佳康の父で、厩舎のパトロンとでも言うべき日本屈指の馬主兼生産者《オーナーブリーダー》、大路繁の目には、はっきりとそう映ったようである。

リエラブリーが勤勉に出走を繰り返していたころから、あの馬はそろそろ引退させたらどうだと、大路繁はしきりに厩舎の問題へ口を挟んでいた。その言葉の裏には、生産過多であまり気味の牧場の馬を、なるべく多く厩舎に入れようという魂胆がある。

大路繁にとって、リエラブリーは自己の所有馬でないばかりか、全面的バックアップの見返りとして千葉調教師に約束させた、厩舎の管理馬にはすべて息子の佳康を騎乗させるという条目を、息子の同意があるとはいえ、例外的に反故《ほご》にしている目障りな馬である。そのリエラブリーが一ヵ月半あまり、厩舎にいながらレースに出ていないことを知ると、大路繁は引退要求の声をいっそう強硬なものにした。

「本当に、申し訳ありません。はい、わかっているのですが、申し訳ありません……」

電話に向かって頭を下げる千葉の姿を、八弥も何度か目の当《ま》たりにしている。

ただ、相手がいくら執拗《しつよう》な態度を見せようとも、千葉もねばりでは負けなかった。大路の嵐のような電話攻撃にさらされても、千葉は毎回のらりくらり、柳に風と受け流していた。吹けば飛ぶような容姿はしているものの、意外と千葉は肝《きも》の据わった男なのである。

声を荒らげる大路繁を、千葉がなだめすかし、結果的に同じことの繰り返しのように月日が流れていた。そのため最近の八弥は、大路繁の言動について、さほど心配をしなくなっていた。

ところが、一向に進展しない状況に業を煮やした大路繁が、暴力的な大技を放った。

——そういえば、大路がそんなことを言っていた。

千葉から事の顚末《てんまつ》を聞かされたとき、ほとんど聞き流していた弟弟子の言葉を、八弥はふと思い出した。大路繁は千葉を通して引退話を進めるのではなく、リエラブリーの馬主と直《じか》談判《だんぱん》して、馬を買収してしまったのである。

そして今度はオーナーとして、リエラブリーの引退を要求してきた。こうなると、大路繁の発言は横槍《よこやり》でも干渉でもなんでもない。しごく正当なものである。千葉が電話にどれほど頭を下げようと、逃れることはできなかった。

厩舎に到着した八弥は、額の汗を手で拭《ぬぐ》い捨て、敷地の右端にある住居へと急いだ。アルミサッシのガラス戸を引こうとしたとき、扉の開け放たれた厩舎のなかに、ふたりの人影をみとめた。それが千葉と真帆子だと瞬間的にわかったのは、ふたりの立つ位置が、リエラブリーの馬房の前だったからである。

厩舎に足を踏み入れると、真帆子の顔がいつになく厳しいこともわかった。

「早かったな、八弥」

千葉は疲れ切った表情をしている。余分なことは言わず、早々に話を切り出してきた。

「急いできたということは、やはりお前も、引退には反対なのかね」

「…………」

「うちの厩舎でお前を乗せてやれるのは、この馬だけだからな。悪いとは思っているんだ」

「そんなことは、どうでもいいんです」

「……けどな八弥。これは馬のためにもなるんだよ」

白いそばかすの散るリエラブリーの鼻面を千葉が撫《な》でた。おとなしいリエラブリーは、両眼をゆっくり閉じただけで、身じろぎひとつしない。

「リエラブリーを繁殖牝馬《ひんば》として引き取ることを、大路さんは明言してくださっている。前のオーナーが愛馬を譲り渡す条件として、そのことを強く要求してくださったんだ。大路さんの牧場なら環境は申し分ないし、種牡馬《しゅぼば》にも恵まれるだろう。幸せなことだとは思わないか」

「しかし、まだ走れることはこの前のレースでも……」

「真帆子も、同じことを言ったよ」

千葉は苦笑して娘のほうを見た。真帆子はなにも言わず、視線も合わさず、馬ばかりを焦点のぼやけた瞳で見つめている。

娘に向ける表情を、この男としては限界と思われるほどに、千葉が硬化させた。

「真帆子、馬のことも考えてやれよ。自分の考えばかり押し付けてはいかん。リエラブリーにとって、今回の話は大きなチャンスなんだ。普通、一勝馬では繁殖として引き取ってはもらえんぞ。お前もよくわかっているだろう」

「……それは、そうだけど」

「もちろん、お前が初めて世話をした馬だ。思い入れが深いことは、わからんでもない」

真帆子も八弥も沈黙した。たしかに、リエラブリーは様々な思い出のある馬だった。しかしそれは、最初の担当馬だったからというひと言だけで、表現しきれるものではない。

「だがな、リエラブリーが厩舎を去れば、出番を待っている若い馬が新しく入ってくる。そして、また走りはじめるんだ。もう一度、思い出を作っていけばいいじゃないか」

「そんなの無理よ」

真帆子は言った。しかし千葉は首を横に振った。

「これはもう、決まったことなんだ。しょうがないんだ」

「………………」

「先生、引退は、いつなんですか」

千葉の説得に先に折れたのは八弥のほうだった。はっとしたように、真帆子が八弥を見た。潤んでいるその瞳に、八弥は覚悟を決めて笑みを返した。

千葉の言う通り、何十戦も無事にゴールまで駆け抜けてくれた功労馬に、幸せな余生をおくらせてやるのも大切なことだと八弥は思った。長い競走生活で蓄積した疲労が、いつ大きな故障に結びつかないとも限らない。前走でそのことは痛感している。

だがその前に、ひとつの勝負に挑む決意を、八弥は心に固めていた。

「大路さんは、早く二歳を厩舎に入れたいらしくてな。今月中には牧場へ引き取るそうだ」

「じゃあ、あと一戦」

「そうだな。それがリエラブリーのラスト・ランということになる」

「……いやよ、そんなの」

「真帆子、もういい加減にしないか。あきらめなさい」

「でも、リエラブリーがいなくなったら、あんちゃんがここに帰ってこれなくなるじゃない……」

「あきらめなさいと、言っているんだ」

「だって、私、あんちゃんと約束してる……」

真帆子が父に見せたのは、こぼれ落ちる涙だった。長い間せきとめられていた感情が、大粒の涙として具現化したようだった。

八弥は真帆子の激情を制止するように、大きな声で、力強く言った。

「先生、こいつを重賞に出しましょう。来週の新潟記念」

ふたりが八弥を見た。

「新潟記念って、正気か、八弥」

「ええ」

「おい、リエラブリーは五百万下の馬だぞ。引退レースだからってそんな無茶はせずに、適《てき》鞍《くら》を勝たせて、有終の美を飾らせてやればいいじゃないか」

「どうせ、勝っても負けても大路の親父に引き取ってもらえるんでしょう？　なら関係ないですよ」

千葉の意見こそ正論であると八弥もわかっていたが、あえて強く出た。

「それに重賞に勝てば、大路の親父も現役を続けさせてくれるかもしれない。先生だって、まだやれますって強く言えるでしょう」

「そうは言っても、無謀すぎるぞ。善戦はしていても、リエラブリーは五百万のレースだって勝ち切れない馬なんだ。重賞に出したって通じるはずがない」

「けど、デビュー戦の強さは、先生もおぼえていますよね」

「あれは、八弥……」

千葉は何かを言いかけたが、険しい表情をして、黙ってしまった。

「それに、もし現役を続けられなくても、重賞を勝てば、競馬の歴史に名前が刻まれる。こいつが忘れられることもなくなるし、戦績だって記録される」

「……八弥さん」

「真帆子ちゃん。俺にまかせてくれよ」

八弥がその台詞《せりふ》を口にしたのは、六年ぶりのことだった。

「……そうしたいなら、そうすればいい」

千葉が言った。

「だが、格下の馬だ。除外される可能性も高いだろう。それに、もし出られたとしても、新潟記念はハンデ戦だぞ。五百万の馬では、斤量《きんりよう》は間違いなく四十八キロになる」

「そうでしょうね」

ハンデ戦では、全馬がゴール板の前で横一線に並ぶようなレースを理想として、熟練のハンディキャッパーたちが出走馬の負担重量を決めている。オープン級の馬たちのなかに、三級下の五百万下条件の高齢の牝馬が混じれば、負担重量が最低ラインの四十八キロまで引き下げられることは、まず間違いなかった。

「馬具の分を差し引いて、四十五キロまで体重を落とさなければならないだろう。お前は、紃と違って痩《や》せてはいるが、昔よりもだいぶ背が伸びた。……大丈夫なのか？」

「……無理しないで、八弥さん」

八弥のなかにも、真帆子のなかにも、千葉のなかにも、重なる記憶があった。それぞれ色あいは違えど、それはリエラブリーの記憶であり、紃健一の記憶だった。

真帆子の言葉に、八弥は濃密な感情を込めて答えた。

「俺にだって、できるさ」

二

所属騎手として、紃が千葉家に居候し始めたのは、真帆子がまだ九つのころである。最初のうちは、自分の倍ほど年上で、美浦トレセンでは珍しいほど大柄な青年に、真帆子は馴染《なじ》むことができなかった。しかし紃は明るい男だった。真帆子が返事をしなくても、紃はちょっと気安いくらいに声をかけてきて、ときどきお菓子やおもちゃを買ってきてくれた。レースに勝つと、お父さんには内緒だと念を押してから、真帆子がうしろめたくなって結局は父に打ち明けてしまうほどの小遣いをくれたりした。

紀との生活に慣れると、母を早くに亡くしているせいもあってか、真帆子はこの同居人に家族同然の親密な感情を抱くようになった。厩舎内では、新人騎手のことを『あんちゃん』と呼ぶが、真帆子もそれを真似て、しかし兄の意味合いも込めて、紀のことをあんちゃんと呼んだ。

真帆子が、将来は厩務員になろうと心に決めたのも、ちょうどこの時期である。学校が夏休みになると、真帆子は家族と一緒に朝四時に起きて、厩舎仕事を手伝ったりするようになった。

「真帆子の料理が旨《うま》くなったのは、馬の飼い葉を作り出してからだな」

紀は笑いながら、往時の思い出を八弥に語ったことがある。

そんな日々のなかで、真帆子が当然のように言った。

「わたし、厩務員になるから、そのときはあんちゃんが乗ってね」

紀も当然のように了承した。小さな約束が交わされたのである。

そして年月が流れた。やがて八弥が厩舎のメンバーに加わり、真帆子は厩務員になった。

千葉は、相手が娘だからというわけではなく、新人厩務員への配慮として、おとなしく扱いやすい馬を真帆子に用意した。それが、リエラブリーである。調教は順調に進み、京都では菊花賞の行なわれる十月の第三週、日曜日の二歳新馬戦で、リエラブリーはデビューすることが決まった。

しかし、そのころになると紀の平時の体重は、六十五キロにまで増えていた。新馬戦の負担重量の五十三キロに適合させるには、十五キロも減量せねばならず、実質不可能な状態になっていた。千葉が八弥を厩舎に招いたのは、そういう条件の馬をまかせるためでもあったのである。

八弥はリエラブリーに乗るつもりでいた。それが自分の役割だと思っていた。

だが、出走が決まると、今回は俺が乗ると、紀がはっきり宣言した。八弥は兄弟子に反論した。

「新馬戦は、僕の仕事じゃないんですか」

「すまんな八弥。これは真帆子との約束なんだ」

「どうしてもですか」

「これだけは、譲れないな」

「けど、紀さんには体重のこともあるし、それに……」

と八弥が続けて思ったのは、翌週のことである。このとき紀は、十月第四週に行なわれる秋の天皇賞で、有力候補の一頭に騎乗することが内定していた。騎乗機会に恵まれない紀が、はじめてつかんだビッグチャンスである。今後の騎手人生を左右しかねない大勝負だった。

その前週の新馬戦で、無理な減量を試みたりするべきではない。八弥はそう思った。

「紀さんは、天皇賞に気持ちを集中させるべきだと思います。新馬戦は僕にまかせてください」

「わるいな八弥。これはな、つまり……愛だ」

一瞬テレを見せた紈は、それを吹き飛ばすように哄笑《こうしょう》した。立ち去ってゆく紈の後ろ姿を、八弥は呆然《ぼうぜん》と見送った。

実習生として千葉厩舎へ派遣されたときから、八弥は真帆子にひと目惚れしていた。若さゆえか盲目的に恋をした。一旦《いったん》戻った競馬学校でもそのことばかりを話して、同期の生駒貴道にからかわれたりしている。紈と真帆子の仲の良さは、八弥も気になっていたが、ふたりは年齢が離れている。兄妹のような関係なのだと解釈していた。

リエラブリーに騎乗して、真帆子にいいところを見せ、そして想いを打ち明けるのだと、八弥は告白の段取りまで、ひそかに決めていたのである。

しかし紈は愛だと言った。紈は冗談は言っても、嘘を言う男ではない。ふたりの間には恋愛感情が育まれていたのかと、八弥はうろたえながら真帆子を呼び出し、リエラブリーの騎乗を依頼してくれるよう頼んだ。

しかし真帆子は紈がいいと言った。

「どうしてさ。俺じゃ駄目なの」

「子供のころにね、約束したの。私の馬にはあんちゃんが乗るって」

「でも、それは昔の話じゃないか。新馬に乗るのは、今は俺の仕事なんだから。真帆子ちゃん、俺にまかせてくれよ」

「うーんとね……、私ね……」

困った声を出しながら、真帆子の顔は笑っていた。

「あんちゃんのことが、大好きなの！　あはは、言っちゃった！」

その日から、紀は苛酷《かこく》な減量を開始した。もともと、五十七キロの馬に乗るためにも、まるまる一週間かけて身体を絞り込んでいたのである。さらに四キロの減量は壮絶だった。紀は朝の調教を終えると、トレセン内の調整ルームにあるサウナ風呂に毎日通った。食事は一日一食に限定し、しかも固形物はつまみ程度で、あとはビールばかり飲んで済ませた。炭酸で腹を膨らませて、アルコールが蒸発するときの脱水作用でさらに体重を絞った。

そして紀は酒を飲んでもほとんど眠らなかった。

「寝不足だと人間は痩せるんだよ」

心配する真帆子に紀はそう説明したが、その効果は痩せるというより、やつれると言ったほうが正しかったろう。

絶望的と思われた試練を、寸毫《すんごう》の迷いも見せず、まっしぐらに紀が突破していったとき、八弥はその強靭《きょうじん》な精神力に驚嘆するとともに、紀と真帆子の絆の強さを認めざるを得なくなった。紀は土曜からは一滴の水も飲まず、睡眠もとらず、その状態で検量の直前にはサウナに閉じこもった。

レース前に八弥が見た紀の姿は凄惨《せいさん》だった。土色に変色した皮膚からは水分が完全に抜け落ちていて、顔の筋肉が軋《きし》みそうなほどに収縮していた。足も手も、ときおり痙攣《けいれん》してふるえる。

——これで、馬に乗れるのか。

正直、八弥は思った。こんな状態でレースに出ても、鞍にしがみついているのが精一杯で、ろくに馬を追うこともできず、惨敗してしまうのではないだろうか。そんなシーンが頭にちらついた。

しかし、それは杞憂《きゆう》にすぎなかった。真帆子の補助を受け、リエラブリーの背に跨《またが》った途端、紀の身体からふるえが消え、手綱を握ると、一本の剣のように馬上で静止した。

レースでも紀は究極の騎乗を見せた。紀の求めた騎乗スタイルの集大成がそこにはあり、八弥は一時的ではあったが、胸中のもやもやが吹き飛ぶほどの感銘を受けた。三コーナーから四コーナー、リエラブリーは紀の合図に応えて先頭をゆく大本命の馬に競りかけた。マッチレースに持ち込み、直線なかば、先に仕掛けたリエラブリーの気力が萎《な》えかけると、紀はステッキの連打で叱咤《しった》して、さらにはげしく手綱をしごいた。

それはもはや助力ではなく、自身を馬の筋肉と一体化させるような運動だった。圧倒的な膂力《りょりょく》で馬の四肢を宙に持ち上げ、大地へ叩き付けていた。騎手としては不適格とさえいえる体格を持つ紀だからこそ、はじめて可能となる騎乗だった。

残り五十メートル、紀とリエラブリーは先頭に出た。競り合った一番人気の馬はのちに重賞を三つも勝つ素質馬だったが、一心同体の人馬は真っ向からの力勝負で、それをついにねじ伏せた。

地下馬道で勝利者たちを出迎えた真帆子の、まっすぐ紅に向けられた輝くような笑みを、八弥は検量室から眺めていた。八弥は自分が紅に遠く及ばないことを痛感していた。騎乗にしても、精神力にしても、何もかも劣っている。自分は負けたと思った。相手が悪いとも思った。

だからといって、すぐに真帆子への恋心が霧消《むしょう》するわけでもない。

——どうすれば、いいんだ。

そう思ったとき、八弥は紅がリエラブリーから落ちるのを見た。

慌てて検量室を駆け出ると、紅がイテテと言っているのが聞こえた。その声がそれほど深刻な響きではなかったので安心したが、手を差し伸べようとする真帆子や千葉に、紅は触るな触るなと繰り返して、馬道に倒れたままでいる。

「つっただけだ、身体が。しばらくすれば治るから」

紅は全身をつっぱらせて、レース中はおさまっていた痙攣を再発させながら言った。

「いつも減量のあとはこうなるんだ。手がつったり、足がつったり。といっても、さすがに全身ってのはこれまでなかったけどな。いや、こいつはすごいぞ」

心配する周囲の声を、紅はそう言って豪快に笑い飛ばした。実際、数分たつと身体を拘束していた緊張から解き放たれたらしく、紅は何事もなかったように検量を済ませてきた。しかし、写真撮影のためにもう一度リエラブリーに跨ろうとしたとき、電気を流されたように背をのけぞらせ、紅は再び動けなくなってしまった。本人はそれでも大丈夫だと言い張ったが、どうせこのあとのレースは乗れないだろうからと、千葉が医務室に運ばせてしまった。そのため、この日の口取り写真に紘の姿はない。

医師の手当ては水分補給に終始した。紘はスポーツドリンクをペットボトルで三本分、立て続けに飲まされた。すると、くっきり浮き上がっていた手の甲の骨が沈むように隠れ、風化しかけていたような顔面の皮膚も、次第につやを取り戻していった。枯木に水をやるような情景だった。

つづけてお粥《かゆ》、さらにはうどんと、紘は水分の多い食物を、医師から勧められるままに胃へ流しこんだ。そうしてひと息つくと、すぐに深い眠りに落ちた。一週間分の睡魔が、気を緩めた瞬間に噴出したのだろう。紘は結局その日のうちには目を覚まさず、八弥に担がれタクシーで千葉の家まで運ばれ、月曜の昼にようやく眠りから覚めた。

まだ頰《ほお》のあたりに減量の跡といえるようなやつれが見えたが、目覚めた紘は、すっかり元気になっていた。そこでこの日の晩、真帆子の競馬場デビューと初勝利、それに紘の快気祝いを兼ねたような、ささやかなパーティーが千葉家において催されることになった。

卓上には、真帆子が昼からかかりきりになって作った料理がにぎにぎしく並べられた。メニューは和洋中華の折衷で、メロンに生ハムを巻いたものや、ローストチキン。ポテトフライの横には棒々鶏《バンバンジー》とカニ爪のフライがある。この日のために練習していたのか、せいろで蒸した本格的な赤飯までが用意されていた。

パーティーには八弥も招かれた。他の参加者は紘と真帆子と千葉だけという、きわめて小さな祝宴だった。

　量ったわけではないが、このとき紀の体重は、まだ五十キロ台にとどまっていただろう。そして、天皇賞の斤量は五十八キロと、普段から慣れている数字である。紀のなかに、自身の体重に対し楽観視する気持ちがなかったとは言い切れない。真帆子にも、そういう思いはあったかもしれない。

　なにより紀には、約束を果たした喜びと安堵《あんどかん》感があっただろうし、せっかくの料理を食べないわけにもいかないといった、この男らしい優しさもあったはずである。紀は勢い良く、豪華な料理を平らげていった。

　そのあまりの食いっぷりを見て、ふと八弥は、紀の明日からの減量が困難になるのではないかと危惧《きぐ》をおぼえた。週末には、紀の騎手人生を賭《か》けた大一番がある。万が一にも、体重調整のミスは許されない。

　八弥はひとこと紀に注意しようと考えた。だが、紀と真帆子の笑顔を見ているうちに、それを思いとどまった。ふたりの至福の時間を邪魔するように、わざわざ口を挟むのが、嫉妬しているようでみっともなく感じられたのである。

「おい、ほどほどにしておけよ」

　かわりにそう忠告したのは、千葉だった。やはり紀の体重を憂慮したのだろうが、待っていたのは娘の強い反発だった。

「これは私とあんちゃんのお祝いなんだから、お父さんは余計なこと言わないでよ！　だいいちお父さんが痩せ過ぎなの！」

「俺は大丈夫ですよ、先生」

真帆子に合わせて紘もそう答える。

すると千葉は、視線を八弥に向けてきた。自分が意見を求められていることは、八弥もすぐにわかった。しかし、なにも言えなかった。宴《うたげ》が終わるまで、それは変わらなかった。

やはり忠告すべきだったと八弥が後悔するのは、天皇賞の日を迎えたあとのことである。

パーティーの翌朝、紘の身体に異変が起きた。もとの六十五キロまで体重がリバウンドしていたが、これはさしたる問題ではなかっただろう。紘は毎週日曜、レースを終えると八弥を連れて夜の街を歩き回り、六日間の節制の憂さを晴らすように飲み食いして、体型を復元させていた。そして翌日から、週末に向け再度体重を絞りはじめる。数年前からその繰り返しだった。

だが、このときの紘は、もとの体型に戻っていなかった。顔も身体もなぐられたように腫《は》れ上がり、両眼がむくみで塞《ふさ》がっていた。手の指も日頃の二本分はあるかといった具合に膨らんでいる。

紘はすぐトレセン内の診療所に向かったが、身体の変調は病魔の仕業ではなかった。むしろそれは身体の健全な反応といえた。異常な水分の渇望を経験した全身の組織が、自然な防衛本能によって、ようやく補給された水分を、必要以上にまんまんと蓄えたのである。

医師にそう告げられた直後から、紘は水分をほとんど断つようにした。しかし脱水への抵抗力を増した身体は、なかなか痩せていかなかった。毎週月曜から段階を経て削り落としていた体重を、火曜から落とそうとしたというたった一日のずれも、予想以上に調整に影響を及ぼした。

傍《はた》から見ても、紀の減量が遅れていることはあきらかだった。それでも八弥は、日曜の前《まえ》検量《けんりょう》の時刻までには、紀がきっちり体重を落としてくることを信じて疑わなかった。先週の減量を成功させた実績がある。ぼろぼろの身体になりながら、レースでは完璧な騎乗をやってのけたケタ外れの精神力を、打ちのめされるほどに見せつけられたばかりでもある。紀なら、なんとかするだろうと思っていた。

しかし、紀は間に合わなかった。そればかりかレース前日の夜には、検量の不正行為を八弥に相談するような弱さまで露呈した。

そして、天皇賞当日の朝に騎手の変更を申し出ると、紀は八弥たちの前から姿を消してしまった。リエラブリーへの騎乗が、紀健一のラスト・ライドとなったのである。

――なぜ、紀さんは逃げた。

失踪から一週間経っても、紀からはなんの連絡も入らなかった。ショックを癒すための一時的な逃避ではないかと、紀の強さを知るだけに、最初のうちは楽観的に考えていた八弥たちも、紀のいない週末の競馬開催を終えると、覚醒するように、事態の深刻さに気づきはじめた。

八弥たちは紀の交友関係を手分けして当たっていった。思いつくかぎりの場所に電話をした。実家にも連絡してみた。しかし、紀の所在は杳《よう》としてつかめなかった。

失職した競馬関係者は、場所を変えてふたたび馬の仕事につくというのが、競馬社会の一種の法則になっている。ひとたび馬に接した者は、その魅力から離れられなくなるのである。

八弥と真帆子を応接室に集めた千葉は、生産牧場や地方の厩舎など、あらゆる競馬関係施設をしらみつぶしに当たっていくことを提案した。八弥たちも同意した。

ちょうどそのとき、電話が鳴った。千葉が受話器を取ると、紀だった。

「忘れてください」

それだけで切れた。天皇賞の前日、八弥にも同じようなことを言ったが、紀はかたくなに千葉厩舎から存在を消そうとしていた。千葉からその言葉を伝えられ、自分が取り残されたことがわかると、真帆子の顔から表情が消えた。八弥と千葉の前で、しばらく凝然として動かず、そしてひとり階上の部屋に籠《こも》った。

——天皇賞のあとも、紀さんが厩舎に残っていたら。

八弥は想像をしてみる。最大のチャンスを棒に振った紀が厩舎に戻ってきたとしたら、その姿を見て一番苦しむのは、間違いなく真帆子だったろう。自分との約束のせいで、紀が減量に失敗したのだと、苦悩して、あるいは厩務員を辞めるようなことになったかもしれない。自責の念のあまり、真帆子のほうが厩舎を出ていたかもしれない。ならば、真帆子の苦痛を軽減させるため、紀は厩舎から姿を消したのだろうか。

それもあると、八弥は考えている。だが、それだけではないだろうとも思っていた。紀が失踪したことでも、真帆子は大きなショックを受けたのだ。紀が戻らなかったことで、自己を責めて思い悩む機会は減ったかもしれないが、かわりに真帆子は、埋めようのない喪失感を味わわされた。

紀の言葉を伝えられ、部屋に閉じこもった真帆子は、翌日の朝になると、普段どおり仕事場に顔を出した。リエラブリーの世話をはじめた真帆子に、八弥は声をかけた。

「真帆子ちゃん、大丈夫なの？」

「ええ。私の馬に、乗ってもらう約束をしたんだから。私、待つことにしたの。きっと……」

あんちゃんは帰ってくるから。微笑んでそう言った真帆子は、それからずっと紀を待ち続けているのである。真帆子は今、八弥に会うと嬉しそうな顔をする。話していると、子供のようにはしゃぐこともある。六年の月日が流れる間に、真帆子は深い悲しみから立ち直り、失った表情を取り戻した。傍目《はため》にはそう映るかもしれない。

しかし八弥は、目の前にいる真帆子の視線が、自分には向いていないことに気づいていた。真帆子が見つめているのは、いつまでも紀だった。紀の記憶が誰より多く刻み込まれた存在、それが弟弟子の自分なのである。真帆子はその記憶を求めて近づいてくる。そしてそれに触れたとき、痛ましいほどあどけない、六年前の笑顔を取り戻す。

真帆子の時間は、六年前から少しも動いていないのである。紀はたとえ真帆子から、合わせる顔がないと避けられ、とめどなく涙をこぼされたとしても、無理にでもそばに寄り、励まし、つつみこんでやるべきだったろう。

そして紀ほどの男が、それくらいのことをわかっていなかったはずがないと、八弥は思うのだ。

八弥はこう推測していた。おそらく天皇賞前日の調整ルームで、減量の失敗が確定的になり、八弥に不正の相談を持ち掛けたころ、紀は騎手として、真帆子との約束を守ったことを、どこかで後悔した一瞬があったのだ。天皇賞一本に目標を絞り、体重を調整していれば、こんなことにはならなかったのだと。

冷静さを取り戻したとき、紀はその事実に愕然《がくぜん》としたはずである。愛する女性を自分の都合で恨みさえした。男気の塊《かたまり》のような紀の性格では、そういう自分が許せなかったに違いない。おのれを見損ない、幻滅した。自分こそ、真帆子に合わせる顔がないと絶望した。それで、千葉厩舎に戻れなくなった。

——だから、紀さんは、逃げた。

紀の人生に、他にどんな選択肢があったのかは八弥にもわからない。しかし紀は逃げたのだと、八弥は分析していた。紀が逃避したために、真帆子は深い傷を負った。体重オーバー、そして失踪という所属騎手の不祥事により、下降気味だった千葉厩舎のイメージは決定的に悪化して、独力では立ちゆかないほど経営が行き詰まった。八弥もその割りを食ったといえば、そうに違いないのである。

真帆子から、リエラブリーと一緒に紀を待つと聞かされて、八弥は一瞬考えた。

「じゃあさ」

だが、すぐに決意して答えた。

「紗さんが戻ってくるまで、俺がリエラブリーに乗るよ」

「……うん。あんちゃんも、それがいちばん嬉しいと思う」

八弥はいつまでも代役だった。紗に逃げられて、勝負を挑むことも出来なかった。

三

予想される四十八キロの負担重量に合わせるよう、八弥は二週間後の新潟記念に向け、約十キロの減量を開始した。紗の十五キロに比べればましな数字であり、時間的な余裕もあったが、元々痩せた身体から、さらに肉を落としていくのは決して楽な作業ではなかった。

しかし八弥は、この難事がまったく苦にならなかった。六年前の紗の役割が、ようやく自分にまわってきたと感じている。紗に追いつくところまで来たのだと、八弥は張り切っていた。

日曜に翌週の特別競走の仮登録が行なわれた。新潟記念にエントリーした馬は二十頭。オープン馬がほとんどで、準オープンとも呼ばれる千六百万クラスの馬こそ数頭いたが、一千万条件の馬は登録ゼロで、それより下位の五百万条件からただ一頭、リエラブリーが勇敢にも名乗りを上げている。フルゲートは十六頭で、それが獲得賞金順に埋まる。したがって、このままではリエラブリーは間違いなく除外になった。

——すべての馬が出走するとは限らない。

八弥は信じ込んで、さらに減量を続けた。翌月曜に発表されたリエラブリーのハンデは、予想通り四十八キロ。八弥は心身ともに、いっそう引き締めていった。

火曜、八弥を背に南馬場のウッドチップコースで追い切られたリエラブリーは、その日のうちに新潟競馬場へ移動した。真帆子は馬運車《ばうんしゃ》に乗りこんで帯同したが、八弥は美浦に残った。

木曜日。美浦トレセンで再度の出馬投票が行なわれた。午後一時、八弥は登録用紙を手にした千葉とともに、競馬会の事務所内にある出馬投票室へ足を運んだ。窓口に登録用紙を提出する。

そのあと、八弥は一旦アパートに引き返した。投票結果が発表されるまで、しばらく時間があった。午後四時になると、除外された馬のリストが投票室に張り出される。普通の合格発表とは逆で、リストに名前が載らなければ、出走可能ということになる。

そして、そのときが訪れた。八弥は投票室に駆けつけた。

安堵の息が、思わず洩《も》れた。リストの端から端まで視線を走らせても、リエラブリーの名は見つからなかったのである。

賞金順では最下位になるリエラブリーの出走確定は、除外馬がいないことも示していた。職員にたずねてみると、日曜には二十頭いた登録馬が、四日間で九頭にまで減少したことがわかった。

——こいつのおかげか。

刷られたばかりの出馬表の、もっとも上にある名前を睨《にら》んで、八弥はそう思った。馬名は五十音順に並んでいる。リエラブリーは一番下だった。一番上に記載されているのは、トップハンデの五十九キロを背負う、伊能満の持ち馬オウショウエスケプ号である。

二歳から三歳の春にかけ、華々しい活躍を見せていたこの逃げ馬は、ダービーのあと、一年以上もターフから姿を消していた。重い屈腱炎《くっけんえん》を発症して、長く放牧に出されていたのである。

それが、三週前に行なわれたGⅢ競走関屋記念で、鮮やかな復活を遂げた。戦前の予想では、長期のブランクやじり下がりだった休養前の戦績をあやぶむ意見も多かったが、そういう声を嘲笑《あざわら》うかのように、昔と変わらぬド派手な逃亡劇によって圧勝したのである。復権した二歳チャンピオンとの戦いを、避けた陣営も多いだろうと八弥は思った。

三日後。レース当日。

戦いの舞台となる新潟競馬場は快晴だった。澄み渡った青い空と、それを切り抜いたように浮かぶ白い雲が、鮮烈なコントラストを生み出している。そこから膨大な熱量を含む光線が、去りゆく夏を締めくくるように降り注いでいた。騎手だまりからパドックへ駆け出したとき、二週間かけて肉を削った八弥の身体がじりじり焼けた。枯れたと思ったその身から、汗が粘り気すら帯びて滲《にじ》み出た。

八弥の着ている勝負服は、これまでのピンクと白の元禄模様ではなかった。黒に黄色のたすきの入った、カッツバルゲルと同じデザインのものになっている。リエラブリーの所有者の移動を、なにより明確にあらわす変化といえた。

桃色の服が自分に似合っていたとも思えないが、着慣れない勝負服には違和感があった。それに、黒は熱を吸収するから夏向きではないと、八弥は大路繁にあらためて腹を立てたりもした。

だが、真帆子の手を借りリエラブリーの背に跨ったとき、そういうざわめく感情を、八弥は意識のなかからすべて追い払った。ただひとつ、デビュー戦の紅の騎乗だけを思い出している。

オッズ板を横目に見ると、三枠三番のリエラブリーは最低人気だった。単勝でも三百倍を越えている。それでも八弥の意気は削《そ》がれなかった。むしろやりがいがあると感じた。

断然の一番人気は、七枠七番のオウショウエスケプである。厳しい五十九キロのトップハンデにもかかわらず、単勝一倍台の高い支持を受けているのは、実力だけでなく、この黒光りする青鹿毛《あおかげ》の逃亡者が、伊能の筋書きどおり、ファンに愛されている証拠のように思われた。

返し馬を行ない、輪乗《わの》りをして、スタート地点に集合する。ファンファーレが鳴り、係員に導かれると、リエラブリーは従順に狭い枠に収まった。少ない頭数の枠入りはあっさり終了した。

ゲートが開く。星散《ほしちらし》の勝負服が弾丸のように飛び出していくのを八弥は見た。オウショウエスケプである。逃げることをデビュー前から馬主の嗜好《しこう》でさだめられ、寸詰まりの妙な名前を与えられたサラブレッドは、しかし正真の逃げ馬でもあるようだった。騎手の指示ではなく、自己の意思でターフを驀進《ばくしん》している。

視界に映るオウショウウエスケプの漆黒《しっこく》の馬体が、みるみるうちに粒のように縮小した。リエラブリーの出脚は鈍かった。近走は時計のかかるダート戦を主に使っていたため、芝のスピード競馬に戸惑ったようである。オウショウウエスケプからは二十馬身以上も離された、中団よりやや後ろの位置取りで、リエラブリーは落ちついた。

オウショウウエスケプの速力には目を見張ったが、八弥の心が揺らぐことはなかった。それどころか、理想的な展開だと思っている。八弥の胸中にある作戦はただひとつ。今もなお、眩《まばゆ》いほどの光輝とともに脳裏に記憶されている、唯一の勝利をリエラブリーに贈った、紀健一の戦法である。三コーナーから四コーナーへ差しかかったとき、まくり気味に進出し、直線入口で先頭の馬に並びかける。そこから叩き合いに持ち込んで、ゴールまでに相手をねじ伏せるのだ。

闘志あふれるこの作戦は、先頭を走る馬に、一騎打ちを申し入れるようなものだった。他馬の存在は無視することになる。ゆえに先頭の馬が勝利を確約されたような強豪でなければ、たとえ打倒しても、レース全体の勝利とは結びつかなくなってしまう。

「オウショウウエスケプなら、文句はない」

興奮気味に、八弥は声に出して言った。ここまでは、思惑のままにレースが動いている。

スタンドがどよめいた。向正面に入り、逃げるオウショウエスケプと、二番手の馬の距離が、さらに広がりはじめたのである。競馬という競技を、ゲートを出たら全力疾走するものと信じきっているような、オウショウエスケプの暴走だった。

中団後ろのリエラブリーでも、千メートルの通過ラップは一分を切っていたように八弥は感じた。二千メートルの重賞競走の平均タイムはおおよそ二分。オーバーペースは明白である。

だからこそ、いくらリードを広げられても、どの騎手も動かずにいるのだろう。彼らは相手の自滅を待っている。互いの力関係から、そのまま逃げ切られてしまう可能性も高い。しかし、そうかといってオウショウエスケプを追いかければ、先に自分たちの馬が息切れする危険性が、確実といっていいほど高かった。オウショウエスケプがバテたときに勝ちを拾うといった戦術を、七人の騎手は選んだ。

八弥だけはその考えを持たなかった。まっすぐ勝利を狙っている。オウショウエスケプの自滅を期待するのではなく、あくまで一騎打ちで討ち果たすつもりだった。

——すこし、離されすぎか。

八弥は前方を見据えた。オウショウエスケプは、三コーナーに入りかけている。自分たちはまだ、向正面の中ほどを過ぎたところだ。デビュー戦でリエラブリーが競った相手は、こんな大逃亡を演じたりしなかった。

紖と同じように、直線の入口で先頭の馬に並びかけるためには、第四コーナーの仕掛けでは間に合わない。

決断して、勝負に出た。

スタンドのどよめきがより大きくなった。先頭と後続とのあいだに開いた、百メートル以上の間隔を、一頭の馬が吸い寄せられるようにして詰めていく。それが、最低人気、最軽量、最高齢の牝馬とわかると、ファンからは馬券を度外視した歓声が沸き起こった。

十馬身程度にまで先頭との差を狭めたとき、リエラブリーの手応えが鈍りかけた。ステッキを一発二発と振るい、八弥は馬を叱咤した。手綱をはげしくしごき、四コーナーの入口で黒い馬の背後に取りついた。もう一発ステッキを入れる。外側から馬体をかぶせた。じりじりと接近し、直線を向いたとき、ついにオウショウエスケプに追いついた。

リエラブリーとつながる手綱が、ちぎれたように空虚になった。

並んだのは、刹那《せつな》の出来事だった。リエラブリーは一瞬でオウショウエスケプに突き放された。相手がスパートしたのではない。リエラブリーの失速だった。頭が上がって歩幅が狭まり、重心が浮揚するように高くなった。リエラブリーは、走るエネルギーを喪失していた。

八弥は懸命に馬を追った。必死になって走らせようとした。襲歩《しゅうほ》のリズムに合わせてステッキを打ち、馬の太い首を上下させるように、手綱をつかんだ腕を突き出し引いた。膝《ひざ》を使った重心移動でスムーズに手前も替えさせた。八弥は全力を振り絞った。しかし、糺のように、リエラブリーの体軀《たいく》に力を吹き込むことはできなかった。壁に跳ね返されるように後退した。

ゴールまで残り百メートル。後ろの馬に次々と抜かれたリエラブリーは、すでに最下位へ転落していた。八弥はあきらめて追うのをやめた。競走であることを忘れたように、リエラブリーはゴールまで軽く駆けた。ブービーの八着馬から十馬身以上も離されて、レースを終えた。

八弥の騎乗は完全な失策だった。ただし、レースの結果には思わぬ影響を与えていた。生粋の逃げ馬は、並ばれただけでも気分を損ねる。リエラブリーを隣りに見たことで、走ることをやめてしまったオウショウエスケプは、あれほど溜《た》め込んだリードを守り切れず三着に敗れた。本命馬の敗退で、レースは大波乱となった。

枠場に引き上げたとき、自分に向けられる険悪な視線に八弥は気づいた。オウショウエスケプの横に立つ、美貌《びぼう》の女が睨んでいる。伊能美琴だった。夫の伊能満は同時開催の札幌か小倉へ行っているのだろう。美琴ひとりが、八弥を厳しく見据えていた。

伊能夫妻と八弥、あるいは夫妻と千葉厩舎の間には、血脈を完全に閉塞《へいそく》させるような、治癒し難いしこりがある。六月末の宝塚記念も楽勝したオウショウサンデー号。そのデビューしてまもない時期に起きた、騎手交代と転厩という根深い遺恨である。

夏の陽射しには不釣り合いなほど白い、美琴の整った容貌に、怒りと憎しみの混濁した表情が浮かんでいる。ただ単純に、敗北を嘆いている顔つきには見えなかった。下級条件馬の無謀な重賞挑戦と、捨て身の特攻のような玉砕戦法を、オウショウエスケプを潰《つぶ》すことだけを目的とした、過去の仕打ちに対する厩舎ぐるみの意趣返しだと、美琴は受け取ったのかもしれなかった。

それは事実ではない。しかしそう考えられてもおかしくないのだと、夢から覚めたように八弥は思った。自分のために、八弥は馬を走らせた。リエラブリーを新潟記念に出走させたのは、紀と競うためである。デビュー戦、紀は果敢な積極策で、のちの重賞勝ち馬を破っている。そしてリエラブリーに乗るために、苛酷な減量を克服してみせている。同様の役割を自分も果たせることを、八弥は真帆子に証明したかった。

紀に成り代わることを結末とした、心に描いた筋書き通りに、八弥はリエラブリーを走らせようとしたのである。そういう人為的で流れの不自然な部分から、伊能美琴は別の筋書きを読んだ。

――自分も、伊能たちと変わらない。

大敗して、儚《はかな》い夢想から現実に引き戻されると、八弥ははげしい自己嫌悪に陥った。馬の意思をなにひとつ汲《く》み取ろうとしない騎乗だった。自分の背負った重い情念を、リエラブリーに押し付け、引きずらせて、無理やり走らせたようなものである。足を引っ張っただけだと思った。

静かな声で、真帆子がリエラブリーにねぎらいの言葉をかけている。ありがとうと言っている。ごめんねと言っている。

しかし、真帆子から、八弥はひと言も声をかけられなかった。そして、どんな視線も感じなかった。八弥は馬の背を降りた。

# 四

全休明けの火曜日。朝の調教が終わった十時過ぎに、千葉厩舎の横へ馬運車が乗り付けられた。引き綱を握り、真帆子が馬房からリエラブリーを引いてくる。馬運車は大路繁がせわしなく手配したものだった。繁殖牝馬として、リエラブリーを牧場へ移動させるのである。馬運車の後方に、人が集まっていた。千葉がいる。札幌遠征を終えた大路や、調教助手の山梨もいる。ほかの厩務員たちも全員揃《そろ》って、厩舎に六年もいた古参の牝馬の旅立ちを見守っていた。

真帆子が先に馬運車のタラップに登り、リエラブリーを引き入れようとしている。リエラブリーの前脚がタラップを踏むと、蹄《ひづめ》がカチンと音をたてた。

大路の横に並んで、八弥も様子を見守っている。無言でいたが、すべて終わったという気持ちが、痩せたままの胸を支配していた。

去りゆくのは、一頭の牝馬だけではない。紀健一という騎手が、八弥と会話し、真帆子と笑い、減量に苦しみ、レースを戦い、八弥と馬房で酒を酌み交わし、真帆子との約束を守ってリエラブリーに騎乗した。そういうものが、消えてゆくのである。ひとつの時代が流れ去るのだ。

自分はついに紀を越えることができなかったと、八弥は思った。リエラブリーの背は、八弥にとって紀と競うことのできる、唯一残された舞台だった。これからはもう、比較のできないところへ、紀は消えてしまう。

首を振って、リエラブリーが後ずさりをした。いつもおとなしい馬だけに、めずらしいことだった。真帆子がふたたび綱を引っ張ると、リエラブリーは抵抗していなないた。いつまでも耳に残響する、哀切な鳴き声だった。首まで車の中に引き込まれると、あきらめたのか、リエラブリーは自分から足を運び車内へ入った。

馬を残し、真帆子がタラップを降りてきた。目を赤くし、涙をこぼしている。仕方のないことだと八弥は思った。かける言葉も思いつかず、自分にはその資格もないのだと、無言のままでいた。

だが、厩舎に入って日の浅い大路には、真帆子がそこまで哀しむ理由がわからなかったのだろう。

「これから、母馬になるんですから。子供が産まれたら、絶対うちの厩舎に入れますから。夢を、未来に託しましょうよ」

タラップが収納され、馬運車の扉が閉まった。エンジンがかかる。

「でも、リエラブリーは、もう帰らないの」

# 第十章

## 一

「それだよ、その顔。その面構え」

中島八弥の顔を見ると、シッシッ、と伊能満は金歯を剝《む》き出しにして、特有の笑い声をたてた。油膜を張ったような皮膚の質感も、無理やり左右に撫《な》でつけた剛毛のちぢれ具合も、以前とまったく変わっていない。

「いいねえいいねえ。シッシッシ」

笑顔を作ったからといって、すべての人間が福々しく見えるわけではないだろう。ガマガエルのような伊能の顔がほころぶと、過去の忌まわしい記憶がフィルターとしてかけられている八弥の視界には、一匹の化物のように映し出される。八弥は思わず目をそむけた。

リエラブリーが引退したあとも、八弥の生活にとりたてて変化はなかった。騎乗は週にひと鞍《くら》あるかないか、収入はやっとこ食べていけるかどうか、そういう不遇の騎手生活を、細々と続けている。貧しくはあっても、かわりばえのしない生活は、起伏がなくて楽だった。

リエラブリーと入れ替わりで厩舎《きゅうしゃ》にやって来た大路繁の生産馬は、タルワールと命名され真帆子の担当馬になり、新馬戦でさっそく初勝利を上げている。鞍上《あんじょう》は厩舎所属の大路佳康である。

その大路から、先日八弥はひどいことを言われた。

「八弥さん、ちょっと老けましたね」

調教スタンドの騎手だまりで、顔を合わせるなり、大路が悪びれもせずそんなことを言ってきたのである。八弥は表情をひきつらせたが、どうにか平静を装うと、

「まあ、たしかにニキビはとうの昔になくなったがな。べつにお前が羨《うらや》ましいとも思わん」

そう切り返した。

「それを言わないで下さいよお」

ぶつぶつした頬《ほお》を触りながら、大路はさも自分ばかりが傷ついたように、口をとがらせ非難の声をさえずったが、傷ついたのは俺のほうだと、八弥は心のなかで舌打ちした。いやなことを言うと思った。大路は悪い奴ではないが、ボンボン育ちのせいなのか、心に浮かんだ事柄を率直に口にしすぎるのだ。

――たしかに、俺はもうすぐ……。

そこまで考えて、二十代最後の年の大半を過ごした男は思索を打ち切った。その先を考えれば虚《むな》しくなるだけだとわかっている。すでに、八弥は若手ではなくなっていた。

暦が十月に変わったばかりの先週、東京競馬場で行なわれたGⅡの毎日王冠に、八弥のか

つてのパートナー、オウショウサンデーが出走した。芦毛《あしげ》の怪物と呼ばれるようになったサラブレッドは、生駒貴道の手綱にいざなわれて、二月の中山記念からスタートさせた連勝記録をまたひとつ更新した。今回も他馬には影すら踏ませない、レベルの違う逃げ切り勝ちだった。

天皇賞に向け最強馬に死角なし。圧倒的な強さを競馬マスコミは手放しで賞賛していた。意地の悪い見方をすれば、ほかに記事の盛り上げようがないのだろう。お手上げと言ってもよかった。

昨年の春までは、オウショウ軍団の双璧《そうへき》として、オウショウサンデーとともに持ち上げられていたオウショウエスケプも、同じ日に行なわれたGⅡ、京都大賞典に出走していた。発走は毎日王冠の十分後で、オウショウ軍団の東西重賞同日制覇の期待もかけられていた。しかしオウショウエスケプは、気風《きっぷ》の良い逃げを披露したものの、直線失速して四着に敗れた。ペース云々《うんぬん》というより、二千四百メートルという距離が微妙に響いたようだった。

ただ、それらの重賞競走の結果は、八弥にとっては無縁の世界の出来事だった。全休明けの火曜、騎乗の口を求めて千葉厩舎に顔を出し、応接室のソファーに深々と腰を下ろす伊能満を見るまでは、たとえ関与したくても、八弥の立つ位置からは手の届かない場所で、それらの戦いは繰り広げられていたのである。

アルミサッシのガラス戸を引いた八弥は、いつもの習慣で、はじめに応接室の奥にあるパソコンのほうを見た。ところが視界を遮るものがある。それが予想外の人物だったため、八弥の頭脳は瞬間的に混濁したが、ほどなく再構築された。八弥の視線を吸収したのは、伊能の脂ぎった額だった。隣りには妻の美琴が座っている。

　この両人が、千葉厩舎に吉報を運んでくるとは到底思えなかった。伊能と向かい合ってソファーに腰掛けている、千葉の白髪の増えた後頭部を、八弥は険しい表情で見た。

　千葉が細い首をねじり振り返った。

　――きっと、困り切った顔をしている。

　八弥はほとんど確信していたが、事実は意外にも異なっていた。感情が表に出る男にしてはめずらしく、千葉は考えていることの読み取りづらい、難しい顔をしていた。

　そして、訪問客が八弥とわかると、なんと千葉は面貌《めんぼう》に微笑を走らせた。

　もう一度、八弥は伊能のほうを見た。オウショウサンデーの転厩という苦渋に満ちた思い出が、伊能とのあいだには横たわっている。自然と表情がきつくなり、視線も刺々《とげとげ》しくなった。

　ところが八弥のそういう態度を見て、いい顔だいい顔だと、立腹するどころか、伊能は愉快そうに八弥を褒め出したのである。

「その顔、できればビデオに撮りたいくらいだよ。シッシッシ、さあ、はやく掛けたまえ」

　家主であるかのような物言いで、伊能は八弥に座るよう促した。八弥は会釈もせずに、黙って千葉の隣りに腰を下ろした。正面には濃い化粧で顔が真っ白な美琴がいる。先日、新潟記念のレース後に、呪詛《じゅそ》するような視線を向けられていたのを八弥は思い出したが、今日の美琴は笑っていた。しかしそれが作り笑いであることくらいは、八弥にもすぐ分かった。

敵意むきだしの八弥の表情をあやぶんだのか、千葉が諭すように言ってきた。

「伊能さんは、お前に騎乗を依頼したいそうだよ」

「えっ!」

八弥は驚愕《きょうがく》した。とても信じられることではなかった。伊能との関係は、交戦状態といっていいほど不穏なものである。それが、どうしていまさら騎乗を依頼してくるのか。理解できなかった。

見ると、伊能は笑って頷《うなず》いている。本当に、八弥に騎乗を頼むつもりでいるらしかった。だが、その薄気味悪い笑顔を見ているうちに、意表をつかれて動揺していた八弥の心は、急速に鎮静化した。この男のことだから、依頼といってもろくなものではないのだろうと、納得できる話の筋道を探り当てたのである。

しかし、さらに八弥を仰天させるようなことを、千葉が続けて口にした。

「それも、天皇賞のオウショウエスケプに、お前を乗せてくださるそうだ」

これには八弥も言葉を失った。驚きのあまり怒りも憎しみも一時的に忘れて、伊能のほうに素の表情を向けた。伊能も光沢のある顔をずいと突き出してきた。

「中島くん。今、競馬の世界では、新たな伝説が創られようとしている。わかるね」

「…………」

「最強の、逃げ馬伝説だよ」

「……オウショウエスケプですか？」

「バカを言っちゃいかん」

それまで隠していた、人を見下す高慢な目つきを、伊能はあっさりさらけ出した。

「エスケプはもういい。今はサンデーだよ。オウショウサンデーだ。生駒くんにまかせてから の、圧倒的な逃げ切りの連続。長距離の天皇賞も、マイルの安田記念も、すべて逃げ切っての楽勝劇。あの馬こそ、史上最高の逃げ馬と呼ぶにふさわしい。そう思うだろう」

昨年、馬の気持ちのままに走らせたいという八弥の意見を一笑に付し、転厩を強行してまで追い込みに固執していたことはおくびにも出さず、赤紫色の口から盛大に唾《つば》を飛ばして、演説ばりの雄弁を伊能がふるった。

「伝説の逃げ馬、引退後に出すビデオのタイトルも、それでいくことをわしは決めている」

「そうですか」

「ところがだ。じつに意外なところから、その伝説にケチをつける馬が現われた」

伊能はそこでお茶をぐいと飲んだ。真帆子が二階にいるのだと八弥は思った。

「出脚だけなら、サンデーよりエスケプのほうが速いという声が、一部のファンのなかにあるのだよ。これがじつに根強い。サンデーが連勝して、エスケプが連敗しても、なかなかその声は消えていかない。まったく、飼い犬に手を嚙《か》まれるとはこのことだ」

思い通りに行かないことをそう表現するのが癖なのか、いつぞや八弥に向かって吐いた台詞《せりふ》を、伊能は今日も口にした。今回はＧＩ馬をイヌ扱いである。

「だから、今度の天皇賞で二頭を競わせることにした。ファンのためにも、彼らの目の前で、どちらが真の逃げ馬なのかはっきりさせる必要がある。惨敗したレースでも、先手だけは今まで他の馬に奪われたことのないエスケプが、サンデーの超速の前に、はじめて二番手に甘んじる。その瞬間が、サンデーの伝説、白い逃亡者の伝説が完成するときなのだ。どうだ、いいキャッチコピーだと思わんか、白い逃亡者というのは」

「それで、どうして俺を乗せるんです。もっと有名な騎手を鞍上にしておいたほうが、絵になるんじゃないですか」

「いや、きみじゃないと駄目なのだ、これが」

伊能は顔を歪《ゆが》ませるように笑った。

「厄介なのは、雌雄を決すべき二頭のサラブレッドが、同じ馬主ということなのだよ。今度の天皇賞で、サンデーとエスケプが本気で先手を争い、結果としてエスケプが敗れて二番手になったとする。それでファンは満足すると思うか？」

「問題ないんじゃないですか」

「甘すぎるな。もっとファンの声に耳を傾けたらどうかね。二番手に控えたエスケプを見て、彼らはきっとこう思う。馬主の指示で、エスケプは先手を譲ったんだ。無駄な競り合いを避けるよう、馬主が騎手に命令したんだ。とまあ、そんな具合だろう。事実はそうでなくても、デキレースだと思われるわけだ。とくにエスケプのファンは現実を認めようとしないはずだ。しかし、そういう疑念を持たれている限り、サンデーの逃亡伝説は完結しない」

「でも、あなたなら違うわ」

隣りで黙っていた美琴が口を挟んできた。現在の笑顔は作り物ではないようだった。正真正銘の、皮肉な笑みである。

「あなたはこの前の新潟記念、引退の決まった馬をわざわざ重賞に格上挑戦させて、私たちのエスケプを潰《つぶ》しにきたでしょう？　負けることを覚悟で、私たちに嫌がらせをしてきたでしょう？」

「その通りだ！」

伊能は怒鳴ったわけではない。それは快哉《かいさい》の声だった。

「美琴のいう通り、サンデーから降ろされた君は、当然わしに深い恨みがあるはずだ。さっきの表情にもそれは十二分にあらわれていた。ファンもそのことはよく知っている。一時、競馬雑誌にはきみへの同情論が多く載っていたものだ。そしてこの前の新潟記念。あれはどう見ても不可解なレースだった。ファンもきっと、裏の事情に気づいている」

「だから、なんなんです」

「わからんのかね。君を背にしたエスケプがサンデーに競りかければ、ファンは必死さをそこに感じ取る。君が勝敗を度外視してサンデーを、あるいはエスケプをも潰そうとしていると思うだろう。それをサンデーが突き放したのなら、どうだね。ファンもどちらが優れた逃げ馬なのか、納得してくれるだろう」

「……そんな理由で」

「中島くん。きみはドエムカノンという馬をおぼえているか。今年の春の天皇賞で、逃げるサンデーに無謀な早仕掛けで接近しようとした馬だ」

「去年の秋の天皇賞を勝った馬でしょう。知ってますよ」

「あれは、逆恨みもいいところだが、生駒くんをサンデーに奪われた腹いせの行動だよ。まったく迷惑な話だが、レースのなかで、あの馬のスパートがファンには一番ウケていた。因縁とか復讐とか、そういうのを日本人は昔から好むからな。もっともおかげであの馬は大敗して、そのまま引退してしまったがね」

シッシッシと愉快そうに笑うと、わかってくれたかね、中島くん、と伊能は言った。

「エスケプとサンデーの勝負に加えて、君とサンデーの勝負。これは絶対にウケる」

「しかし、なにも天皇賞のような大きなレースで、競り合わなくてもいいじゃないですか」

「駄目だ。誰もが必死に勝ちに行くＧⅠでなければ、いくらサンデーが先手を取っても、エスケプは試しに抑えてみたとか、待機策を練習したとか、勝手なことを言われてしまう。それにサンデーは、来年から海外遠征だ。エスケプとはどうしても今年中に決着を付けなければならない」

「……海外に、行くんですか」

「そうだ。凄《すご》いだろう。それはともかく、おととい試してみたが、エスケプは二千までの馬だ。それ以上距離が伸びると、ＧⅡですら勝てなくなる。だから、二千四百メートルのジャパンカップや、二千五百メートルの有馬記念でサンデーと競わせても、エスケプは距離不安だから抑え気味に行った云々と、適当な理由を付けられる危険性がある。二千メートルの天皇賞が、決着を付けるラストチャンスなんだ」

「…………」

「わかっただろう。君がうってつけなんだ。是非とも、エスケプに乗ってもらいたい」

「そんな話、受けると思うんですか？」

「もちろん、そんな役回りはいやだろう。だが、タダとは言わない」

伊能は口辺に笑みを浮かべて、じっと八弥の瞳をのぞきこんだ。そして豪儀《ごうぎ》なことを言った。

「エスケプはくれてやるぞ、中島くん。天皇賞は惨敗するだろうが、GⅡや十一月のマイルチャンピオンシップなら可能性はある馬だ。悪い話ではあるまい。もっとも、以前のこともあるからな。また降ろされるんじゃないかと、君も信用できないかもしれないが、なに、契約書でも誓約書でも、はっきり判を捺《お》して渡すことにしよう。今後一切のレースに君を乗せるとな。これは、信じてくれていい。なんなら大路さんでも立ち会わせようか」

「……俺がもし、本気でオウショウサンデーを競り潰そうとしたらどうするんですか」

「新潟記念のようにかね。シッシッシ」

伊能は愉快そうにしばらく目を細め、そして思い切り見開いた。

「大いに結構！　どれほど競りかけてもらっても構わん。君もよくわかっているはずだ。そんなことをしても無駄だということを。ドエムカノンもそうだった。いまのあの馬に、並びかけられる馬などいないのだよ」

「…………」

伊能のしたり顔には腹が立ったが、驕《おご》りのような余裕のわけは、八弥にも十分理解できた。オウショウサンデーは、安田記念で一線級のスプリンターとも手合わせをしているが、そこでも速力の違いを見せつけ軽く先手を奪っている。当代最速の馬といって間違いない。

だが、先日実見したオウショウエスケプのダッシュ力にも、目を見張るものがあった。初速だけなら、伊能が語るほどの差はないのではないか。

「よろしく頼むよ、中島くん」

伊能は満足そうに笑いながら、若い妻と並んで厩舎を去った。千葉は外まで見送りに出たが、八弥は黙然とソファーに腰を下ろしたままだった。

二

「それで八弥、どうするつもりだ」

家に戻ってきた千葉は、八弥の横を通りすぎてパソコンの前のイスに腰掛けた。伊能の訪問で中断された仕事でもあったのか、スイッチを押してパソコンを起動させている。

「どうするって、あんな話、もちろん断りますよ」

「おい、簡単に決めるな。天皇賞だぞ。お前にとっては大きなチャンスじゃないか」

「そうはいったって、あの馬主は……」

「好かない相手だからって、依頼を断らなければならないという法はないぞ」

イスを百八十度回転させ、八弥と正対した千葉が言った。真剣な顔をしている。

「それに、むこうだってお前のことを好いてはいないさ。だったらほら、嫌いな者同士で付き合えばいいじゃないか」

「先生、今日はずいぶん過激なことを言いますね」

「からかうんじゃない。……なあ八弥、お前もじきに三十だろう。いつまでもチャンスがあると思わないほうがいい」

「たしかにそうかもしれませんが、だからといって伊能の馬に乗るのは、いやですよ。亀さんにだって申し訳が立ちません」

「今回の騎乗依頼を断ったら、二度と伊能さんから依頼は来ないぞ。たった一回、お前が意地を張ってみたところで、亀造も喜びやしないし、伊能さんが痛みをおぼえるわけでもない。もっと、別の方法もあるんじゃないか？」

「……先生は、俺がオウショウエスケプに乗ったほうがいいと思っているんですか」

八弥の声に、不満が表われていた。伊能の暴慢には、千葉も被害を受けている。あんな男の好きにさせてはならないと、自分が意地を貫くことに、千葉も賛同してくれると八弥は思っていたのである。

千葉は眉《まゆ》を八の字に下げ、寂しそうな表情をした。

「いや、すまんな八弥。最近はあまりいい依頼を取ってやれていないから、もったいないような気がしてな。お前はフリーの騎手だから、だれの意見を聞く必要もないさ」

「だったら、乗りませんよ。あんな奴に従うのはまっぴらです」

「でもな、八弥。お前、伊能さんの持ち馬だからといって、オウショウサンデーが嫌いなわけじゃないだろう？」

「そりゃあ、まあ。転厩にしても何にしても、伊能が悪いだけで、ショウサンに罪はないですから」

「そうだろう、そうだろう」

千葉はうなずくと、イスをさらに百八十度回転させた。一周して、パソコンのモニターとふたたび正対する。マウスに右手を置いて、細い背中を八弥に見せ付けるようにした。

そうしてから語り始めたのは、忠告の匂いを、言葉から極力消そうとしたのかもしれない。

「で、それを踏まえてだ。オーナーはともかく、オウショウエスケプという馬に、お前は魅力を感じないのか？」

三

千葉の家を出ると、八弥は家庭菜園から引き上げてくる真帆子とばったり出くわした。青いじょうろを手にした真帆子は、こんにちは、と笑顔で挨拶してきた。

「あれ、真帆子ちゃん、てっきり二階にいると思ってたよ」

「どうして？」

「いや、応接室にお茶が出ていたからだけど、でもまあ、お茶くらい先生が出してもおかしくないか」

真帆子は首を横に振った。伸ばしはじめた黒髪が、以前より幅広く八弥の前で揺れる。

「ううん。お茶を出したのは私よ。そうしてから、そのまま馬房に行って、ついでに畑にお水をやっていたの。応接室で伊能さんの奥さんに、ああら、この前のレースではどうも、なんて言われちゃったから、家に居辛くなって」

無論、美琴は真帆子をリエラブリーの厩務員と認めたからこそ、そんなことを言ったのだろう。

「いやな女だ」

八弥は心底そう思った。

「でも、聞いたわよ。伊能さん、新潟記念のときの馬に、八弥さんを乗せてくれるんでしょう？　しかも天皇賞に。すごいじゃない」

「いや、いくら乗る馬がいないからといって、あんな奴のために働くのは気が進まないよ。断ろうと思っている」

「どうして？　せっかくのチャンスなんだから、乗ったほうがいいわよ」

「チャンスってこともないさ。今回のエスケプは、オウショウサンデーの引き立て役だからね。恥をかくだけかもしれない」

「それでも、いいじゃない」

真帆子の声音は平素と同じで、とくに哀しい表情をしたわけでもない。だが、かたくなで変わらない意志が、真帆子の内側に潜んでいるのを八弥は感じた。

「あの人は、天皇賞に乗れなかったんだから。そこから先は、見えなかったんだから」

リエラブリーが去って以来、真帆子は紀を過去の人と捉《とら》えるようになった。紀のことを語るときも、以前のような生々しい感情は介在させなくなっている。

それでも、真帆子の心が紀から離れたわけではない。紀との過去をかけがえのないものとして大切に抱《いだ》き、今を生きている。

「べつに俺は、紀さんの代わりに騎手をやっているわけじゃないよ」

「あ、そういうつもりじゃないの。でも、八弥さんはあの人の弟弟子なんだし、八弥さんが天皇賞に騎乗しているところを、もしどこかであの人が見れば、きっと喜ぶと思うから」

「そうは言っても、レースに出たって勝てるわけがないんだから。オウショウサンデーは強すぎる。さっきも言ったけど、エスケプは引き立て役なんだ。逃げ争いを演出するためだけのね。そんなレースに出ても意味ないよ」

「勝てなかったとしても、八弥さん、あんなにオウショウサンデーと仲が良かったんだから、引き立て役になってあげればいいじゃない」

「…………」

そんな考え方もあるのかと、八弥は目から鱗《うろこ》が落ちる思いだった。オウショウサンデーのためにひと肌脱ぐと考えれば、気分を割り切ることも可能かもしれない。

しかしそれは、自身の騎乗するオウショウエスケプの位置づけを、自身の手で決定的に下げることにもなるだろう。

——位置取りも、位置づけも二番手。

オウショウエスケプは、そんな馬に成り下がってしまう。

——俺みたいなものか。

微笑んでいる真帆子を見ながら、八弥は思った。

# 四

オウショウエスケプに乗ってみたくはないのかという千葉の言葉に、ひとりのジョッキーとして、八弥が心を動かされたことは事実である。

しかし八弥の胸中には、自分が騎乗依頼を受諾したのは、そんな清々《すがすが》しい理由ではなく、もっと不浄でなまぐさい欲心によるものだという嫌悪感が、暗雲のようにたちこめていた。

なんといっても、GⅠの天皇賞へ出場できること。そして今後も継続して与えられるという、オウショウエスケプへの騎乗権利。眼前にちらついたそういう現実的な利益が、いつのまにか脳内にこびりつき、自分のプライドを侵蝕《しんしょく》してしまったのだと、八弥は考えていた。

そして、八弥の精神の核に到達するほど深く突き刺さっている情念は、伊能の鼻を明かしてやろうという、一種の復讐心だった。伝説を意図的に創ろうとする伊能の計画を、打《ぶ》ち壊してしまおうと八弥は考えている。

その際、オウショウサンデーとの逃げ争いなど行なわず、中団もしくは後方に控えてしまうことも、ひとつの手だとは八弥も思っていた。伊能の筋書きはそれだけでも瓦解《がかい》する。

だが、それでは今回新規にコンビを組む、オウショウエスケプの名声も失墜してしまう。必ず先手を取ってきたことを、看板にしている馬なのだ。ハナを譲れば、サンデーとエスケプ、どちらの出脚が速いかという問題の真相は闇《やみ》に隠すことができるが、デビュー以来、エスケプが積み重ねてきた記録も頓挫《とんざ》してしまう。それは一度傷つけてしまえば、二度と修復できない種類のものだった。

八弥はオウショウエスケプに、先手だけは何がなんでも奪わせることで、伊能の計画を潰してやろうと決心していた。それならば、オウショウエスケプの矜持《きょうじ》も保たせることができる。

だから、八弥も馬のことをまったく考えていないわけではない。しかし八弥は、伊能の思惑を狂わせるためには、どんなオーバーペースも辞さないという決意を抱いている。肝心かなめのレースの勝利は、すでに念頭から捨てていた。

伊能の計画を潰《つい》えさせたいのなら、本来、レースに勝ってしまえばいいのである。きっと千葉はそのことを言いたかったのだと、八弥も理解はしていたが、納得はできなかった。

新潟記念のレースぶりからも、オウショウエスケプが、生粋の逃げ馬であることはわかっている。勝とうとするなら、やはり前に行くしかない。しかし、オウショウサンデーと競り合って、これ以上ペースを上げたら絶対に玉砕するという段階に差しかかったとする。そこで勝利を少しでも意識するなら、一旦《いったん》控えるしかないだろう。

だが、八弥は玉砕覚悟でさらにペースを引き上げるべきだと考えていた。なぜならもし二番手に下がり、そのままオウショウサンデーに逃げ切られたとしたら、伊能の企図した通りになってしまうからである。並の馬なら共倒れになるだろうが、オウショウサンデーならそれくらいの芸当はやってのけると、八弥はかつてのパートナーを高く評価していた。

ゴール板の前を先頭で走ることを目指さず、四コーナーまで先頭で走ることを、八弥は目指していた。そうでなければ、伊能の思惑を打ち破ることは難しくなり、またオウショウエスケプの面目を立たせることも難しくなると判断したためだが、それは騎手の思考とはいえなかった。

——賤《いや》しい感情だ。

自身でも、八弥はそう思っているのである。しかしその感情を柱にしなければ、八弥は一歩も前に動き出せずにいた。

天皇賞を五日後に控えた、十月末の火曜。八弥は滋賀県の栗東トレーニング・センターへ移動した。翌日に実施される、オウショウエスケプの追い切りに騎乗するためである。オウショウサンデーの追い切りに乗る生駒貴道は、八弥と入れ替わりで栗東から美浦へ向かったはずだった。

——なるほど、これは。

翌朝、初めて跨《また》がった青鹿毛《あおかげ》のサラブレッドの感触に、八弥は感心した。近ごろ騎乗している馬とはまるで別物である。軽く気合を付けただけで、鍛練された筋肉から峻烈《しゅんれつ》なエネルギーが電撃的に迸《ほとばし》り、空を舞うような快感を鞍上の八弥にもたらしてくれる。

八弥がオウショウサンデーに跨ったのは一年半も前のことで、明確に比べることはできなかったが、筋肉の質のようなものは、エスケプもサンデーに遜色《そんしょく》はないと感じた。

ただ、異なる点もいくつかある。オウショウサンデーは、まっすぐ伸びた四本の脚に体重を均等に割り振り、絶妙の乗り心地を八弥に堪能させてくれた馬だった。けれどもオウショウエスケプは、強力に発達した後肢に比べて前肢がどうにも貧弱で、ときおり前輪がパンクした自転車に乗っているような、あやうい感覚を八弥におぼえさせる。

そして、性格がまるで異なっていた。オウショウサンデーはどんな場所でも好奇心旺盛《おうせい》、つねに自然体の、のびのびした性格の馬だった。いっぽう、新潟記念の逃げっぷりから、精神に狂的な部分を宿す暴れ馬ではないかと八弥に思わせていたオウショウエスケプは、実際にはそうではなく、周囲の物音や影にいちいち驚くような、神経質で臆病な馬だった。

遠目に見れば、両馬の動作はよく似たものに映るかもしれない。つまり、いつもキョロキョロしていて、落ち着きがない。だが、オウショウサンデーのよそ見が、好奇心を躍らせてのポジティブな行動であるのに対し、オウショウエスケプのそれは、あきらかな怯《おび》えだった。デビュー以来、全レースで極端な逃げ戦法を選択しているのは、他馬を怖がる気性のせいだということが、騎乗してみて八弥にもわかった。

天皇賞ともなれば、マスコミの注目度も格段に高くなる。追い切りのあとは、合同の記者会見が開かれる予定になっていた。馬の調子やレースへの意気込みを、八弥もコメントしなければならない。必ず逃げ宣言をするよう、八弥は伊能満に強く念を押されていた。

特別にセッティングされた会見室に入った八弥は、待機していた二十名あまりの報道陣を見回したが、手を振ってくる女性はいなかった。

——会沢は、生駒のほうに行っているのか。

そう思いながら、八弥は一段高くなった場所にある席についた。

オウショウエスケプとオウショウサンデーの逃げ争いは、伊能の思惑どおり、ファンの強い関心を集めているようだった。調教の動きはとても良かった。いい競馬ができそうだ。八弥がそんなふうに平凡なコメントを続けていると、

「ところで、注目の位置取りのことですが」

と記者席の一番前に陣取っていた無精ひげの男が、待ちきれない様子で水を向けてきた。男は開いている自分の手帳に目をやり、さきほど美浦で生駒騎手がこう述べたと前置きして、そこに走り書きされているのだろう文章を読み上げた。

「逃げ争いですか？　それは僕にもわかりませんよ。馬の気持ち次第ですから。馬に聞いて下さい」

このコメントを聞いた記者たちは、生駒がまた肝心なところを、得意の煙幕ではぐらかしたと感じたかもしれない。しかし、真実それが、オウショウサンデーの逃げなのだと八弥は思った。速く走ることを楽しむように、自由にターフを駆けめぐった結果として、オウショ

ウサンデーは逃げと呼ばれる位置を走っている。

対照的にオウショウエスケプは、他馬をこわがり、その恐怖から逃れるために、速く走っている。同脚質とはいえ、毛色の通り、あくまで正反対の気質を持つ二頭だった。

八弥はしばらくひとりの世界で沈思していたが、無精ひげの男だけではなく、すべての記者が返答やいかにと、上目遣いに自分の方をうかがっていることに気づいた。

「……エスケプは逃げますよ。逃げなければ、どうにもならない馬ですから」

八弥が答えると、オオ、と取材陣にどよめきが起きた。曖昧な生駒の言葉とは違って、それは記事にしやすいコメントだったはずである。

「逃げ宣言ですね。それは、逃げ宣言ですね」

脈ありと踏んだのか、記者たちはくどいほど八弥に確認してきた。

——伊能の筋書きに従ったわけじゃない。本当に逃げてやる。

頷いてみせながら、八弥もくどいほど、心の中で自分に言い聞かせていた。

昼過ぎには栗東を出発したのだが、美浦のアパートに到着したころには、すっかり日が傾いていた。西の空に、赤らんだ雲が重なるように浮かんでいる。覆い被《かぶ》さる闇に対する太陽の抵抗が、ついに潰えようとしているところだった。秋の日は、暮れるとたちまちあたりが暗くなる。

ひもにかけられた洗濯物が、宙に浮いているようにも見える薄暗い部屋に入ると、電話機の緑色のボタンがいそがしく点滅していることに八弥は気がついた。蛍光灯をつけ、じゅうたんの上に直《じか》に置かれた電話機の前にしゃがみ込む。ボタンを押して、留守録されたメッセージを聞いた。

会沢ミカである。明日、取材をさせてほしいという。

「今週の特集は、天皇賞の先陣争いなんです。だから、今回は中島さんがメインですよ！　はじめてなので嬉しいです。今日は生駒騎手からいいことも聞いちゃったし、あは、じつはもう緊張しているんですけど、明日はよろしくお願いします！」

ハキハキと弾む会沢の声を聞いていると、束《つか》の間ではあるが、胸中のわだかまりが解けてゆくように感じた。天皇賞に出ることを、会沢ほど喜んでくれた人はいなかった。

インタビューの場所は、八弥が会沢ミカと初めて出会い、取材を受けた調教スタンドの騎手だまり。調教が終了して人のまばらになる午前十一時が、約束の時刻だった。

翌日。オウショウエスケプのそばを離れた八弥は、途端に身体《からだ》が空いて暇になった。数頭の調教を手伝ったあとは、ずっと騎手だまりに座っている。弟弟子の大路は相変わらず忙しそうに動き回っていて、八弥の横に座る時間もないほどだった。三日後の天皇賞には、大路もカッツバルゲルで出走する。

十一時の十分ほどまえに、会沢ミカが騎手だまりに入ってきた。すぐに八弥を見つけて、いつものように手を振ってきた。一年前と同じで、数人の男性スタッフを引きつれて近づいてくる。

八弥は会沢の髪に目がいった。

「すいません。お待たせしました」

「いや、まだ十一時前なんだから、こちらこそ暇人で申しわけない」

八弥の言い方がおかしかったのか、会沢は明るい笑顔を浮かべた。

「それにしてもさ、髪、切ったの」

八弥の見たかぎり、会沢のヘアスタイルは、初対面だった去年の暮れがもっとも短くて、もちろん揃《そろ》える程度のカットはしていただろうが、それからは徐々に長くなっていたはずである。

「八弥さん、あれはですね、今後の仕事のためですよ。ニュースで真面目な原稿を読むために、髪を黒く染めて、さらに伸ばして、雰囲気を大人っぽくしようとしているんです。これは間違いなく、上層部の指示ですね。つまりミカちゃん、もうすぐメジャーデビューなんですよ！」

と、大路は例によっていい加減なことを断定的に説明してくれたが、その伸びた頭髪を、今日の会沢は昨年末に逆戻りしたように、大胆にカットしていた。

「あ、これですか」

眉の上で揃えられた前髪をつまんで引っ張り、つぶらな瞳で長さを確かめてから、会沢は恥ずかしそうにまた笑った。

「昨日切ったんですよ」

「なにかあったの？　たとえば……失恋とか？」

「あは、違いますよ。昨日、生駒騎手に取材をしたとき、中島さんはショートカットが好きだって聞いたから、今日のインタビューに合わせて切ったんです。でも、上司に無断でやったから、同じＶＴＲで髪形が変わるじゃないかって、さっき怒られてしまいました」

会沢のテレ笑いに、つられるように八弥も笑った。髪を短くした会沢は幼さが増して、はっきりした眉と爽《さわ》やかな輝きの瞳が、美少年のような印象を生み出しているが、それもまた魅力的で、テレビの画面には映えるだろうと八弥は思った。

似合っていると褒めると、良かったと会沢は言った。

「でも、怒られてばかりではないんですよ。私、天皇賞の勝利ジョッキーインタビューをまかされたんです」

「へえ、それはすごいね」

「牝馬《ひんば》のＧＩ以外では、初めてのことなんですよ、女子アナウンサーのインタビューは。だから中島さん、ぜったい勝ってくださいね」

「極力努力するよ。ハ、ハ、ハ」

うつろな笑いを八弥は返した。レースで勝利を目指さずに、私的な伊能への恨みを晴らそうとしている歪んだ構造の精神には、本来嬉しいはずの温かい声援も、棒杭《ぼうくい》でも打ち込まれたように重く響いてしまう。

だが、マイクのスイッチをオンにした会沢が、天皇賞の先行争いについて本番の取材を開始すると、八弥は快活な笑顔を作り、景気のよい返答を繰り返した。

「では、最後にレースへの抱負をひと言おねがいします」

「先手必勝！　これしかないです」

そのほうが会沢も喜ぶと思って、昨日以上の強気の逃げ宣言を披露する。スタートに命をかける、なにがなんでも逃げますよ、と必要以上にアピールしてみせた。

しかし、調子のいいことを口にするたび、これまでにない冷たい感覚が胸をよぎるのを、八弥は敏感に察知していた。

――相手は、あのオウショウサンデーだぞ。

本当に逃げられるのか、疑問に思えてきたのである。オウショウエスケプの繊細すぎる気性は、八弥にとって予想外だった。あんな脆弱《ぜいじゃく》な精神では、オウショウサンデーの前を走ることは出来ないかもしれない。

――ここまで言った挙句に、ハナを奪えなかったら、伊能の思うつぼじゃないか。

それだけは避けたいと思った。しかし、いまさら引っ込みのつかないことはわかっている。

インタビューが終了すると、マイクを向けずに会沢が話しかけてきた。

「そうでした。大路騎手って、面白いひとですね」

「大路？　大路というと、あの大路佳康のこと？」

「ええ、そうですけど、なんか変な言いかたですね。中島さんとは、兄弟弟子の関係になるんでしょう？」

「まあ、一応」

「昨日、生駒騎手を取材しようとここで待機していたら、大路さんが売り込んできたんです。三十路《みそじ》近いふたりの騎手の話題より、三着続きの善戦マン、カッツバルゲルの取材はどうですかって」

「あいつ……」

「それに、僕にはドラマがあるって言うんです」

「大路にドラマ？　なに言ってるんだ、あいつ。テレビの見過ぎじゃないのか」

「大路さん、天皇賞に勝ったら、ある女性に告白するんですって」

「あのニキビがそんな大それたことを……。それで、誰に告白するって言ってたの」

「あは、ニキビだなんて。でも大路さん、恥ずかしがって、そこまでは教えてくれませんでしたよ。その女性にはひと目惚れしたとは言ってましたけど。あと、だから八弥さんには絶対負けられないって、すごい意気込みでした」

「あの開けっぴろげな男が、恥ずかしがるとは珍しいな」

八弥は首をかしげた。

「それに、なんで俺にこだわるんだ。別に生駒に負けたって同じことじゃないか」

「それは、中島さんを一番強敵だと思っているからですよ」

「俺を？」

会沢は真剣に言ってくれているようだが、八弥は腑《ふ》に落ちなかった。レースの焦点がオウショウ軍団の二騎、サンデーとエスケプの逃げ争いに集まっているのは事実である。だが、あくまでそれは位置取りの争いだった。エスケプがサンデーにレースで勝利するとは、マスコミもファンも考えてはいない。二頭では、実績にも勢いにも格段の差があった。かたや破竹の快進撃を続ける馬。もう片方は、弱点を露呈するかたちで連敗中の馬である。

もっとも、オウショウサンデーに埋め難い差を付けられているのは、エスケプばかりのことではない。ドリームハンターにしても、ライドウィンドにしても、カッツバルゲルにしても、他の出走馬のすべてが、オウショウサンデーにはかなわないと判断されている。だからこそ、レースにおいては局地戦にすぎない先手の奪い合いに、異常なほど人々の視線が集中しているのだ。

考えをめぐらしているうちに、八弥はようやくピンときた。

勝ち星でも、収入でも、大路は自分を大きく上回っている。ところが一年ほど前から、どうやら自分のほうが優勢といえそうなことが、ひとつだけ発生していた。自分をライバル視するとしたら、眼目となるのはそのことしかないように思えた。

「ミカちゃん、ひょっとしたら、もう告白されているんじゃないか」

「え？」

「あのニキビ、ミカちゃんの大ファンだって、去年からずっと言ってたんだよ」

「そう、なんですか」

「八弥さんばっかり話してずるいとか、そんなことも俺に言ってきていたし。うん、きっとそうだ。ミカちゃん、勝利騎手インタビューのこと、大路に話したんでしょ？　だからあいつ、勝ったら告白するなんて言ったんだな」

「………」

「それにしても、あいつ、思い切ったことをするなあ」

これも若さの為《な》せるわざかと、八弥はひどく感心した。リエラブリーに乗せてくれと、真帆子を呼び出し談判したあの時代ならともかく、三十間近の今では決して真似できない勇敢さである。

見ると、会沢は困惑の表情で黙ってしまっている。どう声をかけるべきか悩んだが、雰囲気を重くするのは避けたかった。八弥はすこし茶化そうとした。

「でも、ミカちゃんも、案外にぶいね。本人を前にして、気づかないなんて」

「………」

「はは。しかしこれは、俺が勝ったらまずいかな。また大路に叱られる」

「……勝って、くれないんですか」

自分を見る会沢の真摯《しんし》な瞳に、八弥の胸が全身に響くほど搏動《はくどう》した。

「え、いや、相手も強いから」

「私、生駒さんに聞いたんです。中島さんは、美浦トレセンである人にひと目惚れをしたって」

脳裏に浮かんだ生駒の顔に、八弥は忌々しさをおぼえた。髪形のことといい、どんなつもりか知らないが、生駒は余計なことを喋《しゃべ》りすぎである。まだそれは、生々しすぎる過去だった。

「私が色々聞いているんですから、生駒さんが悪いわけじゃありません」

つい表情に出たのか、八弥は心を見透かされたように言われた。

「それで、じつは私も、同じだったんです。生駒さんからそのことを聞いて、中島さんとはやっぱり合うと嬉しかったんです」

「同じって？」

「だから、美浦トレセンで」

「……ひと目惚れということが」

会沢は小さくうなずいた。

――にぶいのは、俺か。

八弥は唸《うな》った。途端に会沢の顔を見ることができなくなった。

たしかに、会沢は自分を見かけるたびに手を振ってきて、たまに電話もくれた。中島八弥が好きな騎手だと、雑誌やテレビで広言してくれてもいる。ただの知りあいというには濃密すぎる親しみの感情が、そこには見え隠れしていた。今日は、生駒から聞き出した俺の好みにあわせて、髪の毛まで切っている。

そうではないかと感じることが、なかったわけではない。だが、相手はなにせ女子アナである。そんなことを考える自分を、思い上がりもはなはだしいと、八弥はいつも戒めていた。テレビという華やかな世界に住む会沢が、うだつの上がらない三流ジョッキーを、好きになるわけがないと思っていた。

　――けれど、本気なんだ。

「中島さん、初めてのインタビューで、私に言ってくれました。騎手の世界は、生やさしいものじゃないんだって」

　それは、おぼえている。楽しく進んだインタビューの終盤に、騎手社会の暗い真実を、自分は会沢にうっかり洩《も》らしてしまった。途端に会沢のまなざしが鋭いものになったため、まずいことになったと狼狽《ろうばい》したことも、よくおぼえている。

「そのとき私、自分の仕事も同じだと思ったんです。それが現実なんだって、中島さんに気づかせてもらったんです」

　あのとき自分は、会沢がどうすれば顔に笑みを戻してくれるのか、そればかりを考えていたはずだ。

「そのうえで中島さんは、頑張っていれば誰かがきっと見ているって言ってくれました」

「…………」

「私はその言葉があったから、中島さんが見てくれていると思ったから、今日まで頑張ってこれたんです」

　そろそろいくぞと、撮影スタッフが声をかけている。しかし会沢の澄んだ瞳は、まっすぐ八弥に向けられたまま、動かずにいる。

　――こんな目の輝きは自分にはない。

天皇賞で勝利を目指さず、伊能への個人的な復讐を完遂させようとしている心。

真帆子への感情を、いつまでも未練たらしく引きずっている心。

いずれも病んで、濁り切っている。会沢の気持ちを受け入れることなど、許されるはずがない。

八弥は沈黙した。おそらくすべての思いを打ち明けてくれた会沢にも、そういう自分の胸の内を開こうとはしなかった。八弥は汚れた心を他人に見られたくなかった。そうして隠し続けること自体も、汚いとは思っている。しかし、この部分で八弥はかたくなだった。

スタッフから大きな声で呼ばれた会沢が、去る前に言い残した。

「私は、中島さんに、勝利ジョッキーインタビューをしたいんです。レースのあと、検量室の前で待ってますから」

## 五

インタビューを終えた八弥は、とりあえず千葉に挨拶をしておこうかと、南調教馬場から、北地区にある千葉厩舎へと愛車のペダルを漕《こ》いだ。栗東まで追い切りを付けに行っていたため、今週はまだ一度も千葉と顔を合わせていない。

調教はとっくに終了した時刻である。厩舎地区を縦横に走る道路は閑散としていたが、しばらくすると、ぽつりと一頭、見覚えのある黒鹿毛の巨漢馬が前方に見えてきた。

その背には、赤いジャンパーを着た女が、背筋の伸びた美しい姿勢で騎乗している。秋月智子とドロップコスモだった。

八弥はそばまで寄ると自転車を止めた。ゆっくり歩いていたドロップコスモも、智子の指示で、ひと息つくように立ち止まる。

「なにやってるの、こんな時間に」

「なにって、森林馬道へリフレッシュに行った帰りだけど」

「でも、もう昼近くなのに」

訝《いぶか》って八弥がたずねると、智子は苦笑した。

「この子、なかなか歩かなくてね」

「……相変わらずだね、こいつは」

目をやると、今もあるいは彫像ではないかと思わせるほど、ドロップコスモはぼんやりしている。以前と少しも変わらない、風格と魯鈍を足して二で割ったような姿だった。

しかし、ドロップコスモは出世していた。今週末には、なんと天皇賞に出走するのである。前走、長距離適性を見込まれて千六百万条件の身から格上挑戦した、芝三千メートルのオープン競走嵐山ステークスに勝利して、ドロップコスモは堂々のオープン入りを果たしていた。

ただし、重賞初挑戦がいきなり最高峰のＧⅠ競走ということで、さすがに苦戦は免れないと、マスコミの評価は芳しくなかった。

「ねえ、今年の梅雨に、あなたが風邪で寝込んだことがあったでしょう。そのときに私が言ったこと、おぼえている」

「……なにせ、寝込んでいたからな。はっきりとしたことは」

「それもそうね。宝塚記念の話をする大路くんに、私たちも秋にはそのなかに加わりたいって言ったのよ。どう？　その通りになったでしょう」

自慢げに言いながら、智子はドロップコスモの首筋を撫でた。低評価とはいえ、茫洋《ぼうよう》としたドロップコスモにはもちろん、智子にも臆する様子は微塵も感じられなかった。むしろ智子は、馬のぶんまで補うくらいに、並々ならぬ気合を表に出している。

ところで、と智子は話題を切り替えてきた。

「逃げ宣言って、本気なの？」

「ああ、エスケプはハナに立たなければ力を出せない。逃げるしかないさ」

「そう。それはありがたいわね。二頭が競り合ってくれればくれるほど、うしろから行くこの子には展開が向くわ。ハイペースになれば、東京は直線が長いから、十分前まで届くはずよ」

気持ちがいいほど強気な推論を、智子は興奮気味に口にした。憧れの舞台のことをあれこれ話しているうちに、血の流れが活性化してきたのか、智子は白皙《はくせき》の頬をうっすら朱に染めている。

「そうかもしれないな」

智子の言っていることに間違いはないと八弥は思った。レースがハイペースになることは必至である。

だが、微細な指摘をあえてするなら、ペースは上がっても、二頭が競り合いになることはないだろうと八弥は予測していた。オウショウエスケプの臆病な気性では、競る態勢になった時点で、抵抗力を喪失して後退してしまう。

今思えば、新潟記念の粘りのない走りにも、その脆《もろ》さは如実にあらわれていた。しかし、八弥がオウショウエスケプの虚弱な実体を把握したのは、実際に馬に跨った昨日のことである。騎乗依頼を受けたときには、まったく考慮していなかった。大きな誤算だったといっていい。

八弥とエスケプが逃げるためには、スタート直後に先手を奪い、あとは常にリードを維持する必要があった。抜かれるのはもちろん、並ばれただけでも、逃げ争いはエスケプの敗北になる。

逃げるために、スタートが最重要ポイントになることは間違いない。弾丸のようだったエスケプの出脚の速さは八弥も信頼している。しかし、オウショウサンデーも、抜群の身ごなしで巧みに好発を決める馬である。その点は互角と見てよく、並んだら負けというのは厳しい条件だった。伊能が絶対的な自信を持って、二頭の逃げ争いを企図したのも、エスケプの弱点を十分承知していたからなのだろう。

——オウショウサンデーが、控えてくれたとしたら。

つい、そんなことを八弥は考えてしまう。タラレバの相手頼みの計画を描いたところで、得るものはないとわかっているのだが、その可能性が無いとは言いきれない部分も、あるにはあった。

もし、オウショウサンデーが前に行く気を見せなければ、生駒は馬の意思を尊重して、馬主の指示は無視するだろう。それは確実だと八弥は思った。伊能は激昂《げっこう》するかもしれないが、それに耐え得るだけの名声に生駒は守られている。

もし、オウショウサンデーが後方に待機するようなことがあれば、自分たちに勝機すら生まれることに八弥は気づいた。サンデーが中団以降に控えれば、快調に飛ばす前方のエスケプが気になっても、他馬は後背の大本命がそれ以上に気にかかり、不用意には動けなくなる。

だが、生駒とコンビを組んでからのオウショウサンデーは、走ることがなによりの痛快事といった趣で、生き生きと、思う存分にターフを疾駆している。その楽しみをあえて最後に残し、まずは後方をじっくり追走しようといった面倒な感情を、オウショウサンデーが抱くとはどうにも考えにくかった。かつてのパートナーとしても、それは有り得ないことのように思えた。

「どうしたの、浮かない顔をして。しっかりハイペースを頼むわよ。ハイペースを」

智子は笑うと、競馬場で会いましょうと言って、足でドロップコスモに軽く気合をつけた。黒い巨体がのっそり動く。ドロップコスモの歩き方にはしぶしぶといった印象もないわけではないが、ふたりは息の合ったコンビに見えた。

すでに自分などより、生駒は完璧にオウショウサンデーの心を捉えている。オウショウサンデーも生駒を深く信頼して、両者は強い絆で結ばれている。

――俺の出番は、もうないか。

かつて、オウショウサンデーと自分はパートナーだった。二戦目では互いの息も合ったと思っている。だが、圧勝を続ける現在の生駒とオウショウサンデーは、そのときの人馬の関係よりもさらに上の段階へ到達していることを、八弥は認めざるを得ない。たとえ伊能が横《よこ》槍《やり》を入れなくても、今のオウショウサンデーは、八弥より生駒を選ぶはずである。仕方のないこととはいえ、八弥は虚しくなった。

千葉厩舎に顔を出す気は失《う》せていた。誰もいない1DKのアパートへ、八弥は自転車を走らせた。

六

GIレースの枠順は金曜に確定する。オウショウエスケプは四枠七番、オウショウサンデーはひとつ内側の三枠六番に入った。スタートしてからすぐに二コーナーへ入る東京芝二千メートルのコース形態を考えると、多少でも外にいるのは不利といえなくもなかったが、そうはいっても隣りである。互角の条件といったほうが的確だった。大路のカッツバルゲルは七枠十三番、秋月智子のドロップコスモは大外の八枠十八番に入った。

八弥の騎手業は相変わらずの不景気で、天皇賞以外に、週末の騎乗予定はひとつもなかった。GIレースに出場する騎手は、金曜に枠順を発表する都合上、調整ルームに入るのも金曜からになる。八弥も規定どおりに入所したが、日曜の昼までは四畳半の狭い部屋でただじっとしていた。

天皇賞の検量の一時間ほど前、八弥はサウナ風呂で汗を流した。体重に問題があるわけではなかったが、日ごろと同じように動いて、平常心を保とうと考えたのである。しかし、習い性となっているはずの行動も、意識せねばできないような塩梅《あんばい》で、緊張は少しも解けなかった。

——逃げられるのか。

調整ルームに入ってからは、そのことばかりを考えている。時間が流れ、考えれば考えるほど、導き出される答えは悪化した。そのため、もういちど考えはじめる。他のことは手につかなかった。

検量室に入り、二度と着ることはないと思っていた、赤地に黄の星散《ほしちらし》という派手な勝負服に袖《そで》を通した。長靴《ちょうか》を履き、愛用の黒いステッキを握る。

パドックわきの騎手だまりに移動すると、黒地に黄色いたすきの入った勝負服を着た、大路が話しかけてきた。

「八弥さんとGＩに一緒に出れるなんて嬉しいなあ。でも、負けませんよ」

「……ずいぶん燃えてるな、お前」

「ええ。勝負です！　八弥さん」

大路は八弥を真っ向から見据えて宣言した。ああ、と八弥は曖昧に返事をした。

大路のように積極的に行動して、糺ときっちり勝負を付けていたのなら、何年も真帆子への思いを胸の底に残留させることもなく、気持ちを吹っ切ることができていたのかもしれない。八弥はそう思ったが、機会はもう失われていた。

八弥とそろいの服を着ている生駒貴道は、壁にもたれるように腕組みして立っている。さすがに今日は、なんやかやと声をかけてはこなかった。

正装した係員が、鍛えた喉《のど》を誇示するように号令をかけた。出走各馬が周回を止《や》める。色とりどりの勝負服を着たジョッキーたちが、騎手だまりから歩み出て、係員の前で整列した。

八弥の見上げた空はどこまでも青く、降り注ぐ秋の陽射しが、岩肌に薄い濡れ紙を貼ったような優駿《ゆうしゅん》の体軀《たいく》を、発光させるようにつつみ込んでいた。絶好の競馬日和と言ってよかったが、八弥は間断なく吹く秋風のなかにまぎれている、厳しい冬の冷たさばかりを感じていた。

散開した騎手たちが、それぞれの馬の背に両手をかけて、厩務員の補助を受けながら身軽に飛び乗っていく。八弥も騎乗し周回を再開させたが、オウショウエスケプはチャカチャカとうるさい仕草を見せ、落ち着かなかった。うしろの馬が気になるのか、ときどき小走りになったりする。

せわしないエスケプの歩行は、前をゆくオウショウサンデーとの間隔をすぐに詰めてしまう。灰色の臀部《でんぶ》と銀色の尾、そして生駒の背中がぐっと接近するたびに、八弥はエスケプをその場で小さく一周させた。そうして間隔をとってから、また追いかける。数度そんな動きを繰り返した。

——レースでは、一度でもこうなったら終わりだな。

相手を抜き返すことは、意気地のないエスケプにはできないのだ。八弥はそう思いながら、オウショウサンデーの柔らかに張り詰めた尻の筋肉や、至福の乗り心地を生むスムーズな脚さばき、そしてすし詰め状態のファンから浴びせられる視線にもまるで動じず、逆にそれを睥睨《へいげい》するかのように闊歩《かっぽ》する肝の太さに、つい見とれた。

うるさいオウショウエスケプはふたりの人間に引かれている。管理する調教師と、世話をする厩務員である。騎乗を決めてから、八弥はこのふたりとほとんど会話をしていなかった。もともと、八弥はふたりと面識があったわけではない。本来ならGIでの騎乗依頼など考えられない間柄である。調教師が伊能の圧力に屈し、やむなく八弥を乗せる運びとなったことは、聞かずともあきらかだった。

——本心では、俺なんぞに乗ってもらいたくはないはずだ。

そう思うと、言葉を交わす気にはなれなかった。騎手としてのたよりない実績もさることながら、新潟記念のことがある。あのときの八弥の戦法は、エスケプへの嫌がらせと受け取られても仕方のないものだった。ふたりは八弥のことを、恨んでいても不思議ではない。

GIのパドックという晴れがましい舞台において、真っ黒い馬を中心とするその一点だけが、闇の穴のように沈んでいた。

パドックから、本馬場へ続く地下馬道に入る。それまで互いのあいだを分断していた見えない壁を、榊《さかき》という痩《や》せた中年の厩務員が破ってきた。

「……なあ、あんた」

しかし榊は、前を向いたまま、ひとりごとのように言った。

「新聞に書いてあったけど、今日逃げるってのの、あれ本気なのかい」

さすがに伊能も、オウショウサンデーの伝説創りのためにエスケプを出走させたことや、その演出のために八弥を起用したことを、厩舎サイドには説明しなかったのだろう。

「あのオーナーのもう一頭の馬も、すごい逃げ馬だよ。共倒れにさせないために、どっちかを控えさせるとしたら、普通成績の悪いうちの馬になるだろう。なのに、あんな逃げ宣言を口にしたりして、オーナーはなにも言わないのかい」

「……競りかけても構わないと言われている」

八弥が言うと、榊はくるりと振り返った。顔じゅうしわくちゃにして笑っている。

「なら本当だったんだな。それならいい。この馬は気が小さいからよ、逃げなきゃお話にならないんだ。せっかくのＧⅠ、自分のレースくらいはさせてやりてえからな。頼んだよ」

「…………」

八弥は答えを返せなかった。騎乗依頼を承諾したときは、オウショウエスケプを逃げさせるつもりでいた。取材陣にも、会沢にも、なにがなんでも逃げると広言して、同時に自分にもそう言い聞かせていた。

だが、本当に逃げられるのかという、八弥の胸を中途から蝕《むしば》み出した闇の粒は、時間の経過とともに膨張し、今では不可能に近いと思わせるまでに、胸腔《きょうこう》を黒く塗りつぶしていた。

完全無欠のサンデーに比べ、エスケプは欠点が多すぎる。

しかし、逃げることができなければ、伊能のために道化を演じることになる。そしてエスケプに長く携わってきた、この厩務員の笑顔も裏切ることになる。

――乗らないほうがよかったのか。

薄暗い地下馬道を抜けようとしたとき、追い込まれた八弥はそこまで苦悩した。

出走馬が一頭、また一頭と本馬場へ駆け出してゆくたびに、地鳴りのような大歓声が、八弥のもとまで押し寄せてくる。一体化した集団の起こす熱狂の波は、このときすでに八弥を圧倒していたが、前を行くオウショウサンデーが、太陽と蒼穹《そうきゅう》の下にゆったりと歩を進めると、ひときわ大きい、万雷の轟《とどろ》くような絶叫が地下馬道に反響した。空気の震えが鼓膜を打つ。

あとに続くオウショウエスケプは、その大音響に驚いたのだろうが、あたかも鞍上の心境を反映したかのように、馬場に向かうのを尻込みした。ホウレ、ホウレと声をかけて、榊が無理に外へ引っ張り出すと、今度は引き綱をはずすのを待ちきれないといった様子で、慌ただしく返し馬に移行した。八弥はすぐに一コーナーへ向かわせたが、スタンドの鯨波《げいは》から逃避するように走るエスケプのスピードは、ウォームアップと呼ぶには猛烈すぎて、その速度に、ファンは再度エネルギーの塊《かたまり》のような歓声をあげた。

発走三分前。二コーナーに連結するかたちで作られた、『ポケット』と呼ばれるスタート地点で、出走各馬は輪乗りを続けていた。

ほどなくして、ベージュのジャケットを着たスターターが歩き出した。その時点でファンから短い歓声が上がる。リフトに乗ったスターターが赤い手旗を左右に振り、楽隊がファンファーレの演奏をはじめると、被せるようにファンが手拍子を打ち鳴らし、叫声《きようせい》を張り上げた。

大喧騒《だいけんそう》のなか、数の若い奇数番号の馬から、順番にゲートへ導かれてゆく。オウショウエスケプと八弥は、サンデーと生駒より先に、幅九十六センチの狭い空間に引っ張り込まれた。八弥は透明のゴーグルをかけた。

すると、まだ両サイドの馬とはひと枠ずつ間隔が開いているというのに、エスケプが動揺を見せはじめた。側面から襲撃されるとでも思っているのか、耳の方向をしきりに変えて、びくびくと他馬の動向をうかがっている。この調子ならゲートが開いた途端、指示を与えなくても、エスケプは必死に逃げ出すだろうと八弥は思った。

必死なぶんだけ、一完歩《いちかんぽ》目に限ればオウショウサンデーよりも速いかもしれない。しかし、初速で勝ってもそのあとのスピードの伸びで、エスケプはサンデーに劣る。二コーナーまでは持ちこたえても、じりじり追いつめられて向正面の中ほどでは馬体を併される。そこでエスケプはギブアップして、八弥のレースは終わる。それが幾度もイメージトレーニングを繰り返した結果、八弥の脳内に固着した展開予想図だった。

——このままでは負ける。

オウショウサンデーが待機策を取るか、出遅れでもしないかぎり、エスケプは負ける。いかんせん相手が悪い。かないっこないのだ。八弥の思考は暗く重く落ち込んだ。

視界の左端に、生駒の顔が入ってきた。八弥は横目で様子を窺《うかが》ったが、生駒は黒いゴーグルをかけていて、表情を読むことはできなかった。しかし、痩軀《そうく》に漂わせている雰囲気には余裕がある。

――それはそうだろう。

周囲はさかんに煽《あお》っているが、逃げても逃げなくてもいいと、生駒は思っているのだ。オウショウサンデーの気分のままに走らせれば、結果はついてくる。逃げ一手のエスケプとは大違いだった。両馬を比較しているうちに、八弥は生駒が羨ましくなった。

そのまま視線を落とすと、オウショウサンデーも綽然《しゃくぜん》としてたたずんでいる。リラックスのしすぎで、昔と同じように四本の脚を揃えずバラバラにしてしまっていた。だが、こんな体勢からでも天授の身体能力で、この馬が鋭いスタートを切ることを八弥は知っている。生駒もそれを知悉《ちしつ》しているからこそ、不揃いのままで平然と放置しているのだろう。

以前は泥を塗り付けて半乾きにさせたような色あいだった顔は、今は完全に乾いた色になっている。つぶらな黒目がちの瞳は、昔と変わっていなかった。

枠入りは順調に進んだが、そろそろ完了するかという頃合になり、ちょっとした問題が起きた。ソレッ、ソレッと馬をきびしく馭《ぎょ》す声が、八弥の耳にも聞こえてくる。見てみると、ゲートのうしろでドロップコスモが、四肢をふんばり馬耳東風の面持ちで、悠然と佇立《ちょりつ》してしまっている。騎手に尾をギュウギュウ引っ張り上げられ、ようやくじりじりゲートのほうへ歩きはじめたが、黒い巨軀が完全に枠内へ収まるには、まだ時間がかかりそうな気配だった。

　すると暇になったのか、隣りのオウショウサンデーが前扉の金網の匂いを嗅《か》ぎはじめた。鼻孔をぴったり前扉にくっつけて、危なっかしい。デジャヴュのような光景だった。

　しかし八弥が案ずるまでもなく、鉄の匂いに興味を失ったのか、オウショウサンデーはすぐに姿勢を元に戻した。それを見守っていた生駒の口許に、微笑みが浮かび上がるのを八弥は目にした。

　不意に、一計が八弥の脳裏に閃《ひらめ》いた。魔が差したといってもよかった。

　どうせ上手くいくはずはない。試しにやってみよう。八弥はそう思った。

　うわべではそう思っていた。しかし本心では絶対成功すると確信していた。そういう頭と心のギャップに気付いてはいたが、発作のような衝動を、八弥は止めることができなかった。

　オウショウサンデーは、頭の良い馬だった。二度レースに騎乗して、八弥もそのことは熟知している。そして八弥は、去年の暮れに亀造から、オウショウサンデーが自分のことを忘れていなかったという話を聞かされていた。

　——それなら、俺のこともおぼえているに違いない。

　八弥の視界が記憶に塗りつぶされた。克明に描き出されたのは、オウショウサンデーのデビュー戦の風景である。それは、忘れ得ぬ過去だった。そのレースを、八弥は再現しようとした。

ようやく、ドロップコスモがゲートに収まり、スタートの態勢が整った。身をかがめた係員が早足でゲートから離れる。八弥はリフトの上にいるスターターを睨んだ。油圧で動作するゲート装置は、握力計のようなスタート・スイッチをスターターが握ってから、実際に前扉が開くまで、コンマ三秒のずれがある。

エスケプは勝手にゲートから逃げ出すはずである。八弥がスタートを助ける必要はない。

スターターの腕が動いた。スイッチに手を伸ばしたようである。八弥は声をかけた。

「ショウサン」

その声、そのあだ名を、オウショウサンデーはしっかりとおぼえていた。久しぶりに聞いて嬉しかったのか、オウショウサンデーは俊敏な反応を見せた。顔を斜めにかたむけ、右上の騎手に黒々とした瞳を向けた。

その瞬間にゲートが開いた。

七

願ってもないレース展開だった。理想的な逃げを打つことができている。オウショウエスケプの走りは無我夢中の逃走であり、そのうち失速するオーバーペースには違いないのだが、それでも十分おつりの来るセーフティリードを確保している。

大本命のオウショウサンデーが出遅れて最後方にいることで、他の馬たちは金縛りにあったように、アクションを起こせずにいた。軽快に飛ばすエスケプを、牽制《けんせい》する必要性は感じているはずである。しかし自分から仕掛けてしまえば、それは控えているサンデーのために、我が身の力を削るようなものである。両馬の実力を天秤《てんびん》にかければ、与《くみ》し易いのはエスケプだった。鞍上に対する評価も作用したかもしれない。騎手たちは生駒の動きを注視して、八弥への監視を甘くした。

結果として、八弥は予想以上の貯金を溜《た》め込むことができていた。別のレースをしているように広がった、後続との二十馬身あまりの間隔に安心したのか、向正面の終わりごろ、オウショウエスケプは自分からペースを落とし、しばらくのあいだ息を入れた。それでもうしろからは何も来ない。三コーナーへ入ると、八弥は並ばれると弱いエスケプの気性を考慮して、手綱をしごき、もう一度スピードを上げた。リードがさらに広がった。

二番手以降で一番最初に動いたのは、オウショウサンデーではなく、大路のカッツバルゲルだった。好判断といってよかったが、単騎で逃げていたぶん、エスケプも大バテはしない。莫大《ばくだい》なリードは、徐々にしか縮まらなかった。

四コーナーに差しかかる。八弥の耳に大観衆のどよめきが届いた。勝てるという冷静な判断が、八弥の胸をかすめていった。

なにも嬉しくなかった。栄光のゴールは、一完歩ごとに近づいている。しかし八弥は、その輝きから目をそむけた。

後味が悪い。かつてのパートナーをだましたのだ。わずか一ヵ月のあいだとはいえ、デビュー戦と二戦目、亀造と一緒になってあれほど慈しみ、成長を見守った馬である。それを、乗れなくなったからといって、罠《わな》にかけてしまった。

一瞬見えた、オウショウサンデーの瞳を思い出した。かつてのパートナーを忘れずにいて、まだ信じていたから、オウショウサンデーはあの純な黒い瞳を自分に向けてくれたのだ。そういうかけがえのない感情を踏みにじった男の顔は、翳《かげ》りのない網膜に、どのように映っていたのだろう。

——醜かったに違いない。

八弥はそう思った。

このまま先頭でゴールすれば、喜んでくれる人もいるかもしれない。だが、オウショウサンデーの出遅れの真相を話したあとでも、一緒に笑ってくれる人はいるのだろうか。東京の長い直線を走りながら、八弥は考えた。

勝利騎手インタビューで、そのことを打ち明けてしまえば、会沢の清澄な瞳にも、自分は汚れたものとして映るだろう。

亀造はどうだ。ショウサンを罠にはめたと知ったら、怒るに決まっている。

千葉調教師や、大路や、秋月智子にしても、言葉には出さなくても、内心ではきっと軽蔑《けいべつ》するはずだ。想いを込めたレースを台無しにされて、不快感を抱くかもしれない。喜んでくれると、信じることはできなかった。

ならば、事実を隠して生きていくのか。

オウショウエスケプにしても、本命馬の出遅れによる展開の乱れに乗じたものとして、今回の勝利はおそらくフロック視される。レースにしても逃げ争いにしても、まぐれ勝ちといった評価しか与えられることはない。

先頭で向かうゴールには、何ひとつ良いことは待っていないように思えた。自分の罪を照らし出すだけの、残酷な場所のように思えた。

六年前の天皇賞、検量での不正を思案し、減量の失敗の原因となった真帆子との約束を後悔した紀が、悪夢のような時間から目覚めた直後に味わった気分も、こんな気持ちだったのではないだろうか。長い直線を半分ほど過ぎたところで、八弥は考えた。

紀は愚行を思い留まった。しかし、自分はやってしまった。より愚かなのである。たとえ紀が乗ることのできなかったレースに勝利しても、真帆子の瞳が自分に向けられることはないだろう。

レースのあと、紀さんと同じように逃げ出したくなるかもしれない。そうなれば、これが俺のラスト・ライドになるかもしれない。

——最後まで、紀さんの背を追うのか。

そう思ったとき、背後から、耳を劈《つんざ》く風の音がした。芝を土ごと掘り返す強烈な蹄音《ていおん》も聞こえる。八弥は振り向いた。

——大路か？

他馬に先んじ果敢に仕掛けた弟弟子の顔を、八弥は瞬間的に思い浮かべた。しかし見えたのは黒い勝負服ではなかった。飛び込んできたのは、赤地に黄色の星の勝負服。十数秒前、四コーナーでは見ようとしても見られないほど後方にいた芦毛馬が、大外から銀蛇のように前脚を伸ばし、首を伸ばし、たてがみを振り乱して、八弥たちを呑み込もうと迫ってくる。

――ショウサン！

八弥はあわてて前を向いた。手綱をしごき、目一杯馬を追い出そうとした。

だが、躊躇《ちゅうちょ》した。

――このまま、負ければいいのか。

そんな考えが脳裏をよぎった。負ければ、楽になれるのではないか。犯した過ちも消えるのではないか。そういった情念に、八弥は誘惑された。

手綱を握りしめたまま、八弥はオウショウエスケプを見た。両の耳をサンデーが迫る右斜めうしろへ傾けて、エスケプは急接近する未確認の馬の気配を懸命に探ろうとしている。そしてその耳を伏せ気味にした。それは恭順をあらわす馬のボディ・ランゲージだった。

たちまち手綱に伝わる手応えが悪化した。リードはまだ十分にある。ゴールまでは、もう二百メートルを切っている。しかしエスケプはその場所を見ずに、後方ばかりに気を取られて、後方ばかりにおびえている。

情けないと八弥は思った。

同時に八弥は、そこに中島八弥の姿を見た。

――俺も、似たようなものか。

いつも、うしろばかり見てきた。はじめは、紀を追いかけるつもりだった。それが、紀が消えてしまったことで、過去ばかりを気にするようになった。どんな行動を起こすにも、紗の記憶を意識し、紗の影を感じるようになった。過ぎた思い出に、いつまでも縛り付けられていた。

今も、先頭を走りまっしぐらにゴールへ向かいながら、スタートで起こした過ちばかりを引きずり、その影に怯えて走るのをやめようとしている。それも、紗健一の記憶と結び付けて。

オウショウエスケプが勝てば、確実に喜ぶ人間がひとりいることに、八弥は気づいた。あの、榊という厩務員である。あの男は、八弥の使った手段を知ったところで、非難などしないだろう。むしろ感謝するはずである。

ゴールの先に広がっているのは、紗の見られなかった未来ではない。今の、自分にしか見ることのできない、新しい世界なのだ。

「……もう、いいだろう。うしろは！」

耳を後方に向けた馬にも聞こえるように、八弥は大きな声をかけた。そしてステッキを、蒼天へ突き立てるように振り上げた。黒く扁平な先端部に、陽光の煌《きらめ》きが収束した。

「見るんだ、前を！」

思いを込めて、八弥はステッキを振り下ろした。一発、二発と、オウショウエスケプの身体を打った。それにあわせて手綱をしごく。一緒に前を向こうという祈りを込めて。

やがて八弥とエスケプの感情が重なり、ふたつの動きが合体し、ひとつの力に昇華した。

前へ、前へ。消えかけたエネルギーがふたたび燃え上がり、漆黒《しっこく》の馬体が躍動した。過去から逃げるのではない。未来を切り開くために駆けた。

オウショウサンデーはそれでも並びかけてきた。しかも生駒は右ムチを連打し左斜めに切れ込んで、内のエスケプに馬体を擦《す》り寄せようとした。エスケプの気性を理解した上での辛《しん》辣《らつ》な戦法だった。半馬身から首、頭、そして引き合うように二頭が並ぶ。

エスケプの耳が頭につくほど伏せられた。しかし、失速はしない。馬が耳を深く倒すのは、降伏を示すボディ・ランゲージではない。攻撃の意思表示だった。

八弥はパートナーの意気に応じ、さらに強くステッキを振るった。そのとき視界の端に、首を這《は》うように低く伸ばす、オウショウサンデーの横顔が映った。めずらしくのぞかせている瞳の白目が、業火の色に充血している。

——ショウサンは怒っている。

自分が陥穽《かんせい》にはめたのだ。憤怒《ふんぬ》の対象となるのは当然だと思った。憎悪みなぎる形相で睨《にら》まれ、強襲されるのも当然だと思った。信用を失い、憎まれ、自分は自分の手で、オウショウサンデーを過去のパートナーにしてしまった。そればかりか、敵にしてしまった。すべて、自分のせいだと八弥は思った。

それも含めて、受け入れるしかないのだ。過去とは決別するしかない。

自分には、今のパートナーがいる。オウショウサンデーには生駒がいて、生駒が必死に勝利をもぎ取らせようとしている。サンデーのために、生駒はエスケプの弱点を衝《つ》き、潰そうとした。自分もエスケプを勝たせるために、現在の敵を、全力で負かそうとするのは当然のことだ。

完全な一騎打ちになった。勢いは追い込むオウショウサンデーが上だった。手綱をにぎるふたつの手と、あぶみに乗せた二本の足。その四つの接点に、八弥はすべての力と感覚を集中させて、魂を注ぎ込むようにオウショウエスケプを追いまくった。エスケプもまた、手綱とあぶみから八弥の力をあますことなく受け取って、八弥を信じ、そのすべてを四本の脚に伝達した。

八弥の筋力がエスケプの四肢を動かし、オウショウエスケプは生まれて初めて、他の馬に並ばれてからもう一度伸びた。栄光のゴールの前で、黒い馬は灰色の影を振り払った。

戦いを終え、総身の疲労に耐えかねた八弥とエスケプが、仲良くそろって首を垂れ、ゆっくりコースを流していると、後ろから声がかかった。大路である。

大路が左手を差し出してきた。八弥も右手を伸ばし、ハイタッチをする。

向正面に入ると、大路が馬を止めた。八弥も横に並ぶ。

「八弥さん、おめでとうございます。負けました」

こっちはまた三着ですよと、微妙な笑いを大路は見せた。

「でも、八弥さんがＧＩを勝つだなんて、不思議な気分ですよ」

「なにを言いやがる。それよりお前、勝っていたら、会沢ミカに告白するつもりだったんだろ」

この弟子は、素直なところがやはりいいと、八弥は思った。

「悪いな、これで、俺の逃げ切りだよ」

「なっ、くっ」

「これから、インタビューでバッチリ決めてやるからな。兄弟子の実力を、しっかりその目に焼き付けておけ」

八弥は勝利ジョッキーインタビューで、スタートで犯したことも含め、レースのなかで思い、考えたことを、すべて会沢に伝えるつもりでいた。オウショウサンデーを騙《だま》したことを、エスケプのためだというのは都合が良すぎるだろうし、今の自分の気持ちはそうであっても、あの時点の本心ではない。何から何までありのままを話し、それに対するすべての反応を受け入れることが、今の自分の為《な》すべきことだと八弥は考えていた。

計画を台無しにされて、伊能は激怒するだろう。しかし、こちらには契約書がある。

——エスケプから降ろされないなら、こっちのものだ。

ちょっと狡《ずる》い気もするが、まあそれくらいはいいだろうと八弥は思っていた。

それに八弥は、かつて紖と真帆子から、痛いほどに学んだことがある。天皇賞のあと、紖がなんの言葉も残さず失踪して、なにひとつ連絡をよこしてこなくても、真帆子の気持ちは少しも変わらなかった。

会沢が本当に自分を好いてくれているのなら、心の醜い部分を見せたとしても、変わらずに受け入れてくれる。輝くような笑顔で、きっと自分を見つめてくれる。

──かもしれない。

確信といえるほどのものは、まだ八弥にはなかった。

「でも、調子に乗っていると失敗しますよ、絶対」

大路も断定的にそんなことを言ってきた。

「何故ならこれでミカちゃんと八弥さんは、一緒にメジャーデビューってことになるでしょう？　つまり今、ふたりの運気はピッタリ重なっているんです。だからふたりは相性もピッタリということ……。いやいやいや、調子に乗っていると失敗します、きっと」

しかし理論を展開するうちに、その勢いをすこし弱めた。

「はは、よくわからん奴だな。まあ、どっちが勝っても負けても恨みっこ無しだ。それでいいな」

「いいでしょう！　……でも八弥さん、その前に」

大路がスタンドを指差した。この日すでに数回目の、しかしひときわ大きい歓声が、何度も何度も繰り返し沸き起こっている。ファンは八弥を呼んでいた。

「すごいですね、ナカシマ・コールが。……こういうのって、地味な騎手のほうが、案外盛り上がったりするんですよ」

「うるさいよ、お前」

大路はケラケラ笑いながら、八弥のもとから離れていった。スタンドの前を走るウィニング・ランは、勝利を手にした一頭と一人にしか許されない、祝福の地への凱旋《がいせん》である。

八弥は馬首をめぐらした。臆することなく、新しいパートナーの踏み出した第一歩は、待ち受ける人々の温かい声のなかに飛び込んでいくような第一歩になった。

## 参考文献


『厩舎物語　誰も知らないトレセンノート』　一九九八年　学習研究社
『厩舎物語』　大月隆寛著　一九九〇年　日本エディタースクール出版部
『調教師物語』　木村幸治著　一九九七年　洋泉社
『騎手物語』　木村幸治著　一九九八年　洋泉社
『天才騎手がぶちまける勝つ馬の秘密』　関口睦介著　一九九五年　ポケットブック社
『気がつけば騎手の女房』　吉永みち子著　一九八九年　集英社文庫

# 解説

藤代三郎

日本の競馬小説は数多い。そのリストを繙《ひもと》けば、海渡英祐『無印の本命』、佐野洋『蹄の殺意』『牧場に消える』『禁じられた手綱』『直線大外強襲』、三好徹『円形の賭け』、阿部牧郎『菊花賞を撃て』『天皇賞への走路』、石川喬司『走れホース紳士』『競馬聖書』『ホース紳士奮戦す』、塩崎利雄『極道記者』と、錚々《そうそう》たる傑作が並んでいる。近年でも、油来亀造『グランプリで会おう』『春が来た!』、石月正広『競馬狂ブルース』という作品がある。決して少なくはない。新橋遊吉『八百長』は直木賞を受賞しているし、岡嶋二人『焦茶色のパステル』は江戸川乱歩賞を受賞、宮本輝『優駿』は吉川英治文学賞を受賞するなど、きちんと評価もされている。

しかしそれらは同時に、ミステリーであり、風俗小説であり、ユーモア小説であったりする。もちろんここにあげた小説は、すべて面白いことは保証つきだが、競馬を題材、あるいは背景にした他ジャンルの小説と言えなくもないのだ。ここが問題なのである。海渡英祐『無印の本命』、阿部牧郎『菊花賞を撃て』、塩崎利雄『極道記者』、そして油来亀造や石月正広の諸作は、ミステリーでもなく、まぎれもなく競馬小説の傑作といっていいが、厳密に分類すると、競馬を観る側のドラマである。それらの作品も当然ながら競馬小説の愉しみを伝えてはくれるけれど、競馬の内側に視点を置いて、競馬のレースそのものを描いた小説がもっとあってもいいのではないか。

それは海の向こうでも同様で、いや翻訳された作品しか知らないけれど、ディック・フランシスの作品群にしても、競馬のレースシーンが描かれることは少ない。競馬界の人間を主人公にして、事件はいつも業界の内側で起きるが、フランシスが描き続けたのは、ミステリーであり冒険小説である。競馬そのものを描くことはけっして眼目になっていない。近年、イギリスの児童文学作家で、『フランバース屋敷の人びと』という大河小説で知られているキャサリン・M・ペイトンの『駆けぬけて、テッサ！』が翻訳されたが、ここには障害レースの最高峰であるグランドナショナルのレースシーンが描かれている。女の子が成長して騎手になる話でもあるから、競馬小説と名付けても間違いではないが、しかしこれも、競馬そのものよりも馬と人の繫がりを緊密に描くことのほうに眼目がある。

競馬が好きで、小説が好きなので、どんなジャンルの小説であっても競馬が出てくればそれだけで嬉しいのだが、レースシーンそのものを中心にした小説はないものか、とずっと考えていた。騎手を主人公にして、ミステリーでもなく（つまり殺人事件などは起きず）、彼の生活の喜怒哀楽を中心にした小説が読みたかった。出来れば、その中心はレースシーンがいい。レースの迫力そのものを物語の核にする小説が読みたい。想像するだけで胸が躍ってくる。

騎手を主人公にした小説がなかったわけではない。阿部牧郎『天皇賞への走路』は一篇を除いて騎手を主人公にした作品集であるし、新橋遊吉『八百長』も騎手を主人公にしている。宮本輝『優駿』には騎手だけでなく、馬主も調教師も登場して、レースシーンも描かれていない。しかしこれらも、物語の核は他の何かであり、レースシーンではない。騎手の感情でもない。宮本輝『優駿』は競馬小説の傑作であり、この長編に対して注文をつけるとは何事かと言われかねないが、個人的な願望で言えば、もっと瑣末《さまつ》な話を読みたいのである。騎乗したときに騎手は何を考えているのか。いや、騎乗しないときに彼の体に渦巻いているのは何なのか。スタージョッキーに対して嫉妬の感情はないのか。直線で行き場を失ったときにどう感じるのか。そういう雑多な感情のあれこれを知りたいのだ。その中にこそ、リアルな競馬がある、という気がしているのである。

そういうときに、第十四回小説すばる新人賞受賞作の本書が刊行されたのだ。いやはや、嬉しかった。私の読みたかった競馬小説がここにある。主人公は中堅の騎手、中島八弥。フリージョッキーだ。つまり厩舎に所属していない騎手で、それはこう説明されている。「所属騎手と違って、フリー騎手には固定給がない。最大の収入源はレースの賞金だった。たとえ勝てなくても、レースに出さえすれば騎乗手当てが懐に入る。とにかくレースに出ることが、フリー騎手の生命線といってよかった」

中島八弥がフリーになったのには事情がある。日本を代表するオーナーブリーダーの息子・大路佳康が、中島の所属する千葉厩舎に入ってきて、佳康の父親が全面的なバックアップを提案するのだ。条件は息子を主戦ジョッキーとすること。それまでの主戦騎手は中島八弥であるから、つまりは騎手をかえろということになる。

温厚な千葉徳郎が迷ったことにも事情がある。勢いのある新規馬主との関係の開拓より、かねてからの細々としたつきあいを重視させた結果、千葉厩舎は極度の低迷に喘いでいたのである。巨大な資産家とのつながりを持てば調教師の下には高額な馬が続々と入るようになり、成績も確実に上昇する。だから大路オーナーの提案を受けて千葉が悩むのは当然だ。それを見て、自分さえ身を引けば丸くおさまると判断した中島八弥はフリーになることを決意する。という事情でフリーになったのだが、もともと弱小厩舎の所属で、ろくな実績もなく、他の厩舎の調教師や馬主と積極的に接触して親交を深めていく活動（それを営業という）をしてこなかったので、完全に孤立。週に一頭も乗る馬がいないという日々を送っている。兄弟子の紀健一から「技術を磨け。その技術で馬主から選んでもらえばいい」と教えられ、営業はしないことを今でも信念にしているのだが、しかし朝の調教を手伝い、その格安の手当金で生計を立てる生活は結構辛い。千葉徳郎はいまでも八弥にすまないことをしたと思っているようで、知り合いの調教師に声をかけ、八弥の騎乗馬を探している。だから、どこかから騎乗依頼がなかったかどうかを確認しに千葉厩舎に顔を出すのが八弥の日課になっている。

という設定で本書が始まるのだが、崖っぷちジョッキーの生活を物語の中心にするとは新人のデビュー作として大胆不敵といっていい。殺人もなければ謀略もなく（ロマンスはちょっぴりあるが）、ここにあるのは馬に乗って生活することをめざす男の息吹があるだけなのだ。しかし個性豊かな登場人物を活写して、見事な現代小説に成りえている。

八弥がどれほど貧しいかというと、炊いたご飯をラップにくるんで凍らせたものが三個冷凍庫に入っていて、それを食べる日々なのである。皿を洗うのは面倒なので、ラップを張ってその上に食べ物を盛ることが習慣になっているし、ティッシュの空箱はゴミ箱代わりに使用。三食付きの厩舎の留守番を「食費が浮くぶん経済的」と引き受けるほどだから、乗り鞍の少ない騎手は大変だ。

この八弥を囲むように、さまざまな人間が登場する。日本の競馬界にもようやく女性が進出するようになったものの、まだまだ偏見にさらされている中で奮闘する女性厩務員・秋月智子。引退間近の厩務員・亀造など、馬を愛する人間たちが次々に登場する。もちろん問題のある人物もいて、レースの中身を指示してそれに従わないとおろす馬主もいれば、可愛がりすぎて、そのためにわがままになっている馬を直そうともしない厩務員もいる。あるいは、「馬群の状況がどうであろうと、もっとも経済的なコースを走ろうとして、遠慮をしない。前が詰まると、どけどけと脅しをかけてこじ開ける。もしもその際どかない相手がいようものなら、レース後すぐにその騎手をロッカールームに引っ張り込んで、鉄拳制裁をくわえる。そうやって、次からは道を開けるよう仕込んでいく」ベテラン騎手もいたりする。外国で修行してきて新規開業したばかりの若い調教師と、ベテラン厩務員が対立しているのは、それぞれの馬への愛がすれ違っているからだ。そういうさまざまな愛と矛盾が、鮮やかに描かれている。

この作者が新人らしからぬほど巧みなところは、その人物造形の冴えにも見られる。たとえば、オーナーブリーダーの息子・大路佳康は、結果として八弥の仕事を横取りした騎手にもかかわらず、ひょうきんな青年として活写されているし、あるいは、超一流のジョッキーで、「数々の大レースを制し、イギリスやフランスといった海外の競馬先進国にも広くその名を知らしめていた」生駒貴道という騎手は、モデルとなったジョッキーを彷彿させるけれど、その陽と陰を巧みに描きわけている。

そして特筆すべきはレースシーンだ。八弥にはベテラン騎手が乗りたがらない癖のある馬がまわってくることが少なくないのだが、気性の悪いその馬をどう乗るかが、具体的にレースシーンとして描かれるのである。スタートから最後の直線まで、そのディテールは濃い。あるいは、ローカルの競馬場に出かけた八弥が、そこでさまざまな工夫を凝らして乗るディテールもきっちりと描かれる。馬上にいる者の呼吸までもが伝わってきそうだ。そしてラストの大レースで、乾坤一擲《けんこんいってき》の勝負に出た八弥の迷いと闘志も過不足なく描かれる。それらのレースシーンの迫力こそがこの長編の美点といってもいい。

天皇賞直前に失踪した兄弟子紀健一が物語に影を落としているのもいいし、一頭のサラブレッドをめぐる因縁が物語を引き締めているとの結構もいい。人物造形が優れているだけでなく、レースシーンが迫力満点に描かれているだけでなく、強い物語性が貫いているからこそ、本書は傑作になっているのだと強調しておきたい。そして、ジョッキーの人生をここまで活写したという点において、本書は日本初の本格的競馬小説に成りえているのである。

第十四回小説すばる新人賞受賞作品

この作品は、二〇〇二年一月、集英社より刊行されました。

集英社単行本

## 松樹剛史の本

# スポーツドクター

部活動、リトルリーグ、そしてトップアスリートのドーピング。身体に向き合うことは即ち、心に向かい合うこと。スポーツドクター靫矢《うつぼや》を訪れる患者たちの人間模様を、爽やかに描く。

# 集英社文庫で読める
# 小説すばる新人賞受賞作・近刊

## 走るジイサン
池永　陽

単調な毎日を送っていた作次。だが、同居する嫁に疼くような愛しさを覚えた頃から、頭上に猿があらわれて……。老いの哀しみと可笑しさを描く、第十一回小説すばる新人賞受賞作。

## パンの鳴る海、緋の舞う空
野中　ともそ

恋人に失踪されたマヤは、愛することができなくなっていた。だが、友達募集の新聞広告でグレゴリーと出会って……熱情に揺れる南国の恋物語。第十一回小説すばる新人賞受賞作。

## 粗忽拳銃
竹内　真

前座噺家、自主映画監督、貧乏役者、見習いライター。夢を追う四人の若者たちが、本物の拳銃を拾ったことからすべては始まった！　第十二回小説すばる新人賞受賞の爽快な青春小説。

## 8年
堂場　瞬一

三十歳すぎの元オリンピック出場投手が大リーグへ挑戦！　自分の夢を実現するため、チャレンジする男の生き様を描くスポーツ小説の白眉。第十三回小説すばる新人賞受賞作。

集英社文庫

ジョッキー

2005年1月25日　第1刷
2005年2月13日　第2刷

定価はカバーに表示してあります。

著者　松《まつ》樹《き》剛《たけ》史《し》
発行者　谷山尚義
発行所　株式会社 集英社
東京都千代田区一ツ橋2―5―10
〒101-8050
電話　03（3230）6095（編集）
（3230）6393（販売）
（3230）6080（制作）
印刷　凸版印刷株式会社
製本　凸版印刷株式会社



Printed in Japan
ISBN4-08-747777-0 C0193